U0500697

ぐびじんそう

虞美人草

なつめそうせき

[日]夏目漱石 著

陆求实 译

北京联合出版公司
Beijing United Publishing Co.,Ltd.

图书在版编目（CIP）数据

虞美人草 / (日) 夏目漱石著；陆求实译 . — 北京：
北京联合出版公司 , 2022.2
ISBN 978-7-5596-5364-2

Ⅰ . ①虞… Ⅱ . ①夏… ②陆… Ⅲ . ①长篇小说－日
本－现代 Ⅳ . ① I313.45

中国版本图书馆 CIP 数据核字 (2021) 第 112826 号

虞美人草

作　　者：［日］夏目漱石
译　　者：陆求实
策划机构：雅众文化
策 划 人：方雨辰
出 品 人：赵红仕
特约编辑：刘苏瑶　马济园
责任编辑：徐　鹏
装帧设计：郑　晨

北京联合出版公司出版
（北京市西城区德外大街83号楼9层　　100088）
北京联合天畅文化传播公司发行
山东临沂新华印刷物流集团有限责任公司印刷　　新华书店经销
字数242千字　　787毫米×1092毫米　　1/32　　11.25印张
2022年2月第1版　　2022年2月第1次印刷
ISBN 978-7-5596-5364-2
定价：68.00元

新版序

　　作为日本文学史上最重要的作家之一、日本近代文学的奠基人，对于夏目漱石（1867—1916）似乎无须抛费读者的宝贵时间专此介绍了，故本序仅就《虞美人草》创作前后的经纬稍做补白。

　　1900 年 5 月，夏目漱石接到文部省命令官费留学英国，同年 9 月乘坐德籍邮轮从横滨出港，次月抵达伦敦，至 1902 年 12 月踏上归程，1903 年 1 月 23 日抵神户港，翌日返回东京。漱石的欧洲留学之行，有两大成果笔者以为是不容忽视的。其一，按照文部省最初的指示，漱石留学英国是为了研修语言，但是他到了英国之后，从广泛涉猎英文书籍渐渐聚焦于英国文学，使其由一名语言学者、英文学研究者转型为近代文学的实践者，最终诞生成为一位了不起的文豪。曾经的漱石饱读汉籍，醉心于创作汉诗和俳句，这方面给予他重要影响的是日本汉学流派中的"徂徕派"（包括创始人荻生徂徕及其一众门人）。他在高中时创作的汉诗文集《木屑录》序中自叙道："余儿时即诵唐宋诗文数千，喜作文章，或极意雕琢，经旬始成，或咄嗟冲口而发，自觉朴气澹然。"然而身处近代文明的光和影中，原先超越现实、构筑起一个理想化的美好世界的东方诗文学养逐渐恬退，甘居背景，而作为近代市民社会一种自我表现手段的近代文学凸现在他面前。漱石认识到自己先前定义的文学已经不足以反映眼前这个社会和时代，从而自觉地摈弃一味固守所谓传统的创作手法，走上近代文学之路，借鉴和吸纳西洋文化将其融入自己的文学创作中，从而在日本文坛别树一帜，与当时几乎一统天下的自然主义文学形成双峰交峙之势。其二，夏目漱石的欧洲留学不仅仅是克服语言上的违和，克服汉文学对于英文学、东方文化对于西方文化的违和，更可以看作克服半封建半资本主义的士大夫社会对于物质文明高度发达的近代资本主义的违和，以及在此过程中自觉地汲取养分、扬弃糟粕，进而重塑自我，树立先进、正确的价值观和人生观的一次洗心革面。直到今天仍值得肯定的是，夏目漱石既没有躲进小楼成一统，将自己禁锢于底蕴深厚的传统中以此去抗衡时代的进步和发展，也没有不加思考地将过往视作前进的包袱，不顾一切地拥抱西洋，满足于做一个"洋文学的队长"（漱石寄给正冈子规信中之语），而是清醒地认识到东西方在文化、理念、世界观等诸方面各自的优秀和局限。日本由明治维新开创的"文明开化"不过是肤浅和表面的，用书中的话来说，"好像急着赶路，可又不像走在地面"，因而他毫不犹豫地抨击当时日本社会的种种弊端；与此同时，也不留情面地痛斥资本主义带来的种种扭曲现象（漱石称之为"浇薄之世"），认为随着电灯化、大工业化等普及而新生的社会流行价值观实际上是扭曲的、畸形的、病态的，在这两者之间，夏目漱石努力坚守自己的人生认识和价值取向。

回国后的夏目漱石执教于东京第一高等学校和东京帝国大学，分别讲授英语和文学概论。1903 年 9 月起，他在帝国大学开设了"文学论"课程。1905 年 1 月起漱石于《杜鹃》杂志连载长篇小说《我是猫》，赢得文名，翌年起陆续发表《少爷》《草枕》《秋风》。1907 年 5 月进入朝日新闻社成为其专属作家。关于漱石入职朝日新闻社，一般认为漱石是为了专念于创作而毅然辞去教职，其实不尽然。早在出国留学前，文部省与其即有约定，即归国后必须在国立教育机构担任教职，期限至少两倍于留学期限。至 1907 年 4 月恰好约定期满，加上漱石立志于近代文学的探索和创作，于是趁机弃教从文。所以准确来说，漱石不是辞职而是主动放弃续约，此事漱石自己也有过提及［见《入社致辞》（入社の辞），1907 年 5 月 3 日］。

朝日新闻社给予漱石的待遇非常优渥，不须打卡上班，只需为报纸文艺版"适时地提供适量的稿件"即可，而薪酬足以使他从此再也无须为柴米油盐操心，还为他在旅游胜地长期包租别墅，可谓优待有加。漱石也一心一意埋头创作，两个月后便完成了其作为职业作家的第一部作品，即《虞美人草》（仔细阅读本书，可以发现漱石巧妙地为新东家做了一个植入式广告）。此后又陆续创作了《三四郎》《后来的事》《门》《心》《路边草》《明暗》等，均以先在《朝日新闻》上连载然后出版单行本的形式发表。1916年，漱石不幸死于胃溃疡引发的大出血，殁年 49 岁。从《我是猫》到《明暗》，其间仅短短只有十一年，从创作的角度来说堪称密度极大，非常充实，但同时，这十一年也正是漱石与身心两方面的痼疾做痛苦斗争的悲壮岁月。

《虞美人草》以三对青年男女的恋爱为线索，描写了一系列的纠葛和冲突。这里有的不仅仅是情感上的纠葛，更是价值观、人生观的冲突。外交官的女儿藤尾容貌端丽，气质如兰，且自小接触西方文化，才学出众，然而在她心底涌动着一股可怕的浊流。为了从同父异母的哥哥甲野手中争夺父亲遗产，藤尾与母亲精心算计，然而"机关算尽太聪明"，藤尾的虚荣与狷傲自负最终害了她自己……故事情节并不繁委复杂，却不乏细致丰富的心理刻画，夏目漱石在书中看似漫笔写来，实是痛下针砭，对二十世纪初期日本青年知识分子在思想解放大潮面前的"自我升华"、追求所谓的"自我价值"毫不客气地予以抨辟，无情揭破了人的灵魂的阴暗面。

从写作技巧上来看，《虞美人草》采用了类似"对位法"的叙事手法。"对位法"是一种古老的音乐创作技法，以两个或多个相互独立的旋律各自向前发展，彼此呼应、交融。漱石在本书中同样铺排了两条故事线索，第一、三、五章相当于 A 线，第二、四、六章相当于 B 线，从第七章后半部起又插入一条 C 线……数条线索相遇相交，最终将故事推至高潮，组成一曲完整和谐的交响乐。实际上漱石在作品中还隐藏了两条相互对立和亢衡的无形的旋律线，即京都与东京。京都一向被视为坚守日本固有文化的最后堡垒，而二十世纪初的东京已经成为日本盲目西化的急先锋，资本主义方兴未艾，一如书中所喻，京都代表了过去和落后，东京则代表了未来和文明，东西纠葛在另一个意义上是过去与未来、守旧与进步的宿命对抗，同时也暗示了日本与西洋，东西方两种文明的交戟和交融。

漱石文学大致可归结为两大主题：一是个人主义，二是通过描写近代化过程中知识分子的孤独和痛苦，反映个人与社会、个人与时代之间难以调和的矛盾，同时对资本主义和食古不化的日本士大夫社会进行不偏不倚的批判。关于个人主义，漱石1914年11月在学习院辅仁会题为"我的个人主义"的演讲中阐释道："我在这里所说的个人主义，绝非一般俗人想象的那种于家于国有害的东西，而是尊重他人存在的同时尊重自我的存在。基于这样的诠释，我认为个人主义其实是一种了不起的主义。"需要说明的是，这里的个人主义，并不是一般意义上那种自私自利的个人主义，即如《虞美人草》中藤尾那样损人利己，以逐利为人生唯一目标的资本主义本性；漱石的所谓个人主义，实际上是指时代变迁过程中知识人的自我重塑和人格自立。对于资本主义文明，漱石在《虞美人草》中，基于自己的切身体验和深刻认识，通过宗近之口不屑地揭露其虚伪，而对于急于"脱亚入欧"拥抱资本主义的日本，漱石则斥之为"一只脚是新式的，一只脚却还是旧式的"，活像一个怪物。

日本学界的研究指出，夏目漱石似乎很喜欢"文字游戏"，例如将普通的表达顺序打乱重新排列、使用同音假借字等。很少为人所知的是，漱石还是一位语言大师，他新造了许多词组，使用频率较高的有"笑谈"（一般写作"冗谈"）、"非道"（一般写作"ひどい"）、"按排"（一般写作"盐梅"或"案配"）……如今大多数人随口而出的"浪漫"这个汉字词组即是由漱石首创（在他之前一般用片假名表示为"ロマン"），现在已经成为日语的一般规范用语。在《虞美人草》中，我们也有幸一睹夏目漱石高超的文字游戏本领。漱石在《虞美人草》中刻意采用了繁杂浮华的文体，注重藻饰，炼字、砌句、堆叠章节，处处可见精雕细琢的痕迹，除去口语化的对话部分，叙事和品议部分文字华丽，用词佶屈僻冷，汉语成语、典故信手拈来且运用得十分熨帖，通篇运用了排比、对文、双关、借代、拈连、移就以及骈句等多种修辞表现手法，极富形式美，让人眼花缭乱。正宗白鸟在其《作家论》中点评《虞美人草》说道：夏目漱石在这部作品中令人惊叹地炫示了自己的文笔。在翻译过程中，笔者酣畅淋漓地感受到了作品有着井然的结构和丰富的想象力，充满浓厚的讽刺幽默色调，同时流露出作者超然物外的处世态度，加之于当时日本文坛不多见的浪漫主义色彩，显得从容优雅，即使在今天依然丰采不减。

作为国人翻译的《虞美人草》第一个中文译本，拙译蒙上海雅众文化传播有限公司和陕西师范大学出版总社携手出版，倏忽已经七年。本次新版，笔者仍保留了原作的风格，仅对个别欠妥或舛误之处做了修订。值此新版之际，笔者不由得追忆起挚友高培明先生。在本书翻译过程中，笔者曾多次与其交流，高培明先生精详无私地与笔者分享其读解心得，并提出许多独到且极有见地的建议，令人铭感不忘。高培明先生的为人和他的文字一样透明干净、求真求实，被同侪引为金友、目为清范，然斯人竟于2021年4月9日不幸病逝，惜哉痛哉！睹文思人，在此深表缅怀之情。

最后，真诚地感谢本书策划、责编及出版方各位同仁。

陆求实

2021年仲秋记

一

"真远哪！到底应该从哪儿上去啊？"

一人停了下来，用手帕擦拭着额头问道。

"我也不知道该从哪儿上去——反正从哪儿往上爬都一样，山顶就在前面了嘛。"

另一脸盘快长成像躯体一样，整个圆颅方胴的男子满不在乎地回答。

答话的男子戴一顶帽檐上翘、中央凹陷的棕色软呢帽，扬起浓粗的眉毛，抬头仰望灿蔚沉蓝的春日晴空。高耸的睿山[1]峙立在随风摇曳的娇柔微茫的云气中，那架势仿佛在扬扬得意着：将奈我何欤？

"这山还真是顽傲，爬起来真够呛啊。"男子挺起四方胸膛，身体重心微微倚拄在手中的樱木杖上，随即又以不屑的口吻说道，"不过已经近在眼前了，看来也没什么了不起的！"

1　睿山：又称比睿山、日枝山、北岭，位于日本京都市东北、京都府与滋贺县交界处，主峰大比睿岳（848米）及其西四明岳，其北释迦岳、水井山、三石岳五峰合称为睿山。——译者注，以下同。

"近在眼前？今早我们离开旅馆的时候看它就是近在眼前。到京都要是看睿山不是近在眼前，那就太奇怪了。"

"所以呀，现在看到它近在眼前了还有什么问题吗？你不要啰哩啰唆的，只管走下去自然就到山顶啦。"

先前的高瘦男子没应声，摘下帽子在胸前扇风。他那宽宽的额头平日就一直被帽檐遮着，从未让烈盛得宛似油菜花般金黄的春日艳阳暴晒过，此时显得格外苍白。

"喂，现在就休息也太过分了。快走吧！"

高瘦男子尽情地任春风吹拂着冒汗的额头，恨不能让黏在上头的黑发随风翻飞似的，一只手抓着手帕，胡乱搔拭着额头、脸颊，还有颈窝。他丝毫不理会同伴的催促，慢悠悠地发问：

"你方才说这山顽傲？"

"是啊，你看它那样子像不像一副我自岿然不动的架势？就像这样……"男子将原本就方敦敦的肩膀耸得愈加方峭，没有拄着木杖的手握成个海螺似的空拳，自己也摆出一副岿然不动的姿势。

"岿然不动是形容能动却不动时的状态吧？"高瘦男子从细长眼睛的眼梢略略向下斜睨着对方。

"是的。"

"可是那山会动吗？"

"哈哈哈哈，又来了，你就是个专为抬杠而降生到这世上的人。快走吧！"

方墩墩的男子"嗖"地举起粗大的樱木杖扛在肩上，随即迈开步子向前走去，高瘦男子也将手帕塞进袖兜，迈开脚步。

"早知道就在山脚下的平八茶屋玩一天算了，这会儿往上爬怎么也爬不到顶的。哎，到山顶到底还有几里啊？"

"到山顶一里半。"

"从哪里算起？"

"谁知道从哪里算起？京都的山我怎么可能知道得那么详尽。"

高瘦男子吃吃笑了起来，没有说话。方墩墩的男子劲头十足滔滔不绝地说道："跟你这种只知道空谈却从不出门的人一道旅游，往往会出差错，谁做你的旅伴真倒霉呀。"

"碰到你这种乱作胡为贸然行事的人，你的旅伴才叫倒霉哪。最最要命的是，你带人家出来玩，竟然连该从哪里登山，该欣赏哪里，再从哪里下山，心中全无头绪！"

"什么呀，这点小事也用事先做计划？不就是爬一座山嘛。"

"好，就说这座山好了，你知道这山有几千尺高吗？"

"我怎么知道？这种无聊的事情……你知道？"

"我也不知道。"

"哈，看看你自己吧。"

"你不要那么神气，你不是也不知道嘛。就算我们两个都不知道这座山有多高，但你至少应该大致想好我们到山上到底要看什么，需要多少时间，这样才能按照预定计划落实我们的行程呀。"

"不能按计划落实，那就调整计划嘛。像你这样老是把时间花在想些没用的事情上，够我们重新计划好几遍了。"方墩墩的男子说罢继续快步朝前走去，高瘦男子无言地跟在后面。

春天的京城随处堪入诗。自七条横穿至一条，透过柳烟，一路可窥见温暾的春水拍击着白练似的河川。从高野川河滩尽头，沿一条蜿蜒小径向北行约二里，山自左右迫向眼前，但闻脚下春水潺潺，山径曲折，流水依山千回百转，此伏彼起。山中春意渐浓，而峰峦之巅残雪仍驻，春天似乎仍在残冬中瑟瑟寒战。穿过峭壁中间的坼裂向上望去，阴森森的羊肠小径上，不时有大原女[1]和老牛迎面行来。京城的春天也像这老牛遗尿似的，绵长而温静。

"喂——!"落在后头的男子停住脚步，唤呼远远走在前面的同伴。唤声由春风顺着白晃晃的路面悠闲地传将去，直至撞上尽头茅草丛生的山壁，总算令晃动在百米开外方墩墩的影子停了下来。高瘦男子将长臂举过肩头摇晃了两下，示意要他返回。只见那根樱木杖反射出的温暖阳光在他肩头闪了一下，不一会儿，他便回到高瘦男子面前。

"什么事?"

"你说什么事? 应该从这儿上去!"

"从这儿上去? 好像不对吧? 我们是往山上走却要过这座独木桥，我觉得不对劲啊。"

"像你那样只顾埋头往前走，会走到若狭国去的[2]。"

"走到若狭国倒无所谓，问题是你熟悉这一带的地理吗?"

"我刚刚问过一个大原女，她告诉我说从这儿过桥，再沿那条小路向上走大约一里[3]就到了。"

1　大原女：指昔日居住在日本京都郊外大原地区的女人，她们通常头上顶着薪柴或鲜花、蔬菜前往京都市内叫卖。
2　翻过睿山有一条若狭街道可通往福井县西南部，那一带古时候为若狭国。
3　里：此处应为日里，下文同。"里"是日本尺贯法的长度单位，1里约等于3927米。

"到了？到哪里？"

"到睿山上头啊。"

"睿山上头的什么地方？"

"那就不知道了，不到上头怎么知道是什么地方？"

"哈哈哈哈，看来像你这么擅长计划的人也没把事情问明白。你这叫千虑一失吧？就照你说的，从这座独木桥过吧。喂，马上要往上爬了，你怎么样，还走得动吗？"

"走不动也没办法啊。"

"不愧是哲学家，假如脑子再透晰一点儿就更了不得了。"

"随便你说什么啦。——你先走吧。"

"你跟得上来吗？"

"不用管我，你管你走就是了。"

"如果你跟得上，那我就先走一步了。"

两人一前一后渡过颤颤悠悠架在溪涧上的独木桥，身影没入覆满草丛、勉强以一丝微弱气力向山顶延伸的小径。阳光透过薄云从头顶一泻而下，照射得枯草上去岁的残霜蒸腾起来，两人只觉双颊暖洋洋的。

"喂，甲野！"方墩墩的男子回头唤道。

"嗯？"

甲野笔直挺着他那与山间小径颇为般配的瘦长身子，头也不抬地应了一声。

"看你，快举白旗了吧？没用的家伙！你看那下面——"方墩墩的男子抡起那根樱木杖自左而右比画了一下。

视线顺着挥动的樱木杖尽头望去，远处银练般的高野川闪闪熠熠映入眼帘，左右两岸盛开的油菜花浓得几乎像要燃烧起来似的，仿佛画板上稠乎乎的背景，烘衬出淡紫色的缥缈远山。

"景色果然不错。"甲野扭过身去看，同时将高瘦的身子在差不多六十度的陡坡上稳稳立住。

"稀里糊涂的已经爬到这么高了，蛮快的嘛。"宗近说道。宗近是方墩墩的男子的姓。

"就跟人在不知不觉中堕落，又在不知不觉中醒悟一个道理吧。"

"跟白天变成黑夜，春天变成夏天，青年变成老人一样——照你的说法，我早就明白这个道理啦。"

"哈哈哈哈，那你今年几岁了？"

"先别问我，还是说说你自己几岁吧。"

"我知道你几岁。"

"我也知道你几岁。"

"呵呵呵呵，我看你就是想糊弄不说是吧？"

"这个能糊弄得了吗？你我相互都知道的。"

"所以嘛，快说吧，你几岁啦？"

"你先说。"宗近寸步不让。

"我二十七。"甲野不再调逗，爽快地说了出来。

"是吗？那我也告诉你，我二十八。"

"太老了。"

"开什么玩笑？不就大你一岁吗？"

"我是说我们两个。我们都老了。"

"哦，我们两个？这还差不多，要是光说我老……"

"你就不服气？你这么在意说明你还不算太老。"

"怎么？你可别在爬坡途中戏弄我。"

"嗨，你这样戳在中间挡别人道了，快给人让道!"

坡道百折千回，没有一段直路长过十米。有个女人一面口中说着"借过"，一面不慌不忙从上面走下来，泛着绿色的浓密的头上顶着比她人还长的大捆树枝，手也不扶，从宗近身边擦肩而过。繁茂的枯草响起一阵沙沙声后，两人回首望去，看见女人斜交在藏青平布棉衣肩背部的两条红色襻带。大原女随手一指说的"大约一里"，指尖所点处隐约可见的那片茅草村屋，或许那儿也就是她的家吧。八濑山[1]一带，一仍昔日天武天皇[2]避居之时那般，云雾暧曃，将山村的恬静永久封存在缭绕烟霞之中。

"这一带的女人都很漂亮，像画中人一样，真让人叹服啊。"宗近说。

"这大概便是所谓的大原女吧？"

"不，是八濑女。"

"我没听说过什么八濑女。"

"没听过也肯定是八濑女，你要是觉得我胡扯的话，下次再碰到时问问她好了。"

"我没说你胡扯，只是，这一带的女人不是统称作'大原女'的吗？"

"你能肯定吗？你敢打保票？"

1　八濑山：位于今日本京都市左京区，在叡山西麓，濑高野川，为观赏红叶的名所。壬申之乱时天武天皇曾削发逃匿至此。

2　天武天皇：日本第40代天皇，公元673—686年在位。即位前称大海人皇子，天智天皇去世后，其从吉野脱出并与大友皇子（弘文天皇）对峙，后举兵战胜弘文天皇的近江朝廷，这段历史史称"壬申之乱"。

"唔，这样称呼比较有诗意，听起来很风雅。"

"那我们就权且当作雅号这样称呼她们吧。"

"雅号就算了吧。这世上已经有各式各样的雅号了，什么'立宪政体'啦，什么'泛神教'啦，什么'忠信孝悌'啦，形形色色的什么都有。"

"可不是嘛。荞麦面馆都爱用'薮'[1]字做招牌，牛肉火锅店的名号都叫'伊吕波'[2]，大概也属于这个套路吧?"

"是啊，就跟我们这种人称作'学士'一样。"

"真无聊! 要全都是这一个套路，倒不如废掉雅号算了。"

"你不是很快就可以弄个'外交官'的雅号了吗?"

"哈哈哈哈，那个雅号很难弄到，大概是那帮考官全都缺少雅趣吧。"

"你名落孙山几回了? 三回?"

"你胡说什么呀!"

"那么，两回?"

"你这是明知故问。不是我夸口，我只考失败过这一回。"

"考一回就落榜一回，看起来以后……"

"想到以后不知要考几回才能通过，我还真有点心里发虚哩，哈哈哈哈! 好了，先不说我的雅号，你呢? 你将来有什么打算?"

"我吗? 我只想爬睿山……喂! 你不要用后脚蹬石头，你这样我跟在你后面很危险……啊，累死我了，我在这里歇息一会儿!"甲野说罢"唰啦"一声仰面躺倒在干枯的草丛中。

1　薮: 日本荞麦面馆老铺，各地均有同名的店铺，但总字号只在东京。
2　伊吕波: 日本明治初期，木村庄平在东京开设有三十多家名为"伊吕波"的牛肉火锅店。

"这么快就投降了？只会口头上这个雅号那个雅号地说一大堆，一爬山就彻底不行了。"宗近用手中的樱木杖在甲野脑袋旁的地上"嗵嗵嗵"地敲了几记，每敲一记，就会发出一阵枯草被杖尖搂倒的沙沙声。

"快起来，马上就到山顶了，就算歇息也等到了山顶再好好歇息吧。喂，起来呀！"

"嗯……"

"嗯什么嗯，快点吧！"

"有点想吐。"

"吐着举白旗投降？唉，真拿你没办法。算了，干脆我也歇息一下吧。"

甲野不顾帽子和伞滚落在坡道，将脑袋撂在枯黄的草中，仰面望着天空。在他苍白而高挺、棱骨分明的脸庞和薄云悠然飘忽的一望无际的天上世界[1]之间，没有任何东西遮断视线。呕吐理应朝向地面，他却是眼望天空，眼眸中只有远离大地、远离尘俗、远离古今世界的万里碧空。

宗近脱下米泽绸[2]短褂，将两只袖筒对折后提起来搭在肩上，又像想起来什么似的，将双手从胸前对襟处伸出来，袒露上半身，与此同时也露出了里面的夹背心，背心衬里上的狐皮蓬乱地钻出来。这是一位去过中国的友人送他的，宗近十分珍爱它，他说千羊之皮，不如一狐之腋，所以不管到哪里总穿着这件背心。衬里的狐皮已经斑污脱落，动辄掉毛，看来肯定是只脾性糟糕透顶的

1　天上世界：佛教将欲界、色界、无色界统称为"天上界"，与"下界"相对。此处不说"天空"而说"天上世界"，似有隐指天上界之意。
2　米泽绸：产自日本山形县米泽市的一种丝织品，自江户时代起就远近闻名。

野狐狸。

"你们是要上山吗？要不要给你们带路？呵呵呵，怎么睡在这地方？"从坡道上又下来一个藏青平布棉衣装束的女人。

"喂，甲野，你睡在不该睡的地方哪，连女人都在笑话你了。还不赶快起来走路！"

"女人就是爱取笑别人。"甲野仍然望着天空。

"你这样大模大样地躺在这里可不是办法啊……还想吐吗？"

"一动窝就会吐。"

"真麻烦！"

"所有呕吐都是因为动引起的，俗界万斛[1]呕吐皆因一'动'字。"

"搞什么呀，原来你不是真的想吐？真无聊！害得我直伤脑筋，还以为到头来我不得不背你下山哩！"

"谁要你多管闲事，又没有人拜托你。"

"你真是个不讨人喜欢的家伙。"

"你知道讨人喜欢的定义吗？"

"你说来说去，就是不想动窝对吧？真是岂有此理。"

"什么叫讨人喜欢啊……就是一种能诛杀强过自己的对手的阴柔武器。"

"照这样说，冷淡就是一种驾驭弱者的锐利武器？"

"哪有这种逻辑？人只有想动弹时，才用得着去设法讨人喜欢，可是当一个人明知道一动弹就会呕吐，还用得着做出讨人喜欢的举动吗？"

---

1 万斛：此处言极多。中国古代以十斗为一斛，南宋末改为五斗为一斛。

"你这纯粹是诡辩，真讨厌！既然这样，那就别怪我先走一步，失陪了。怎么样？"

"请便。"甲野依旧眼望天空。

宗近将两只空落落的袖筒往腰上一扎，又撩起缠在小腿上的竖条纹下摆塞入白色的绉绸腰带里，然后将刚才折起的短褂挑在杖尖，口中大大咧咧地念叨着"一剑行天下去也"，在十来步开外断崖峭立的山径尽头向左飘然一拐，便不见了人影。

现在唯余静寂。当周遭归于静寂，想到自己一缕性命也将托付给静寂时，尽管连接大乾坤某处的热血仍在肃肃流淌，然而静寂无声，寂定中视形骸如土木，蕴生机于依稀。当自觉几近天夺其魂、抛却了种种生存所必须背负的殄沌之累，便犹如云之出岫、天宇之朝夕一般，那是种超脱所有拘泥的生机。如果你无法片足跨入纵亘古往今来、横贯东西南北的这个世界之外的另一个世界，你便会期冀自己成为化石，成为一块吸尽赤色、吸尽青色、吸尽黄色和紫色，不必纠结如何还原出五彩前身的漆黑的化石。抑或很想死一次。死乃万事之终焉，亦是万事的起始，积时以成日，累日以成月，经月而成年，归根到底是将所有一切堆成坟墓而已。坟墓此侧的所有扰烦，在仅隔肉皮一枚充作垣墙的因果面前，犹如枉自同情地为枯朽的骸骨无谓地加油鼓劲，让彼侧的身尸拼命蹈长夜之舞一样滑稽可笑。心存浩宇的人，只会渴慕九遐之外的国度。

一通浑漫的想入非非之后，甲野终于坐起。他不得不继续赶路，不得不游览并不想游览的睿山，换来数个不必要的水疱当作毫无用处的登山印迹，留下两三天痛苦的纪念。假如说痛苦纪念是人生中不可或缺的，他已经多到数至白头也数不尽，多到即使挑碎了渗入骨髓也无法消失的程度。唉，脚底徒增一二十个水疱——甲野想到这里，瞄向系带高靿皮靴的后跟，靴底刚踏上棱角锐利的乱石，谁料乱石霎时变脸，"嗖！"一下，眨眼间令甲野尚未踏稳的脚踵向下滑了二尺左右。甲野低声吟咏一句：

不见万里路

他拄着伞沿峭立的崖壁爬上山径尽头，忽然眼前一段陡直的山坡逼近帽檐，那气势仿佛想诱迫从坡下往上爬的人直接升天一般。甲野摘下帽子扇了扇风，目不转睛地从下仰望陡直的山坡，再越过坡顶望向充溢着无边春色的广袤的湛蓝天空。这时他又低声吟出第二句：

唯见万里天

登上长满茅草的山顶，又在杂树林中登上四五级台阶，肩膀以下突然阴暗下来，鞋底也感觉有点湿漉漉的。原来小径自西向东翻越山脊，草丛即变成了茂林。在这片令近江[1]天空变得颜色更加深沉的林中，倘使立定不动，头顶的树干和树干上方的树叶重重叠叠迤靡数里，看起来自远古起便年复一年的叠绿堆翠，致使其变得越来越幽邃冥黑。森然耸立在半空的这片杉林自传教大师[2]那时便已生长于此，遮隐二百山谷、三百神轿、三千恶僧仍绰

1　近江：即滋贺县，在日本京都府东北，古代律令制时代为近江国。
2　传教大师：日本高僧最澄（767—822）的谥号。日本佛教天台宗开山祖，曾入唐求法，为"入唐八大家"之一，其创建的睿山延历寺现已成为世界文化遗产。

绰有余的繁叶之下，不知掩埋了古今多少三藐三菩提[1]的觉悟者。甲野独自穿行在林中。

自左右伸出双手挡住行人的杉树老根，不止拱土穿地、钻开岩石深深嵌入地下，其余力更向上发力，在阴暗的小径上筑起一道道两寸来高的横木台阶，原本无法攀登的山岩因这天然枕木铺就成一架天梯，不啻是山神的恩赐。甲野踏着这些踩上去颇觉舒服的台阶，上气不接下气地往上攀爬。

自黑暗中钻出的石松爬满林间，挡住了前方的杉树，穿过缠绕双脚的繁密石松丛，顺着细长茎蔓望去，远处即将无可奈何枯朽而逝的大叶蕨，正在无风的白昼中左右颤动。

"快到这儿来！这儿！"

宗近忽然从头顶发出叫声，像天狗般恐怖。

地面积满陈年腐草，踏在上面站立不稳，高勒皮靴无声无息地陷入其中，甲野只得挂着洋伞往前行，总算攀爬到天狗所在的位置。

"善哉！善哉！我在这儿等你好久了，你到底在磨蹭什么？"

甲野只"哦——"了一声算作回答，一把扔掉洋伞，随即便一屁股跌坐在地。

"又想吐了？呕吐之前先看看那边的景色，只要看了那景色，你就不想吐了。"

宗近抬起樱木杖指向杉林。透过邃密如栉儿欲封住天空的亭亭老干，琼脂清冰般晶莹闪亮的琵琶湖侵入眼帘。

"果然好景色！"甲野目光凝住了。

1　三藐三菩提：梵文 samyak-sambodhi 的音译，意为正等正觉，觉知真理的智慧。

眼前景色绝难用一面镜子浮在天地间来形容。——睿山众天狗嫉忌刻有"琵琶"铭文的这面镜子的澈亮，喝下偷来的神酒放醉，借着醉意趁夜将氤氲酒气呼之于镜面，沉入澈亮的镜底，再将原野山中的蜃云拢在巨人的颜料碟上，然后随意挥洒一笔，于是十里潋滟春色都变得空濛缥缈，烟翠氤绿。

"果然好景色!"甲野又重复一遍。

"你只会说'果然好景色'？无论给你看什么美景，你好像都不怎么感动嘛。"

"给我看？这又不是你造出来的。"

"你这种忘恩负义之举哲学家身上最常见，整天琢磨那些不孝不谨的学问，变得越来越不食人间烟火……"

"那真是抱歉得很了……不孝不谨？哈哈哈哈! 哎，你看那边有白帆，就在那座小岛的翠绿山前……看过去纹丝不动，不管看多久好像都不会动。"

"那船帆也真够无聊的，浑沦不清的，这点很像你……不过，看起来很美哦。哟，这边也有。"

"喂，看那边，远处那紫色的岸边也有呢。"

"嗯，有、有，一大片，不过看上去全都挺无聊的。"

"简直像是梦境。"

"什么?"

"什么'什么'，我说眼前这景色啊!"

"是吗? 我还以为你又想起什么事了哩。你呀，凡事要爽爽气气的，即便说到梦境也不可像是与己无关似的。"

"你说什么哪。"

"是不是我说的话在你听来也像是梦话？哈哈哈哈……对了，当年平将门[1]自命不凡口吐狂言是在什么地方？"

"好像是在对面，他俯瞰京都时口吐狂言，所以不会是这边。那家伙也是个愚夫笨伯。"

"你说平将门？嗯，比起口吐狂言，还是口吐秽物比较像个哲学家。"

"哲学家怎么可能吐出那种话？"

"真正的哲学家是不是只剩一颗头颅，只知道思考，就像达摩[2]大师那样？"

"哎，那座烟雾朦胧的岛叫什么岛？"

"那座岛吗？看上去真的很缥缈哪，大概是竹生岛吧。"

"确定吗？"

"我随口说的。只要性质确乎可靠，叫什么雅号都无所谓——这是我的主义。"

"可这世上哪有真正确乎可靠的东西？所以雅号才有市场啊。"

"你想说人间万事皆如梦吗？得啦得啦。"

"只有死亡是真实的。"

"我讨厌死亡。"

"不面对死亡，人怎么也改不掉心浮气躁的毛病。"

"改不掉也没关系，但让我面对死亡我可不情愿！"

1　平将门（?—940）：日本平安中期武将，承平至天庆年间先后与同族及各地豪族纷争不断，先被推为"兴世王"，继又自称"新皇"，统治了坂东八国并宣布独立，后为平贞盛、藤原秀乡等所败。

2　达摩（生卒年不详）：梵文Bodhidarma（菩提达摩）之略，禅宗始祖，传说生于印度，北渡中国，曾在少林寺面壁十年终于彻悟。

"即便不情愿，早晚死亡也会来光顾的，到那时，就会幡然领悟我曾经说过的话。"

"你这是说谁？"

"说喜欢耍小聪明的人。"

下得山来，一踏入近江平野便是宗近的世界；而在既高又暗、难见天日的地方远眺遥不可及的明媚春日世间，则是甲野的世界。

二

阳春三月，怀拥着红香在慵懒白昼酣寝，女子宛似从盈盈春色提炼出的一滴深紫，鲜鲜滴落沉睡的大地。女子一头艳艳乌发，令这刻梦幻般的时光显得比梦幻世界更艳媚动人，散开的乌发整齐梳拢于两鬓，鬓上压着一根细长的金簪，簪头是一朵贝壳镂成的冰澈的紫色花。静谧的白昼令人心荡神摇，迷离恍惚，不过只要女子黑眸稍一转盼，便令观者立刻回过神来。深紫只洇开半滴，即在短短一瞬间扬起疾风般威势，全凭了一双藏于春色却能支配春色的深幽的黑眸。假如有人胆敢回溯她的秋波遨游其间，意欲穷尽魔境，恐将化为白骨于桃源，此生不得重返尘寰。这可不是寻常的梦。迷离惝恍的梦的寥廓世界中，那紫色仿佛一颗粲然妖星迫近眉睫，仿佛在低声喝令：到死为止你都必须唯我是瞻。

女子身穿紫色和服。

女子在静谧的白昼中轻轻抽出书签，将封面烫金的厚书置于膝头，读了起来：

……跪在墓前泣诉：这双手……我用这双手将你埋葬，如今这双手也将失去自由，但务请你记住，倘不是因为我被敌人掳去、离乡背井，这双手将永远为你洒扫，为你焚香，直到我生命的尽头。有生之时，莫邪利剑也难将你我分割开，谁知死亡竟来得如此残酷，罗马之君的你葬在埃及，埃及之王的我却要葬于你的罗马……罗马啊，它将我的挚爱无情拒绝，罗马啊——它是一座只属于你的绝情之都。即令如此，罗马众神倘若心存慈悲，对我将生生承受的大辱他们在天庭绝不会视而不见，不会眼看我被你的仇人用来夸示其胜利，不会抛弃已被埃及神祇遗弃的我[1]，作为你分身苟活于世的我的性命将变成复仇的种子。祈求慈悲的罗马众神……让我消失吧，好让你我永远隐身在无须受辱的墓地下。[2]

……

女子抬起脸。她白皙的双颊略施薄妆，神情持重，单眼皮下的眸子深处仿佛有某种东西眼看将流溢出来，心焦的男人假如想看清里面隐藏的东西，无一例外皆会成为其俘虏。

男子嚅动着半张的怯馁的嘴唇。当人的双唇无法抿合如常时，此人的意志必定已经成为对方的饵食，故作姿态嚅动下唇却说不出话来的瞬间，便已注定双刃相交时必定落败。

---

1 古希腊罗马人认为被征服者也会遭神祇遗弃，奥古斯都时代的古罗马诗人维吉尔的史诗《埃涅阿斯纪》及古罗马伟大的历史学家塔西佗的著作中都有类似观点。
2 这段文字出自生活在古罗马的希腊作家普鲁塔克所著《希腊罗马名人传》。

女子宛似搏击长空的猎鹰，只是转盼黑眸朝男子投去一瞥。男子迎情解意似的微微一笑。胜负已决。与伸着舌头、口吐泡沫的螃蟹一本正经角弈，乃最笨拙之策。一番钲鼓之后不得不缔结城下之盟，则是最凡庸之策。至于口蜜腹剑或酒中藏毒之类，甚至难以称为策略。对阵双方彼此不交一言方为善中之善者。即便非十万八千里之外，除了拈花一笑，尽在不言不语中。只要有片刻踌躇，便正中了乘虚而入的恶魔的下怀，恶魔喷出腥膻的青磷毫不客气在下界万丈鬼火上写下"迷""惑"二字，再写下"迷失的人子喔"，随即得意地鸣金收兵，纵使你将一生白发当刷箒，也轻易洗刷不掉这文字。一旦发笑，男子便覆水难收。

"小野先生……"女子唤道。

"嗯？"瞬刻应声的男子来不及掩饰失态的嘴唇。他唇角带笑一半是出于无意识。他因为待得无聊才不经意地让内心春波泄出流为简疏的笑，但第一波尚未敛起，正在懊恼本该继续泄出的第二波为何还不来时，似及时雨般凑巧听到招呼，稍不警觉便从喉咙滑出了"嗯？"的一声。女子则颇有招数，男子应了一声后，她却一语不发。

"什么事？"男子又问。如果不接着问，会破坏两人好不容易才契合的节拍。不合拍会令人不安。倘使面对上心的人，即便身为王侯也会有这般感受，何况眼下这男子除了紫色女子，眼中已全然不见余物，自然会愚蠢地再发第二声。

女子依旧不作声。悬挂于壁龛的容斋[1]画中，松林里那个头

1　菊池容斋（1788—1878）：日本画家，师从高田圆乘，擅长表现历史主题，对明治时期的历史画产生过重大影响。

发梳成类似哪吒头的捧刀侍从，始终一副闲静的样子，而身穿武士服、端坐在褐色马上的主人，大约是过惯了安泰日子的殿上人[1]，对眼前流转的景色无动于衷。唯有男子坐立不安。第一箭射空，第二箭也不知所踪，万一第二箭仍没射中，他必须继续发射。男子屏气凝神望着女子，虽然不知从女子丰腴的嘴唇之间会吐出何样回应，他仍是满脸期待，期望那张瘦削的瓜子脸会发出一个令他满意的回应。

"您还在呀？"女子以平静的口吻问道。这回应完全出人预料，犹如向天弯弓发箭后，葫芦箭却飞转回来差点射中自己的头顶。男子出神地凝望着女子，女子却始终因膝上那本书而忘记了眼前人的存在。然而，女子先前正是因为看到这本书美丽的烫金封面，才从此刻坐在眼前的男子手中夺去翻阅起来的。

男子只回答了一声："是的。"

"这女人会去罗马吗？"

女子不解，她面露不悦地望向男子。小野必须对克利奥帕特拉的行为负起责任。

"她不会去，她不会去。"小野似乎在为毫无关系的女王辩护。

"不会去？要是我，我也不会去。"女子总算认可这个辩护。小野勉强从阴暗的隧道脱出。

"读莎翁写的作品，这女人的性格被刻画得十分透彻。"

小野刚刚脱出隧道便想骑上自行车往前疾驰。鱼跃深渊，鹰舞长空，小野是诗国的臣民。

1　殿上人：又称堂上人、云上人，指古代获准登殿进入清凉殿的四品、五品官员及少数六品的藏人（宫中职事），地位在公卿之下。

金字塔上空似炽焰的火云，狮身人面像前的沙碛，鳄鱼出没的尼罗河，两千年前的妖妇克利奥帕特拉与安东尼相拥并以鸵鸟扇篦轻拂玉肌……均是绝好的画题亦是绝佳的诗材，这也是小野的专长。

　　"读莎翁笔下的克利奥帕特拉，会产生一种奇怪的心境。"

　　"什么心境？"

　　"像是被引入一个千年洞穴，身不由己、茫然发呆时，紫色的克利奥帕特拉突然清晰地出现在眼前，好像一幅即将褪色的套色浮世绘版画，唯独她一身鲜艳艳的紫色凸显在画中。"

　　"紫色？你老提到紫色，为什么是紫色？"

　　"不为什么，只是有这样的感觉。"

　　"是这种颜色吗？"女子飒然撩起一半摊铺在青色榻榻米上的长袖，往小野面前轻轻一甩，小野眉心深处骤然飘过一缕克利奥帕特拉的气息。

　　"啊？"小野顷刻回过神来。女子早已收回闪倏的娇媚，犹如飞掠上空的子规鸟，以驷马难追之势疾速穿过雨脚一般。姣丽的手安静地搁在膝上，安静得如同没有脉搏似的。

　　飘过的克利奥帕特拉的气息渐渐自鼻根处溜走。小野恋恋不舍地追赶着不经意间被唤起的两千年前的往昔影子，心儿受杳邈之境招邀，被牵至两千年前的彼方。

　　"那不是轻风微拂的爱情，也不是含泪或叹惋的爱情，而是暴风雨般的爱情，是史上空前的狂风骤雨般的爱情，是刀剑相向的爱情。"小野说。

　　"刀剑相向的爱情是紫色的吗？"

"不是刀剑相向的爱情是紫色，是紫色的爱情必然是刀剑相向的。"

"您是说爱情被斩断时会喷出紫色的血吗？"

"我是想说，当爱情发怒时，连刀剑也会发出紫色的光焰。"

"莎翁书中是这样写的吗？"

"这是我对莎翁的描写的理解……安东尼在罗马与屋大维娅结婚时……使者带来婚讯时……克利奥帕特拉她……"

"紫色因为嫉妒而更加深浓？"

"紫色经埃及烈日的锻淬，变成冰冷匕首发出可怕的寒光。"

"锻淬到这种程度，不要紧的吗？"话音未落，长袖再度闪过。小野的话头被打断。这女子即便求教于人，也会毫无顾忌地打断对方的话头。稍稍使坏之后，女子得意地望着男子。

"……克利奥帕特拉怎么了？"勒紧缰绳的女子又稍稍放松，小野不得不继续奔跑。

"她刨根问底地追问使者有关屋大维娅的事，她的问法和诘责态度将她的性格展露无遗，所以读起来很过瘾。克利奥帕特拉不停地追问使者，屋大维娅的身高有没有自己高？头发是什么颜色？脸蛋是长是圆？声音是高是低？多大年龄……"

"穷追穷问的人自己多大？"

"克利奥帕特拉应该是三十上下吧。"

"那和我一样已是个老太婆了。"女子歪着头呵呵笑着道。

男子被卷入神秘的笑靥，有点不知所措。假使肯定，无异于说谎，倘要否定，又太无趣。直到女子白皙的牙齿露出一道金光并且即将消失，男子什么话也答不上来。女子今年二十四。小野早就知道她比自己小三岁。

这个漂亮女子年过二十尚未嫁，空数着一二三，到了二十四岁的今日仍是孑然只身，委实不可思议。春庭夜枉阑，花影醉栏杆；迟日匆匆尽，拥琴恨涕澜——这是世间一般错过婚期的女子的常态，而眼前这个女子却将轻摇麈尾[1]时发出的各种幻音当作琵琶瑶响，并似乎饶有兴致地享受这些本不存在的空音，越发令人费解。无人知道因由，只能从这对男女的话音之外，偶尔窥觑其中含义，偷偷揣测这段暧昧恋情的浮踪散雨。

"是不是随年纪增大，嫉妒也会增长？"女子一本正经问小野。

小野复又张口结舌。诗人理当谙悉人性，对女子的提问他当然有义务作答，但他不可能回答自己全然不知的问题。假如男人未见识过中年女人的嫉妒模样，即便是诗人或文士也只能徒叹无奈。小野只是个偏擅文字的文学家。

"这个嘛……或许因人而异吧。"

这般应对虽然圆滑，却模棱两可，女子不会就此善罢甘休。

"等我成了那样的老太婆……哦，我现在就已经是个老太婆了，呵呵呵……等我到了那把年纪，天知道会怎么样。"

"你……你怎么可能嫉妒？那种事情，你现在……"

"现在也会嫉妒啊！"

女子冷飕飕的声音仿佛令恬静的春风倏然而止。本来在诗国漫游的男子，突然一脚踏空坠入下界，坠地之后方知自己只不过是个凡人。对方正站在无法企及的高崖上俯望着自己，他甚至

---

1 麈尾：古人清谈时执以驱虫、掸尘的一种工具，后相沿成习，变为一种生活中的名流雅器，不清谈时亦常执在手。

无暇思考到底是谁将自己踢落到了这儿。

"清姬[1]变成蛇是在几岁时?"

"嗯……如果不是设定在二十岁之前,就感觉缺少点戏剧性了——大概十八九岁吧。"

"安珍呢?"

"安珍二十五岁上下吧,你觉得怎么样?"

"小野先生……"

"嗯?"

"您多大了?"

"我嘛……我……"

"这也非得仔细想一想才说得出吗?"

"不是这个意思……我记得和甲野应该是同岁。"

"哦,对、对,您和我哥哥同龄,可是我哥哥看起来真老。"

"什么话呀,他看起来不老。"

"我说真的。"

"这么说,我应该得意?"

"是啊,您真的应该得意呢。不过,您的年轻并不是在外貌上,而是精神年轻。"

"真的看起来这样?"

"就像个大男孩。"

"真可怜。"

"是很可爱。"

1　清姬:日本和歌山县传说《道成寺缘起》中的女子,爱恋僧侣安珍,安珍却违背与她成婚的约定,最后清姬追赶安珍至道成寺,化为蛇喷吐火焰烧死躲在吊钟内的安珍,自己也沉河自尽。

女人的二十四岁相当于男人的三十岁。她们不懂得是也不懂得非，当然也不懂得这世道是如何演进又如何停滞的，更不懂得在这个偌大舞台无止境向前发展的进程中，自己到底居于何种地位又饰演何种角色，她们只是伶牙俐齿，能言善辩，却既不擅平天下，也不擅治国，面对众楚群咻时也只会手足无措。但女人于一对一的斗智极有心得，倘使两人对阵单打独斗，得胜的必定是女人，男人绝对是其手下败将。被饲养在现实生活的笼内，只要能无忧无虑啄食谷粒，就会开心得鼓翅扇翼——这便是女人。在笼中小天地与女人争竞嗝啾的人只会偾仆而毙。小野是诗人，正因为是诗人，他才会将半个头伸进笼中，而这却使得他彻底无法尽情地显扬己长。

　　"您很可爱，就像安珍那样。"

　　"说我像安珍也未免太损人了吧？"男子勉强接口道，只差没开口告饶了。

　　"您觉得冤枉？"女子眼角露出一丝笑意。

　　"可是……"

　　"可是什么？您有什么冤枉的？"

　　"我可不会像安珍那样一逃了之。"

　　这便是山穷水尽无路可逃时的徒然招架。大男孩浑然不懂得什么叫审时度势见好就收。

　　"呵呵呵，我倒是会像清姬那样追您的哦。"

　　男子一言不发。

　　"我现在如果变成蛇的话，是不是有点老了？"

　　女子的话宛似春日里突如其来的一道闪电，霎时间穿透男子胸膛。那闪电是紫色的。

"藤尾小姐!"

"什么?"

呻唤的男子与被唤的女子相对而坐。六席¹大小的屋子被浓密的绿树丛围隔开,马路上往来汽车的鸣号声也变得朦胧微忽。静寂的尘世里,此刻唯有二人晏坐。当彼此以榻榻米的茶绿色镶边为界,相隔两尺互望时,仿佛整个世界都从他们身边遁走了。而此时,救世军在市内正擂着鼓列队游行;医院里气若游丝的腹膜炎病人即将命归黄泉;沙俄的无政府主义者在投掷炸弹;扒手在停车场被捉;房屋突然着火;婴儿呱呱将坠;新兵在练兵场挨骂;有人在蹈海自尽;有人在杀戮生灵;藤尾的哥哥和宗近正在攀爬睿山。

花香肆溢的巷子深处,互相唤着的这对男女,欣喜雀跃在即将凋催殆尽的春的残影中。宇宙成了只有他们二人的宇宙,年轻的热血经由脉脉三千血管,不停逼向心扉,心扉为爱情一开一闭,在苍穹活形活现地绘出一对端然不动的男女。二人的命运在这悟悟刹那之间便已定下,只要身躯微动纹丝,就能决定往东抑或向西。这呼唤不比寻常,被唤也非同小可,纹丝不动的两个躯体是两堆固化的烈焰,彼此之间有一道甚于生死的难关,二人在犹豫是待对方先掷出,抑或自己先抛出那足以崩摧整个宇宙的爆炸物。

"您回来啦?"声音自玄关响起,石子路的车轮声戛然停住。

1　席:日本传统的和式住宅中用来作为计算居室面积的量词,一席即一张榻榻米的标准尺寸,长180厘米,宽90厘米,折合1.62平方米。

拉门声响过之后，走廊里传来碎步趋走的声音。神经紧绷的二人这才变换了一下姿势。

"是我母亲回来了。"女子若无其事地坐着不动。

"噢，是吗？"男子也若无其事地应道。

只要未将心意了然显露于外便不算犯罪，可以自圆其说的暗示难以成为呈堂证据。二人不动声色地彼此周旋，虽然都默认彼此间确实似有其事发生，仍若无其事似的神泰心安。天下很太平，谁也没有理由在背后指指点点，假如有谁这样做，那是无事生非。总之，天下是太平的。

"伯母刚才出门了？"

"嗯，出去买点东西。"

"我打搅太久了。"男子起身前先正了正坐姿。由于担心长裤的褶痕走样，他一直是尽量盘腿坐着的。为了随时能支撑住身体抬起臀部，此时他将双手搁到膝上，雪白的衬衣袖口盖至手背，暗灰条纹的衣袖下露出一对闪闪发亮的七宝烧[1]袖扣。

"再坐一会儿吧，我母亲回来也不会有什么事找我。"女子看来不像要去迎接回来的人，而男子原本就不愿起身告辞。

"可是……"男子说着从暗兜中摸索取出一支粗卷烟。吐出的绡雾能掩饰很多东西，何况这是带金色咬嘴的埃及货。趁着将烟吐成圈圈、吐成山形、吐成雾岚之时，将要抬起的腰盘或许可以重新放松坐下，也多少能缩短克利奥帕特拉与自己的距离。

当轻烟越过黑髭冉冉悠悠腾起时，克利奥帕特拉果然彬彬

1　七宝烧：一种具有日本特色的珐琅制工艺品，十七世纪由平田道仁制成平田七宝烧后开始普及。

有礼地发出命令："别急，您坐着吧！"

男子一声不吭重又换成盘腿坐姿。春日对两人来说都很长。

"最近家里全是女人，太冷清了。"

"甲野大概什么时候回来？"

"谁知道他什么时候回来。"

"有信来吗？"

"没有。"

"现在季节正好，他们在京都肯定玩得很开心吧。"

"您要是和他们一起去玩多好呀。"

"我嘛……"小野闪烁其词地应了一声。

"您为什么不一起去呢？"

"不为什么啊。"

"对您来说，不是熟人熟地吗？"

"啊？"小野没留神将烟灰抖落在榻榻米上，因为他说"啊"时下意识地动了一下手指。

"您不是在京都住过很久吗？"

"所以就算得上熟人熟地了？"

"是呀。"

"正因为太熟悉，反倒不想去了。"

"您真是不近人情。"

"哪儿的话，我怎么会不近人情哩？"小野较起真来，结果埃及货的烟雾被他不小心吸入肺中。

"藤尾！藤尾！"从走廊另一头的房间传来呼唤声。

"伯母在叫你？"小野问。

"嗯。"

"那我回去了。"

"为什么?"

"伯母叫你肯定是有事情吧?"

"有事情也没关系呀。您不是老师吗? 老师上门来教学生,管他谁回来的做什么呢?"

"可我也没教你多少啊。"

"当然教了,教我这些已经够多了。"

"是吗?"

"您不是教了克利奥帕特拉还有很多其他的吗?"

"如果你你觉得关于克利奥帕特拉那些讲得不错,那我还有很多可以教的哩。"

"藤尾! 藤尾!"母亲唤个不停。

"对不起,我去一下 ——我还有事要请教您,请您在这儿等着我。"

藤尾起身离开,留下男子一人在六席的屋子里。壁龛的萨摩烧[1]香炉内满是燃尽的香灰,积了老多,不知是什么时候开始点上的香。藤尾的屋内昨今两天都很安静。被她撤下的八端绸[2]坐垫在静候主人归来,上面的余温随着轻柔春风在寂寞无聊地飘荡。

小野默默地看看香炉,又默默地望了望坐垫。变形方格花纹的坐垫一角从榻榻米上微微翘起,下面压着件亮晶晶的东西。

---

1 萨摩烧:日本一种乳色陶器,表面有细密龟裂釉面和精美彩色或饰金图案,因十八世纪在萨摩地方(日本旧国名,包括今日本鹿儿岛县西部及甑岛列岛)开始生产而得名。
2 八端绸:一种织成条纹或格子花样的厚丝绸,一般用于制被褥等。

小野稍稍探头，琢磨着那发亮的东西究竟何物。好像是块表。之前他完全没有注意到，也许是藤尾起身时，滑柔的丝绸坐垫移位，藏在下面的东西才露了出来。但如果是表似乎没必要藏在坐垫下。小野再度打量了一下坐垫底下，松叶形环扣连成的表链蟠曲着，在它上面隐约可见一只闪着幽光的镂金表盖，密密麻麻雕着鱼子般的颗粒状凸纹。没错，是只怀表——小野歪着头心想。

就颜色的纯净而言，金色可谓极致，媚好富贵的人必喜爱这种颜色，冀求荣耀的人必选择这种颜色，钩致盛名的人必崇饰这种颜色，此颜色犹如磁石吸铁一般，尽吸天下黑头公的眼珠，在它面前不顶礼膜拜的人犹如没有弹力的橡胶，是无法作为一个人立足于世间的。小野觉得这实在是种好颜色。

恰在此时，顺着屋子椽栋，从另一头的房间传来丝绸摩擦的窸窣声。小野忙移开偷觑的视线，不动声色地观看起挂在正面的容斋画，这时两个身影出现在门口。

藤尾的母亲少许溜肩，穿一件黑色绉绸三纹和服[1]，素色的衬领，莹润的头发盘成一个旧式发髻。

"喔哟，欢迎欢迎！"藤尾母亲额首打了个招呼，在靠近门口的地方坐下。

院子里虽少了莺啼声，倒也打扫得干干净净看不到明显的尘埃，唯有一株显得过高的松树目中无人似的独霸在那里，给人的感觉与眼前这位母亲好像同气相应。

"藤尾老给您添麻烦……她在您面前准是像个小孩子似的净

---

[1] 三纹和服：带家纹的和服，正式礼服有七枚或五枚家纹，居家的便服一般有三枚或一枚家纹，三纹和服即后背、两袖后各一枚家纹。

会使性子吧？……哦，您请随意点儿……照理每次我都应该来向您问候的，不过毕竟我是个老太婆，来了也只会打搅你们，所以很是失礼，一直都没来问候……这丫头真孩子气，不光不听话，还挺会缠磨人，真叫人头痛死了……不过托您的福，她好像特别喜欢英文，近来听说已经能看懂一些难懂的书了，她自己得意得很呢……其实有她哥哥在，让哥哥教她就行了，可是……哥哥教妹妹好像总是没法子教……"

藤尾母亲口若悬河，侃侃而道，小野连半句话都插不上，只能紧随她滔滔不绝的车轱辘话一路疾奔，却全然不知将奔往何处。藤尾则默不作声地打开方才从小野手上夺过去的书继续翻看。

……女王在墓前献上花束，亲吻墓碑，哀叹自己的不幸遭遇，随后郑重地沐浴，沐浴后再郑重地用晚餐。这时有个卑贱的仆人献上一小篮无花果。女王派人送信给屋大维[1]，希望死后能与安东尼合葬在一起。衬垫在无花果下的绿叶中，暗藏一条毒蛇，塞满尼罗河冰凉淤泥的口中吐着火舌……屋大维的使者趋前推开门扉，无可奈何花落去的一幕扑入眼帘——身着高贵华丽冕服的女王已经成为一具尸骸躺在黄金床上，侍女埃拉斯死在女王脚旁，另一名侍女查米恩无力地伸手托着女王头上那顶聚镶有千粒珠宝、仿佛凝聚着黑夜露华的摇摇欲坠的王冠。推门进来的屋大维使者追问侍女缘由，查米恩答，这才是埃及之王的荣光谢幕，说罢倒地闭目而亡。

1　原文误作"恺撒"，但依史实此处及下文几处的"凯撒"均改为"屋大维"。

……

　　最后一句"这才是埃及之王的荣光谢幕"，犹如袅袅不绝的熏香拖着条幽微的尾巴潜入窈冥，令页面变得朦胧不清。

　　"藤尾。"不知情的母亲开口唤道。

　　男子此时放松下来，向被呼唤的人望去。被呼唤的人正垂着脸。

　　"藤尾！"母亲又唤了一声。

　　女子的视线总算从页面移开。白皙额际蓬起的带波浪的发下是不算高挺的细鼻梁，殷红堆成小巧的嘴唇，顺着嘴唇向下滑，双颊的末端在此会合成下巴，再从下巴向内收敛的则是线条柔和的咽喉——这张脸逐渐切换至现实世界。

　　"什么事？"藤尾应道。这介于白昼与夜晚之间的回应来自站在白昼与夜晚交会处的人。

　　"哎呀，你倒清闲，这本书那么有趣吗……你太失礼了，等一会儿再看吧！……瞧，她就是这样子又任性又不懂道理，真叫人头痛……这本书是问小野先生借的吧？封面真漂亮，你可别弄脏了，书是得好好爱惜的……"

　　"我挺爱惜的呀。"

　　"那就好，可别像上次那样……"

　　"上次是哥哥不对嘛。"

　　"甲野先生怎么了？"小野总算得以开口插上一句完整的话。

　　"哦，其实也没什么，是这两个孩子任性到一块儿了，成天没完没了像小孩子似的吵架……前几天她又把哥哥的书……"

母亲望着藤尾，似乎在斟酌要不要说出来。带点同情心的恐吓，是年长者对年少者经常玩的把戏。

"她把甲野先生的书怎么了？"小野小心翼翼地问。

"要不要我说出来呀？"母亲笑着欲言又止，仿佛用一把玩具匕首逼向女儿似的。

"我把哥哥的书扔到院子里去了！"藤尾并不领母亲的情，她毫不踌躇地将答案掷向小野眉间。母亲苦笑。小野瞠目结舌。

"您也知道她哥哥性格很古怪。"母亲委婉地讨好稍稍赌气不悦的女儿。

"听说甲野先生还没回来？"小野适当其时地岔开话题。

"他呀，简直是一去不回……他老说身体不舒服，没精打采的提不起劲来，所以我就劝他出门旅游一趟，好让他变开朗一点儿，可他又拖拖拉拉的不肯动，我只好好说歹说拜托宗近带了他一块儿去，结果一出门就家也不回了，唉，年轻人就是……"

"哥哥虽然年轻，但他可不一般呀，他不是在哲学方面出类拔萃嘛，所以是个很特别的人哦！"

"是吗？我是完全不懂……再说，那个叫宗近的是个什么事情都不在乎的人，他真的会像射出去的子弹，一去不回呢，真叫人头痛。"

"呵呵呵呵，是个快活有趣的人哪。"

"说到宗近，刚才那件东西在哪儿呢？"母亲睁大眼睛在屋内扫视。

"在这儿。"藤尾微微斜向抬起双膝，将八端绸坐垫在绿生生的簇新榻榻米上往一旁移了移，只见盘曲成三段的表链中间，堆拱着那只颜色富贵、满布鱼子般颗粒状凸纹的雕金表盖。

藤尾伸出右手，闪亮的怀表锵锵一响，表链自她手掌一滑，垂下一尺来长，险些掉落到榻榻米上。垂落的余力转成横向的摆力，镶在末端的石榴石饰件随长长的表链一起晃动了两三下。第一下晃动，朱红圆珠击中了女子白皙的手腕，第二下水涡状地旋转一圈，轻轻触到女子的袖口，正当第三下晃动即将停止时，女子"嚯"地站起身。

小野呆呆望着那快速晃动的五彩缤纷的颜色时，女子已经候地坐到他跟前，回头说道："妈，这样才更显得出漂亮。"说罢，又坐了回去。

松叶形环扣连成的金表链左右穿过小野胸前的衣扣扣眼，在黑色麦尔登呢的衬托下璨璨发光。

"怎么样？"藤尾问。

"果然很般配。"母亲答。

"究竟是怎么回事啊？"小野一头雾水地问道。母亲呵呵笑起来。

"送给你好不好？"藤尾秋波流盼。小野默不作声。

"那，就算了吧！"藤尾再度起身，从小野胸前摘下金表。

三

春风野岸细雨斜，花露柳烟潜入槛。挂在衣架上的藏青西服阴影下，缩头缩脑蹲踞着反卷了三分之一的黑袜。狭窄的装饰橱架上搁着气宇不凡的旅行行囊，没有扎紧的行囊细绳慵懒地垂着头，一旁的牙膏和白牙刷在互道早安。透过紧闭的格子门上的玻璃，看得见屋外飘飒着白色的细长雨丝。

"京都这地方太冷了。"宗近在旅馆的浴衣外披了件平纹粗绸薄棉袍，背倚松木壁龛立柱，大模大样地盘腿而坐，望着屋外对甲野说道。

甲野腰以下盖着条驼毛膝毯，乌黑的头发枕在充气枕上，应了声："冷倒还好，就是让人特别想睡觉。"说着他稍稍偏了下头，刚梳过的湿发因为充气枕的缘故看起来就像脱下的黑袜。

"你成天在睡觉，好像就是为了来京都睡大觉似的。"

"嗯，这地方真的很舒适。"

"你觉得舒适就好，你母亲可是担心得很哩。"

"哼！"

"一声'哼'就算对我的感谢？为了让你感觉舒适，我不知花了多少心血哩，只有我自己心里清楚。"

"你读得懂那匾额上的字吗？"

"嗯，这字真古怪：'僝雨僽风'[1]？我从来没见过。两个字都是人字偏旁，大概是形容人如何如何吧？干吗净写这种没人认得的字啊？应该是什么字？"

"不知道。"

"不知道就拉倒吧。倒是这道纸拉门蛮有意思的，上面贴满了金纸，看起来很豪华，不过奇怪的是有些地方竟然皱着，简直

---

1 僝雨僽风：谓风雨交相摧折，也形容历经磨难，十分烦恼憔悴。出自辛弃疾词作《粉蝶儿·和晋臣赋落花》。

像草台戏班使用的道具似的。上面还画了三棵直翘翘的竹笋，到底有什么含义？这可是个谜哩，甲野你说是不是啊？"

"你觉得是什么谜？"

"这怎么知道？这上面画的东西意思让人看不透，所以说算是个谜吧？"

"含义不明的东西不能称其为谜，有含义的东西才是谜。"

"可是哲学家之流却向来把含义不明的东西视为谜，绞尽脑汁去研究，就好像气急败坏地对着一盘疯子发明的将棋[1]残局穷琢磨一样。"

"那这竹笋大概也是个疯子画家画的。"

"哈哈哈哈，既然你明白这个道理，这世上应该就没什么烦恼了吧？"

"人世间怎能跟竹笋相提并论？"

"喂，不是有个'戈耳迪之结'的传说吗？你知不知道？"

"你当我是中学生？"

"我可没这么说，只不过随便问问，你如果知道的话就说来听听。"

"你真的很烦人，我当然知道。"

"所以请你说来听听嘛。哲学家都会糊弄人，而且非常固执，不管问他们什么问题，都是死也不肯承认自己不知道……"

"真不知道是谁固执。"

"好好，管他谁固执，你说说看嘛。"

1　将棋：日本象棋，弈者双方各20枚棋子，在纵横各9格的棋盘上交替行棋，先擒获对方的王将者为胜。据说起源于印度，奈良时代经中国流传至日本，初有大将棋、中将棋、小将棋之分，现在的将棋都是由小将棋发展而来的。

"戈耳迪之结是亚历山大时代的故事。"

"嗯，看来你果然知道。然后呢？"

"有个名叫戈耳迪的农夫献了辆牛车给朱庇特[1]……"

"喂喂，等一下，有这回事吗？结果呢？"

"什么叫'有这回事吗'？你不知道？"

"我只不过知道得没这么详细。"

"搞什么呀，弄了半天你自己都不知道，还来考我。"

"哈哈哈哈，读书的时候老师没教那么详细，那个老师肯定也不知道这个情节。"

"……那个农夫用蔓藤把牛车的车辕和车轭打了个死结，谁也解不开。"

"原来如此，难怪把死结称为'戈耳迪之结'，对吧？后来亚历山大嫌麻烦就拔刀砍断了那个死结。噢，原来如此。"

"我可没说亚历山大是嫌麻烦才把它砍断的。"

"这一点无关紧要。"

"其实是亚历山大听到神谕，说谁能解开这个死结，谁就将成为东方霸主，于是便道：既然如此，就只有这样做了……"

"这个我知道，学校老师就是这样教的。"

"你知道那不就行了？"

"其实，我想说的是，人假使没有亚历山大那种'既然如此就只有这样做'的气魄是不行的。"

"你这样说也未尝不可。"

1　朱庇特：即希腊神话中的主神宙斯，是奥林匹斯山的统治者，罗马统治希腊后将其改称为朱庇特，仍为众神之神。

"'这样说也未尝不可'？你这样子好像一点儿也没有显出点精气神呀。戈耳迪之结可是个绞尽脑汁也解不开的死结啊。"

"一刀下去不就解开了？"

"一刀下去……其实即便解不开，也没什么不妥实的啊。"

"妥实？这世上最无耻的事情便是讲求妥实。"

"照你这么说，亚历山大成了极其无耻的男人啦？"

"难道你觉得亚历山大有那么了不起吗？"

对话一时中断了。甲野仄转身去。宗近继续盘腿坐着翻看旅游指南。屋外，雨丝仍在斜斜地飘落。

仿佛在为露着赤腹直冲云霄的燕子添势助威似的，本已使得古都显得十分萧寂的蒙蒙细雨下得更加繁密了，上京和下京[1]均被浸濡在抑郁的淅沥细雨中。三十六峰[2]的嫩绿之下，所有声音都融入友禅染[3]的嫣红流水中，一径注入油菜花田；女人在门口边洗菜边唱着"你在川头我在川尾……"，摘下深深遮住黛眉的手巾，便可望见大文字山[4]；原本莺啼燕喧的竹林中，只残余着松虫和铃虫[5]的坟墓，覆满的青苔不知已历多少春秋；自从罗生门不再有妖鬼出没后，那门不知哪朝哪代已被拆毁，被渡边纲[6]

1　上京和下京：京都街市在十四世纪末十五世纪初自然形成南北两片，以二条大街为界，北部称为"上京"，南部称为"下京"，现成为地名。

2　三十六峰：泛指京都东北部的东山丘陵，名称据说由嵩山三十六峰而来。

3　友禅染：京都的一种独特染色技法。

4　大文字山：日本京都每年8月16日盂兰盆节举行"五山送火"仪式时，在东山的如意岳半山腰点燃"大"字篝火，因此如意岳也被称为大文字山。

5　松虫和铃虫：日本十二世纪末后鸟羽上皇身边的两名侍女，受僧人法然感化而逃出皇宫入佛门为尼，后法然被流放，他的两名弟子被处斩，史称"承元法难"。松虫和铃虫死后安葬于东山鹿谷的安乐寺。

6　渡边纲：日本平安中期武士，源赖光麾下"四天王"之一，传说曾在罗生门扭下妖鬼的胳膊。

扭断的妖鬼胳膊也不知所踪……唯有春雨一如往昔地下个不停，落在寺院街的古刹，落在三条的名桥，落在祇园的樱花，落在金阁寺的松树，亦落在旅馆二楼甲野和宗近两人的身上。

甲野躺着写起了日记。横开的日记本褐色布封面一角沾着些许汗渍，他用力掀开封面，感觉差点就将其折断了似的，翻了两三页，有一页三分之一空白着，甲野便从这页接着写起。他用铅笔龙飞凤舞地写下：

一奁楼角雨，闲杀古今人；

随后顿笔琢磨起来，看样子想添上转句和结句凑成一首五绝。

宗近扔下旅游指南，“嗵嗵嗵”地踩着重步走向外廊[1]，好像存心跟榻榻米赌气似的。外廊上恰好孤零零地放着一把藤椅，似乎正待人来坐。透过稀疏的连翘花可以望见邻家房子，纸门拉得严严实实，从里面传出阵阵琴音。

忽聒弹琴响，垂杨惹恨新。

甲野另起一行又写了十个字，但似乎自己不满意，当即提笔将其画掉。随后写下一段普通文字：

宇宙是个谜，如何悟解是人的自由。随心所欲地解意再随心所欲地找出答案是一种幸福。倘使心存疑忌，连父母也是谜，兄弟亦是谜，包括妻子和孩子，甚至作

1　外廊：日式住宅在屋子门窗外铺设的窄走廊。

如是观的人自己也是个谜。人降生斯世即是为了解开强加于自己的无法解开的谜，以至中夜起长叹，徘徊至白头。为解开父母之谜，就须与父母同体；为解开妻子之谜，就须与妻子同心；为解开宇宙之谜，就须与宇宙同心同体。假如无法做到这一点，父母和妻子及宇宙便都是谜，是解不开的谜，是一种痛苦。既有父母兄弟这些解不开的谜，又心甘情愿地迎入妻子这个新的谜，不啻自己的财产尚且穷于看管，却还要保管别人的钱财。况且不只是迎入妻子这个新的谜，还会让这个新的谜诞下另一个新的谜，使自己更加痛苦，犹如替别人保管的钱财生了利息，竟将别人的所得视作自己的财富……唯有牺牲自己才能解开所有的谜。问题只在于如何牺牲自己。死？蹈死这样的牺牲未免太过无能。

　　宗近一直坐在藤椅上静静聆听邻家的琴声。他当然不会理解有幸蒙赐名琴的琵琶名手于御室御所[1]春寒之中的风雅，更不懂得用南部桐制成菖蒲形状、面板镶有象牙泥金画[2]的十三弦古筝的雅趣。宗近只是漫不经心地听着。

　　散落着连翘黄花的篱笆另一侧是个不足三坪[3]的小院，一丛

1　御室：位于今日本京都市右京区的双丘以北，因平安时代宇多天皇在该地的仁和寺内置居所而得名，其居所也被称为"御室御所"。蒙赐名琴典出平安末期的平氏武将平经政，他是琵琶名手，法皇曾赏赐其一把传自中国唐朝的名琴"青山"。

2　泥金画：一种日本漆器工艺的装饰技法，在漆器表面描绘图案纹样后，再以金、银、贝壳等的颗粒及色粉涂嵌，形成各种花鸟山水图案。

3　坪：日本的面积单位，用来丈量房屋和宅地面积，1坪约等于3.3平方米。

业平竹[1]前摆着一只长满青苔的御影石[2]洗手盆，院中爬满了卷柏。琴声正是来自此处。

京都的雨下起来一个模样：冬天能将雨衣冻得邦邦硬，秋天令灯芯变细，夏天让兜裆濡湿如洗，春天——春天的雨好似一根银制扁簪掉落榻榻米上，滚至珍珠内层闪烁着红金蓝光、用来赛贝壳[3]的彩贝旁，"玎玲"鸣一声，又"玎玲"拨弄一记。宗近听到的琴声宛似这春雨玎玲。

甲野又另起一行——

　　眼看是形状，耳闻是声音。形状与声音都不是事物真相。假如领悟不了事物的真相，其形状与声音又有何意义？当灵府捕捉到某个事物的本来面目时，其形状与声音便会随之变成新的形状与声音。这即是象征。象征只是为了让眼睛能看到、耳朵能听到那不可思议的本来空[4]的一种媒介……

琴声逐渐加快速度。银甲仿佛在雨滴间隙中穿行，不停地在雁柱间飞舞，按颤推揉，声随妙指，弹至绵密浓烈处，低音弦的重浊与高音弦的轻细糅为一体，交互烘托，汹涌奔泻。

1　业平竹：一种竹子，竿高3～9米，箨鞘无毛，花枝上的佛焰苞卵形至披针形。原产于日本本州西南部，一般庭园及家庭中栽培用来观赏。
2　御影石：日本兵库县神户市东滩旧为御影町，以出产花岗岩石材闻名，称为"御影石"。
3　赛贝壳：日本的一种赛物游戏，起源于平安时代，将美丽或珍稀的贝壳分为左右两组，交替出示，以竞争优劣。
4　本来空：佛法指世间诸法皆假有，而非本来实有，一切万有皆为现象假立而存。

甲野写完"听无弦琴,方始领悟序、破、急[1]的含义"这句时,一直在藤椅上俯视邻家的宗近从外廊向屋内喊道:

"喂,甲野,你不要光诡辩,过来听听这琴声也不坏啊!真的很好听哦。"

"嗯,我一直在洗耳恭听呢。"甲野"啪嗒"一声阖上日记本。

"哪有躺着听琴的?我命令你到外廊上来,快出来!"

"干什么呀,在这儿也一样能听嘛。你别管我。"甲野依旧躺在充气枕上,丝毫没有起身的意思。

"喂,东山看上去很美哪。"

"是吗?"

"来看啊,有人在渡鸭川,真是富有诗情画意。听见了吗,有人在渡鸭川哩!"

"渡就渡嘛。"

"有一首俳句好像说裹着被褥卧看什么来着[2],到底是裹着被褥卧在哪里?哎,你过来告诉我好不好?"

"不好。"

"嘿,就这一会儿工夫加茂川水位大涨,哇不得了,桥都快塌了!听到吗,桥快塌了!"

"桥塌了也没关系。"

"桥塌了也没关系?晚上看不成艺伎舞蹈大会[3]了也没关系?"

"没关系!没关系!"甲野似乎不耐烦了,他翻个身转向另

---

1 序、破、急:指雅乐乐曲的开始、中间和结尾部分。
2 此处系指日本江户初期俳谐师服部岚雪的俳句:身披棉被卧看东山。
3 艺伎舞蹈大会:每年4月1日至30日,京都艺伎为了迎接春天的到来而在祇园舞蹈练习场举办的传统舞蹈大会。

一侧，端详起旁边那扇金纸门上的竹笋图来。

"你居然这么无动于衷，真拿你毫无办法，我算服了你了。"
宗近无奈，最后只得悻悻地折回屋内。

"喂！喂！"

"什么事？你真烦。"

"听到那琴声了吧？"

"不是说过我一直在听嘛。"

"弹琴的一定是个姑娘。"

"那当然啦。"

"猜猜看她有多大？"

"谁知道。"

"你这样冷漠真叫人扫兴。如果你想问我的话，就明说嘛。"

"谁问你呀!"

"你不问？既然你不问，那我只好主动说给你听了：她还是
个梳着岛田髻[1]的小姑娘呢。"

"房门开着？"

"没有，房门关得紧紧的哩。"

"那又是你随随便便给人家冠的雅号？"

"这雅号可是名副其实的哦，因为我看到那姑娘了。"

"怎么看到的？"

"你瞧，想听了吧？"

"不听也无所谓。听你讲那种事，不如研究这竹笋更有意思。

1　岛田髻：日本妇女发式之一，多为未婚女子梳整，相传为东海道岛田驿艺
伎首创故而得名。

你知道吗，为什么躺着从横里看竹笋会变矮?"

"大概是你的眼睛也横过来的缘故吧。"

"只有两扇纸门却画着三棵竹笋，又是什么道理?"

"可能画得太差劲，只好买二饶一吧。"

"为什么竹笋如此苍白?"

"大概是设个谜，意思是吃竹笋会中毒。"

"还真是个谜啊? 原来你也会解谜?"

"哈哈哈哈，我有时候也会解解玩的。我刚才还一直想解开那个未婚姑娘的谜哩，可你却毫无兴致，不让我解，这不像是哲学家的做派呀。"

"你想解就解嘛，你以为我是那种你一装模作样我就低头认输的哲学家?"

"好，那我就先献丑试着解解看，然后让你低头认输……你听着，那个弹琴的人嘛……"

"嗯?"

"我看见了。"

"你刚才已经说过了。"

"是吗? 那我就没有别的好说的了。"

"无话可说就到此打住吧。"

"不，打住可不行啊，还是告诉你吧 —— 昨天我洗完澡光着膀子想在外廊凉快一下……你想听吧? ……我随意眺望着鸭川东岸的景色，正觉心情舒畅，无意间往下瞄了邻家一眼，正巧那姑娘拉开半边纸门，靠在门上往院子里张望哩。"

"是个美女吗?"

"当然是美女啦，比起藤尾小姐来虽然差点，但看上去比我家系子漂亮。"

"是吗?"

"就一句'是吗'就完了? 你这样也未免太不把人当回事了吧? 哪怕意思意思也得说句'太可惜了，我要是也看到就好了'什么的呀。"

"那真是太可惜了，我要是也看到就好了。"

"哈哈哈哈，我刚才就是想让你看才叫你出来的嘛。"

"可门不是关着吗?"

"说不定什么时候会拉开呀。"

"呵呵呵，如果是小野，很可能会一直等到对方拉开门。"

"是啊，早知道就带小野一起来玩了，让他看看才有意思呢。"

"京都这地方就适合他那种人居住。"

"嗯，跟小野完全一个性格。我跟他说，老兄一起去吧，他却东扯西拉的，结果还是没跟我们一起来。"

"他好像说想趁春假[1]好好读点书什么的。"

"春假怎么读得进书呢?"

"他那副样子，随便什么时候都读不好书的。一般说来，文学家都很轻浮，所以不会有大出息。"

"这话听起来可有点刺耳，我也算不上持重的人啊。"

"哦，我是说那些只对文学有兴趣的人，大都喜欢成天迷离恍惚地沉醉在霞思云想中，往往不想着拨开云霞探求事物本质，

1　春假: 日本学校一般为三学期制，新旧学年之间的假期为春假，中小学春假多从 3 月 25 日前后起至 4 月 5 日左右止，大学则从 2 月至 4 月约两个月。

所以靠不住。"

"他们是云霞醉鬼？那么哲学家老喜欢苦思冥想些空洞无用的东西，成天愁眉锁眼的，应该称作盐水醉鬼吧？"

"那像你这种爬睿山竟然爬过头，一个劲往若狭国跑的家伙，就是雷雨醉鬼啦。"

"哈哈哈哈，每个人都各有所醉，真是妙极了！"

甲野的一头黑发此时总算离开了枕头。先前被黑亮湿发凌压的空气登时反弹膨胀，使得枕头在榻榻米上移了位，驼毛膝毯也跟着滑落，一半由里向外翻了过来，露出胡乱缠在腰上的窄腰带。

"果然是个醉鬼。"跪坐在枕边的宗近不失时机地揶揄道。甲野挪了挪胳膊撑起瘦长的上半身，再用手掌支在榻榻米上，睁大眼睛朝自己的腰部左看右瞧。

"确实像醉了。——你倒是难得坐得这样端正啊。"甲野说着从细长的单眼皮下瞪了宗近一眼。

"因为我很正常。"

"坐姿看上去似乎还算正常。"

"神志也很正常。"

"你穿着棉袍跪坐，说明你其实已经醉了，还得意扬扬说自己没醉，这样更可笑。醉了索性就要像个醉的样子嘛。"

"是吗？那我就不客气了。"宗近马上松开腿盘席而坐。

"你总算没有固执愚见，佩服佩服！这世上没有比明明是愚者却自己以为是贤者的人更滑稽可笑的了。"

"从谏如流说的就是我这种人。"

"醉了居然还能说出这样的话来，看来还没到不可救药的地步。"

"那自以为是的你呢？你明明知道自己醉了，却既不肯跪坐也不肯盘腿坐。"

"我大概是站街苦力[1]吧。"甲野凄怅地笑着道。

本来谈兴正浓的宗近突然严肃起来——看到甲野这种笑容，宗近不得不严肃起来。在无数张脸孔的无数个表情中，有一种表情必定会令人深铭肺腑，他脸上的肌肉不是为了自我表现而颤动，他头上的根根毛发不是为了闪电而竖立，他的泪管决堤不是为了增强涕泗滂沱的印象。虚伪的夸张情态——例如壮士无缘无故挥舞长剑斩向地板——因为肤浅故而轻而易举便能够做出，那是本乡座[2]的戏剧，而甲野的笑绝不是剧场舞台上的那种笑。

那是无法捕捉的感情波浪，顺着毛发般的细管从心底难得渗出数滴，在俗世阳光下留下的倏忽一现的影子。它不同于街上随处可见的表情，当它探头张觑觉察到眼前是俗世时，便会立即潜回深院。在它潜回之前将它揪住方能制胜，倘使来不及揪住便永远也无法理解甲野。

甲野的笑容淡恬、柔善，甚至毋宁说是冷涩。宁静的笑容中，倏瞬的笑容中，疾行奔逝的笑容中，清楚地勾勒出甲野的一生。能够晓悟这瞬间的意义，便是甲野的知己，倘使粗暴地将甲野置于不闻不顾的境地，不寻求理解晓悟而以为他就是这样的怪人，则即使身为父母也羞称知子，即使是兄弟姐妹也形同陌路人。将

1　站街苦力：对站在港口或街头等候雇用的临时苦力的卑称，源自明治时代那些在坡道下等人力车过来帮忙推车上坡讨一口饭吃的底层人被称为"站街苦力"。

2　本乡座：位于日本东京本乡春木町的大众剧场，以演出新流派戏剧闻名。

甲野的性格描述成极其悲惨，那是不晓世态人情的蹩脚小说的做法，二十世纪不会轻易出现此等货色。

春天的旅游很悠闲。京都的旅馆很安静。两人平安无事。他们开着玩笑。宗近理解甲野，甲野也理解宗近。这是现实世界。

"站街苦力？"宗近说罢玩弄起驼毛膝毯的流苏穗边，隔了一会儿又问道，"永远是个站街苦力吗？"他嘴里反复叨着"站街苦力"，但并没有看甲野，像是在提问，又像是自言自语，又仿佛是在跟驼毛膝毯说话一样。

"即使真的去当站街苦力，我也早有心理准备。"甲野这时才坐起来，转身脸朝着对方。

"假如伯父还活着就好了。"

"不，老爸如果还活着，说不定更麻烦。"

"倒也是哩——"宗近将最后那个"哩"字拖得老长。

"说来说去，只要让藤尾继承家业就天下太平了。"

"那你怎么办？"

"我是站街苦力呀。"

"真的要去做站街苦力？"

"嗯，反正我继承家业也是站街苦力，不继承家业也是站街苦力，所以怎么的都无所谓喽。"

"可是，你不能这样做，首先伯母会很为难的。"

"我母亲吗？"甲野望着宗近，脸上表情很古怪。

倘使心存疑忌，连自己都可能被自己蒙骗，更何况外人为避免利害冲突和利益损失往往戴着厚重的面具，面具背后的真意难以揣摩。眼前这个好友提到母亲的这番话，是出自面具后的真言？抑或只是面具外的敷衍？自己内面某个角落尚且隐藏着会将自己蒙骗的魔鬼，对方虽说是至交，是父亲家的远亲，也不能疏忽而泄露天机。宗近此话是想套出自己对继母的真实情感？如果宗近得知真情仍一如既往倒罢了，但假使他是个懂得话里套话的人，则谁也不能保证他不会翻脸不认人。宗近此话是基于他表里一致的率直个性，对母亲的话深信不疑的反应吗？以他平素的言行来看，或许是这样。他不大可能受母亲之托，做出那种在自己那阴暗得连自己都害怕的内心深渊丢下一个测深锤的卑鄙之举。然而，越正直的人越容易被利用，即使宗近知道卑鄙因而不想为虎作伥，但说不定也可能出于为好友着想，而听从母亲之意，将那个迟早会令所有人都极不愉快的结果在时机成熟之前抢先和盘托出。总之，还是守口如瓶为妙。

两人短暂沉默。邻家的琴声依旧在响。

"那琴声是生田流[1]吗？"甲野没头没脑地问。

"有点凉，我去加件狐皮背心来。"宗近答非所问地答。两人的对话若即还离，牛头不对马嘴。

宗近敞着棉袍从高低橱架上取下那件古怪的背心，斜着身子刚伸进一条胳膊，甲野问道：

"这件背心是手工做的？"

"嗯，狐皮是个去过中国的朋友送给我的，面子是糸子帮我缝的。"

"是真货。真不错。糸子小姐跟我家藤尾不一样，很会做家

---

1 生田流：日本筝曲弹奏技法流派之一，相传创始人为江户前期的生田检校（1656—1715），主要在京阪地区流行。

务活儿，不错。"

"不错吗……唔，她要是嫁人了家里还真犯难哩。"

"有没有合适的人家?"

"合适的人家?"宗近看了甲野一眼，没什么兴致似的答道，"有是有啊……"说到末尾两个字便有气无力了。

甲野于是话题一转："糸子小姐要是嫁了人，伯父怕也会不大方便吧?"

"不方便也没办法，反正她早晚总得嫁人……还是说说你吧，你就不打算娶媳妇了吗?"

"我……唉……我是养不起媳妇啊。"

"那你就听伯母的，继承家业……"

"不行! 不管我母亲怎么说，我都不情愿。"

"你这人真古怪，实在弄不懂你。你要不早点定下来，藤尾小姐不是也没法嫁人了吗?"

"她不是没法嫁人，是不想嫁人。"

宗近听罢不吭声，鼻孔翕动了几下。

"又是海鳗! 天天吃海鳗，吃得肚子里尽是鱼刺，京都这地方真没意思。我们也差不多该回去了吧?"

"可以啊，假如只是因为不想吃海鳗，那不回去也行……不过，你的嗅觉真是灵，海鳗味都闻到了?"

"不是闻到了，是厨房天天不停地在烤海鳗呀。"

"假如我老爸也有你这样灵光的嗅觉，也许就不会客死国外了。看来老爸的嗅觉太迟钝。"

"哈哈哈哈……对了，伯父的遗物送回来了吗?"

"应该到了吧，好像是公使馆的佐伯先生给送过来……其实也没什么东西吧，大概就是一些书。"

"那只怀表呢?"

"哦，就是我老爸经常夸耀的那只在伦敦买的怀表? 那个应该会送回来的吧。藤尾从小就常把那只怀表当玩具玩，每次到她手上就不肯轻易放下，表链上的石榴石她最喜欢了。"

"现在想来，还是件老古董呢。"

"是啊，那是老爸第一次去欧洲时买的。"

"送给我当作伯父的纪念品吧?"

"我也打算送给你哩。"

"伯父上次出国前，跟我说好了回国后把它送给我当毕业贺礼的。"

"我也记得……说不定现在藤尾又当玩具拿在手上玩哩……"

"就没法子让藤尾小姐跟那只怀表分开吗? 哈哈哈哈，不过没关系，我照样取走。"

甲野盯着宗近的眉间默默看了许久。

午餐时果然如宗近所说，端上来的又有海鳗。

四

甲野的日记中有这样一句话:

观色者不观形，观形者不观质。

小野是个观色以度日的人。

甲野的日记中还有这样一句：

生死因缘无了期，色相世界现狂痴。

小野是生活在色相世界的人。

小野出生在阴暗的监房，甚至有人说他是私生子。他从穿着窄袖和服[1]上学时起就时常被同学欺负，走到哪里都遭狗吠。后来父亲死了，小野在外饱尝艰辛，无家可归，不得不投靠他人，受人资助。

水底藻草在黑暗中漂荡，并不知白帆竞渡的岸边阳光灿烂。虽然被波浪欺凌得摇左漂右，但只要随波逐流便可安泰无事，习惯了也就不会在乎波浪的存在了，也无暇探究波浪究竟是何物，至于为何波浪总要残酷地击打自己，则更不会去冥思苦索了。即便思索，也无由改善处境。既然命运令其在黑暗中生长，藻草便在黑暗中生长，命运令其朝夕摆动，藻草便朝夕摆动。——小野正是水底的藻草。

他在京都投靠于孤堂先生家中。先生为他置备飞白花纹的和服，每年替他缴交二十圆的学费，有时还亲自教他念书。小野学会了在祇园的樱树下匝绕徘徊；仰望知恩院御赐匾额[2]，令他感悟了什么叫高高在上；他开始拥有了一个成年男人的饭量。水底

---

1 窄袖和服：和服的一种。因其袖筒窄小、没有袖兜，穿在身上行动方便，故多用作男童服、劳动服及短外褂等。

2 知恩院：位于日本京都东山区，净土宗总本山，名列日本"三大名门"的名刹，日本最大的寺院之一。灵元天皇（1663—1687年在位）时御赐匾额，至今仍悬挂在"三门"上。

的藻草终于离开淤泥浮出水面。

东京是个令人眼花缭乱的大都市。存世百年的往昔元禄[1]时代的东西，却比明治时代现世方三日的东西还要短命。别处的人都用脚跟走路，在东京则要用脚尖走路，或倒立行走，或侧身横进，性急的人甚至会飞身从天而降。小野骨腾肉飞地穿梭于魔都东京。

辗转一周后睁眼一看，世界已经面目全非。揉揉眼睛再仔细打量，世界确实变了样，变成了一个见怪反为怪的世界。小野不假思索奋然前行，朋友赞他是才子，教授夸他有前途，寄宿屋的人从上到下成天将"小野先生、小野先生"挂在嘴上。小野毫不踌躇继续奋步向前，一步一步走来，竟然得到了天皇陛下恩赐的银表[2]。淤泥中浮出的藻草在水面开出了白花，然而藻草全然没有意识到自己其实没有根。

世界是颜色的世界。只要玩味颜色，即是玩味这个世界。随着自己的成功，世界的颜色看上去愈显鲜丽，当鲜丽得胜过锦缎时，便会感悟有了人生目标，自己的生命竟是如此高贵。小野的手帕时时散发着香水的味道。

世界是颜色的世界，形状不过是颜色的尸骸。只知道抱着尸骸侈评纵论而不解其中真味的人，宛似只计较盛器方圆，却不懂得如何享用盛器中冒出的美酒泡沫的人。对盛器无论怎样穷诘究微，其终归是不能享用的，假如不及时用嘴唇去触品泡沫，酒味很快便会散发掉。只注重形式的人，犹如捧着无底的道义酒盅

1　元禄：日本江户时代初期的年号，自 1688 年起至 1704 年止。
2　在日本，当时就读于帝国大学的学生毕业时，天皇会出席典礼并赏赐银怀表给优秀生，怀表背面刻有"恩赐"二字。

踽踽在街头一样。

世界是颜色的世界，是虚无徒然的水中月镜中花。所谓真如实相[1]，是为世间所不容的畸形人为了洗雪不容于世间的幽怨而在黑甜乡里做的一场白日梦而已。盲人摸鼎，因为看不见颜色所以才想细究其形状，而无手盲人连摸都不摸。欲追求事物本质却弃眼耳不用，一如无手盲人之所为。小野的书桌上插着花。窗外杨柳抽绿，小野的鼻梁上架着一副金丝边眼镜。

越过绚烂之境再渐入平淡，是大自然的规律。当我们还是婴儿时，人们称呼我们赤子，给我们穿上红色童衣。大多数人先是生长于艳丽似锦的浮世绘中，而后从四条派[2]的淡彩画逐渐老成练达为云谷派[3]的水墨画，最后绝命与一文不值的棺材相伴。回首一生，有母亲，有姐姐，有糖果和鲤鱼旗，越往前追溯，人生越华丽。小野的情况却不同，他是逆着寻常的既定路径，斩断自己的根，从黑暗淤泥中漂浮至阳光明媚的岸边来的——出生于泥沼底部的小野，为了一级级向上攀爬至绚丽的俗世，花了二十七年。假使透过以往的一个个节孔窥探这二十七年历史，愈往远处愈是黑暗，中间只有一点鲜红在隐约摇曳。刚到东京时，小野十分留恋这点鲜红，经常回首窥探自己走过的每个节孔，不厌其烦地重温那悲凉的往昔，一步一顾恋地度过凄雨绵绵的漫漫长夜和茫茫永昼。而现在——那点鲜红已距他越来越远，颜色

1 真如实相：佛教语，指事物的真实面貌，宇宙普遍存在的、根本性的、永恒不变的真理。

2 四条派：活跃于江户初期的日本画流派，因其鼻祖松村月溪（1752—1811）曾居住于京都四条而得名，擅富诗趣的花鸟画、风景画。

3 云谷派：活跃于桃山末期至江户初期的日本画流派，创始人为云谷等颜（1547—1618），画风沉抑，颇具汉意。

也褪去许多，小野也开始懒得去窥探自己以往的节孔了。

堵住过去的节孔，是对现状的满足。假使眼下不景气，还可以设法制造未来，更何况小野现在是蔷薇，是蔷薇花苞，他无须制造未来，只要让已经含苞的蔷薇盛开，那便自然是他的未来。如果透过春风得意的窥管去瞻望未来，便可看到蔷薇已经绽放，仿佛一伸手便能将其收入囊中。有个声音在耳畔敦促他赶紧伸手去摘，于是小野决定写博士论文。

究竟是写出了论文才能当博士，还是为了当博士才须写论文，不去问博士当然无法知道答案，但总而言之，小野必须写论文，而且不是普通论文，必须是博士论文。所有学者中，博士的颜色最艳丽。小野每次透过窥管瞻望未来时，"博士"二字总是闪烁着熠熠金光，自天而降的金表悬在一侧，下面那颗火红的石榴石宛似颤动摇曳着芒焰的心脏，双眸深邃的藤尾在一旁轻舒纤纤玉臂向他招手。那是一幅十全十美的画。诗人的理想是成为画中人。

书载，荒古之时，有个名叫坦塔罗斯[1]的人，因为恶行而受到残酷惩罚，他站在深至肩头的水中，头顶的果树上悬着累累的甜美果实。然而坦塔罗斯口渴想饮水时，水便向后退去；肚子饿了想摘水果吃时，风便将树枝吹开。坦塔罗斯的嘴巴移动一尺，对方也移动一尺，若前进二尺，对方也退避二尺。莫说三尺四尺，即便前进千里，坦塔罗斯依旧饥渴难挨，或许直至今日，他仍在为了取饮到一口水和吃到一颗水果而不停追赶着——小野每次透过窥管瞻望未来时，便不由觉得自己是在蹈坦塔罗斯之足踵。

1　坦塔罗斯（Tantalus）：希腊神话中主神宙斯之子，恃宠自大，侮辱众神而被打入地狱。后以其名喻指受折磨的人；以"坦塔罗斯的苦恼"喻指能够看到目标却永远达不到目标的痛苦。

非但如此，藤尾有时故作矜持，摆出一副对他毫不在意的样子，有时将两道长长的细眉蹙成短眉，冷峭地瞪视着他。小野有时仿佛看到石榴石忽地燃烧，一个女子全身裹着烈焰消失得无影无踪，有时觉得"博士"两个字渐渐变得暗淡，剥落下来，有时感到怀表像陨石般自遥远天际坠落，"嘎巴"一声摔得四分五裂——小野是个诗人，他能想象出各种各样的未来。

彩色玻璃小花瓶中盛开的山茶花遮住了瓶口，小野托着腮坐在桌前，又在盯着花朵深处，想从中窥望自己的未来。在他看到过的好几种未来画面中，今天的画面最糟糕——

女子说："我想送你这块表。"小野伸出手来："那就请给我吧。"女子"啪"地打了小野手心一巴掌，说道："对不起，已经许给别人了。"小野问："那我不要表了，但是你……"女子答道："我？我当然是跟表一直在一起呀。"说罢头也不回转身离去。

小野将自己的未来想象至此，自己也对这太过残酷的结局吃了一惊，于是打算重新想象。刚抬起有点发痛的下巴，女佣拉开纸门，说声"这是您的信"，然后搁下一封信又退了出去。

看到信封上以子昂[1]笔体写的收件人"小野清三先生"几个字，小野猛地两肘用力一撑，先前倚在桌缘的身体一下子如弹簧弹起般向后挺立。用来窥望未来的那朵山茶花也随之晃动了一下，一片深红色花瓣悄然无声地掉落在《罗塞蒂[2]诗集》上，一幅完美的未来画面开始破碎了。

小野的左肘支在桌上不动，歪着头远远望着手掌里那枚刚

---

1 子昂：中国元朝书法家赵孟頫（1254—1322），字子昂。
2 罗塞蒂（Christina Georgina Rossetti，1830—1894）：英国女诗人，擅长写有关大自然与爱情的诗。

收到的信封，却不敢将它翻过来。即便不翻过来，他也大抵猜得到寄信人是谁，正因为猜得到，才不敢翻过来，因为如果翻过来后恰如自己猜测的可就糟透了。曾听过一则乌龟的故事：乌龟只要伸头便会挨打，既然每次都会挨打，乌龟只能尽量缩在乌龟壳内，即便挨打的命运逼近眼前，乌龟依旧死死缩在壳内，能躲一分钟是一分钟。如此想来，小野便是一只期冀着姑且躲过眼前这场判决的学士龟。但乌龟迟早要伸头，小野也早晚必得翻转信封。

盯着信封望了许久，小野的手心开始发痒。贪享过片刻的安宁后，为了让内心愈加安宁，就必须翻过信封来承认现实。小野横下心，终于将信封翻过来摊在桌上，只见信封背面明白无误写着"井上孤堂"四个字。在小野的眼中，那饱蘸墨汁写在白色信封上的几个粗体草字，不啻正飞离纸面刺向自己的一排尖针。

不捅蜂窝不遭蜇。小野将手从桌上抽了回来，视线虽仍旧落在桌上的信封上，但膝盖与桌子间隔着一尺宽的沟壑，他与那信毫不相干。从桌上抽回的手软绵绵地垂着，几乎要自肩膀脱落。

拆开还是不拆开？假使此时有人来强令他拆开，他会列出不拆的理由，借此自己也可心安理得。只是，假如无法使别人信服，也就无法使自己信服，新硎初试的格斗家若不在大庭广众之下击倒对手，便无法证明自己确是格斗家而非徒有其名。不堪一击的争辩与一触即溃的格斗颇为相似。小野真希望此时能有京都时代的老友登门造访。

二楼的寄食学生[1]拉起了小提琴。小野也打算近期开始学习

1　寄食学生：日本旧时寄宿于亲戚、同乡、前辈或有势力人的家庭，一面帮助做家务一面上学的青年学生。

小提琴，今天的他却提不起丝毫兴致。他很羡慕那个悠闲的学生。——山茶花又掉落一瓣。

小野拿着小花瓶拉开纸门走到外廊，将花丢到院子里，顺便倒掉花瓶内的水，花瓶还在他手上。其实他差点想顺便将花瓶也丢掉。他拿着花瓶站在外廊上，眼前的院里有棵扁柏，还有围墙，对面是座二层房子。雨后将干的院内晾晒着一柄蛇眼伞[1]，黑色伞缘沾着两片花瓣。院子里还有其他各色东西，每样东西全都死气沉沉的，毫无意义。

小野拖着沉重的脚步回到屋内，站到书桌前，却没有坐下。过去的那些节孔蓦然展现在眼前，以往的历史看上去绵远而冥暗。冥暗中有个小点霍地燃烧、摇曳起来。小野倏地弯腰抓起信封急切地拆了开来。

拜启：

又是柳暗花明好时节，恭祝你身体康健。鄙人一如此前坚顽，小夜子亦平安无事，敬请放心。去岁腊月曾去信告知我们将移居东京，之后因各种琐事而迟迟无法启程，近日诸事皆已处理停当，日内即可动身，专此奉告。自二十年前离开其地，其间除两度上京、逗留五六日外，已久疏故乡消息，万事不谙，此次重返故乡，人生地疏，想必会给你增添不少麻烦。

居住多年业已破败的旧屋，邻家茑屋恳求让渡之，

1　蛇眼伞：一种雨伞，竹骨架，伞面为蓝色或其他颜色，中间糊以环状白纸，撑开后形似蛇的眼睛。

另有几家也提出请求，不过鄙人已决定让与邻家。至于其他大件累赘物品打算皆于当地变卖，尽可能从简启程。唯小夜子所持鸾筝，她本人要求携往东京，不忍舍弃旧物的妇人之心还望怜察。

如你所知，小夜子五年前被鄙人唤来此地之前一直在东京读书，她切盼能尽快搬至东京。关于其将来，小夜子已大致同意，在此不另详述，待东京面会后再细细商讨。

时值东京举办博览会，想必贵地已人山人海，登程之时鄙人打算尽可能搭乘夜行快车，不过快车是供有急事在身的人搭乘，故也可能索性于途中住一两宿，再从容容上京。俟时日确定，即当奉告。匆匆不一，余容后陈。

小野读毕信，呆呆站在书桌前。不及折起的信纸从他的右手上颓然垂落，写有"清三先生……孤堂"几个字的尾端掉在山羊绒的桌布上弹了几下，信纸折成两三叠。小野的目光从自己的手顺着折叠在一起的信纸望向蓝地白花的阴文印染桌布，当朝下的视线无以再延伸时，他不得不将目光转向桌上的《罗塞蒂诗集》，望着掉落在诗集封面上的两片红色花瓣。那红色令他想去再看一眼本应搁在右边桌角的彩色玻璃小花瓶，但小花瓶已不在那里，前天插的山茶花也不见踪影。他失去了窥望美丽未来的窥管。

小野在书桌前坐下，有气无力地折起恩人的来信，信纸散发出一股奇异味道，是一种霉旧的味道。那是过去的味道，是一直至今姑且还将过去与现在联结在一起的缘分的味道，尽管那缘分已脆弱如丝，尽管他踌躇不决到底该不该将那缘分忘掉。

　　如果去回溯那长达半生的一幕幕孤寒凄黯的历史，越往前回溯越黯淡。如今既已是枝叶繁茂的茁壮树干，倘若用尖锥刺向早已叶脉断绝的枯枝末端，结束掉记忆的性命，非但毫无必要，甚至显得残忍。杰纳斯神[1]拥有两张脸，能够同时将前后兼览博照。幸好小野只有一张脸，他背对过去，眼中只有欣欣熙熙的前程，如果向后面看去，唯有呼呼作响的北风，他好不容易才刚刚摆脱那个寒冷的地方，不料寒冷的北风却自寒冷的地方追上来。一直以来，他需要做的只是忘掉过去，只要尽力避开过去，全情投身于温暖如春美丽如画的大好前程就行了，那些活着的过去嵌在死亡的过去中，虽然悄无声息，却也令他时不时担心会不会重新骚动起来，然而过去犹如一帧帧断片连成的全景画，纹丝不动，且日渐邈远，使他松了一口气，以为不再会有任何麻烦。孰料，当他不以为然地再度窥望过去的时候——竟发现有东西骚动起来。自己在不停地舍弃过去，过去却正在渐渐迫近自己，仿佛暗夜里灯笼的灯芯般，跨过前后左右的寂静和枯朽，摇摇曳曳地向自己迫近。小野在屋里转起圈子来。

　　大自然的惠赐永远不会枯竭，山穷水尽之时必有奇迹发生，因为大自然不喜欢单调无味。小野在屋里还没转到半圈，纸门被拉开，露出了女佣的脸来。

1　杰纳斯（Janus）：古罗马神话中掌管天官门户的双面门神，一张脸回首过去，一张脸望向未来。

"有客人。"女佣笑着道。小野不明白女佣为何总是在笑，道早安时笑，迎接自己回来时笑，招呼自己吃饭时也笑。经常莫名笑脸以对之的人，心中必定对其有所求。这个女佣确实企盼小野给予她某种回报。

小野只是无动于衷地望了女佣一眼，女佣有些失望。

"请客人进来吗？"

"啊？嗯……"小野不置可否的应答令女佣再次感到失望。女佣频频对小野笑脸相迎是因为他和蔼可亲。在女佣看来，冷淡生硬的房客半文都不值。小野理解对方的心理，以往他会得到女佣的好感也是基于这种理解。小野是个连女佣的好感也不愿轻易失去的男人。

古时有位哲学家说过，同一空间不能同时被两个物体占有。而此刻的小野脑中同时并存着和蔼可亲和心神不宁，这有悖于那哲学家发明的理论。女佣这会儿来得很不是时候，正撞上和蔼可亲退让，心神不宁前进。只有和蔼可亲退让，心神不宁才会前进，假使据此便认为和蔼可亲只是装腔作势，心神不宁才是本质，那是伪哲学家。事实上，究竟由谁占据小野大脑这片空间，是和蔼可亲经过斟酌权衡而做出让步，将自己的暂居地让给心神不宁而已。虽然没什么大不了的，但小野这有失常态的一刻还是被女佣撞见了。

"可以请客人进来吗？"

"嗯……？进来？"

"要不说您不在？"

"来的是谁？"

"浅井先生。"

"浅井?"

"说您不在家?"

"嗯……"

"那我就回他说您不在家?"

"我也不……知道怎么办。"

"到底怎么回他呀?"

"还是见见他吧?"

"那我去请客人进来。"

"喂，等一等！喂！"

"怎么了?"

"哦，没事，没事。"

人有时候想见朋友，有时候不想见朋友。如果能清楚地知道自己究竟想不想见，就不会有任何烦恼，不想见时说一声不在家便罢。只要不伤及对方的感情，小野是有勇气说不在家的，但令人为难的是有时候既想见又不想见，瞻前顾后迟疑不决，弄得女佣都瞧不起他。

这就好比有时会在街上遇到人迎面走来，此时双方只要擦肩而过，便会跟之前一样，只是毫不相关的陌路人。但有时双方会同时往右或往左彼此避让，当发觉如此避让不妥而收脚打算跨往反方向时，对方也同样发觉不该如此避让而收脚跨往反方向。反方向碰上反方向，双方都发觉走得不对，一方想要收脚重走，哪知对方同时也想改变方向。双方都打算重来而缩回脚步，缩回脚步后又打算重来，就像壁上挂钟的钟摆那般不停地左右晃动，犹豫不决，及至最后，双方都想破口大骂对方是浑蛋。颇得人缘的小野就差点被女佣认作是个优柔寡断的浑蛋。

这时，浅井走进屋来。浅井是小野在京都时代即结识的老友，他右手抓着有点走样的褐色帽子，往榻榻米上一丢，随即盘腿坐下说道："天气真不错啊！"

小野早就忘记了天气的事。

"是不错。"

"博览会去看了没有？"

"没有，还没去。"

"得去看看，太有意思了。我昨天去了，还吃了冰激凌[1]哩。"

"冰激凌？对了，昨天是相当热。"

"我打算这回去吃一顿俄国料理，怎么样，一起去吧？"

"今天去？"

"嗯，今天也行。"

"今天我有点……"

"你不去？太用功会生病的。你是打算早点儿当上博士，再娶个漂亮媳妇吧？真不够朋友！"

"根本没那回事。我一点儿都看不进书，正头痛哩。"

"是神经衰弱吧？你的脸色可不太好啊。"

"是吗？我就是觉得心里烦极了。"

"我说对了吧？你要是不赶快吃顿俄国料理把身体调养好，井上家小姐会担心的。"

1　日本早期的国产冰激凌非常昂贵，不是一般人随随便便可以享用的，直至1899 年之后才逐渐开始普及。

"为什么?"

"什么'为什么'?井上家小姐不是要来东京了嘛。"

"是吗?"

"还问我'是吗',你肯定已经收到消息了呀。"

"你收到了吗?"

"嗯,收到了,你没收到?"

"不,我也收到了。"

"什么时候收到的?"

"就刚才。"

"你终于要跟她结婚了吧?"

"怎么可能跟她结婚?!"

"不跟她结婚?为什么?"

"为什么?因为有些情况现在变得复杂起来了。"

"什么情况?"

"唉,那些事情以后慢慢再说给你听吧。井上先生以前待我不薄,只要我能办得到的事,我当然愿意尽力,不过结婚这种事不是像你想的那样说结就结的呀。"

"可你们不是约定好的吗?"

"这个嘛,我早就想告诉你……其实我一直对井上先生很同情。"

"我想也是吧。"

"我打算等井上先生来了之后再慢慢同他商量,他这样独自单方面决定不是让我为难吗?"

"怎么说是单方面决定呢?"

"看信上这语气，好像他已经做出了决定。"

"井上先生是个老脑筋嘛。"

"他一旦决定的事情就不容改变，真是固执得一条筋。"

"最近他家的经济状况也不太好吧？"

"谁知道呢，应该也不至于很拮据吧。"

"对了，你帮我看一看，现在几点？"

"两点十六分。"

"两点十六分……哎，这就是那只恩赐表吗？"

"嗯。"

"你这下可是称心如意啦。要让我早点也得到一只就好了，有了这东西，世间的口碑名声可完全不一样哩。"

"不见得吧？"

"怎么不见得？毕竟是天皇陛下当保证人，肯定不一样！"

"你接下来还要上哪儿去？"

"嗯，今天天气好，我想出去玩玩。一起去怎么样？"

"我还有点事……不过可以跟你一起出门。"

与浅井在门口分手后，小野向甲野宅邸走去。

五

一踏入山门[1]，仿佛来自远古世界的绿荫霍地从左右两边遮住了肩膀。未经雕琢的石块错落有致地平铺成一道约六尺宽的小径，

1　由后文可知，此处是指名列日本特别名胜古迹的京都天龙寺。

小径上只留下甲野和宗近两人的脚步声。

视线顺着笔直细长的小径这头投向远处，在石径的尽头上方，便是庄严的伽蓝。覆满接骨草的厚重木板自左右两边向顶端逶迤，将两面宏大的飞檐会聚成一道陡峭的屋脊，屋脊上方还坐落着另一座窄翼小屋，或许是用来通风或采光的。甲野和宗近同时从感觉最佳的侧面角度仰头望着那座佛堂。

"啊，真是令人豁然开朗。"甲野拄着拐杖停住了脚步。

"那座佛堂虽是木制的，但看上去好像没怎么损坏嘛。"

"那是因为它的形状本来就不容易损坏，大概正好符合亚里士多德所说那种最合理的'形式'[1]吧。"

"你说的这个太深奥了……不管亚里士多德是怎么说的，反正这一带的寺院都给人一种不可思议的感觉，实在妙不可言。"

"这和那些喜欢船板围墙或供神灯的[2]当然不一样啦——这是梦窗国师[3]建造的嘛。"

"难怪仰望那座佛堂会觉得不一样呢，原来是因为有了梦窗国师的感觉啊，哈哈哈哈！说到梦窗国师，我也能对付上几句啦。"

"可以找到梦窗国师或大灯国师[4]一样的感觉，就是在这里逍遥散步的价值所在，否则单单游览一通有什么意义？"

"梦窗国师要是能像这屋顶一直活到明治时代就好了，比那些廉价的铜像有意义多了。"

1　指亚里士多德在《形而上学》中的一个概念，他认为实体是形式和质料的结合，形式规定了事物的本质，然而在感性世界中，形式不能独立存在。
2　此处指东京人，旧时东京的人家喜欢用旧船板装饰围墙，手艺人和艺人则喜欢在门口挂灯笼以避祸。
3　梦窗国师（1275—1351）：日本临济宗高僧，法名疏石，创建京都天龙寺。除了建筑，在造园方面也有很高造诣。
4　大灯国师（1282—1337）：日本临济宗高僧，法名妙超，创建京都大德寺。

"是啊，一目了然。"

"什么一目了然?"

"这寺院内的景色啊。完全没有拐弯抹角的地方，全都豁然开朗。"

"这正像我这个人啊，怪不得我走进寺院会感觉特别舒畅呢。"

"呵呵呵呵，或许是吧。"

"这么说，是梦窗国师像我，不是我像梦窗国师。"

"谁像谁无所谓……我们休息一下吧?"甲野在横跨莲池的石桥栏杆上坐下。池边有棵高大的三盖松[1]，枝叶舒展着伸向池中，距离栏杆腰部约三寸。桥墩上泛出青苔斑纹，并向夹杂灰色的紫色石柱内部进侵，桥下的枯莲黄茎轻快地拱脱去年的霜露，挺立在三月的春色中。

宗近取出火柴，再取出香烟，"嗤"的一声点燃后，即把燃剩的火柴头抛进池内。

"梦窗国师可没做过这种缺德事。"甲野说道。他两只手使劲地扣在下巴前头的拐杖头上。

"就凭这一点，他不如我，他应该学学宗近国师的样子。"

"你当国师还不如当马贼更适合。"

"能够当外交官的马贼听上去有点滑稽哪，我可是要堂堂正正地去北京赴任的。"

"专门研究东亚关系的外交官?"

"是东亚的治国方策。哈哈哈哈，像我这样的人一点儿也不适合西洋。怎么样，我学成之后能不能成为你老爸那样的人?"

---

1 三盖松：将枝叶修剪成三层的松树。

"像我老爸那样死在国外可就麻烦了。"

"嘿嘿，反正后事就交由你操办，没关系。"

"那不是给我添麻烦嘛。"

"我又不白死，我是为国家为天下而死啊，你只不过为我做这么一点儿小事总可以的吧?"

"我连自己都顾不过来啊。"

"说到底，你这个人就是太顾自己了，你脑子里有没有想过日本这个国家?"

之前两人的正经话题上笼罩着一层戏言的薄云，此时戏言薄云终于散去，正经话题从下面浮露出来。

"你思考过日本的命运吗?"甲野用拐杖用力拄着地面，稍微挺了挺身子问道。

"命运是神思考的事，人只要尽到自己的本分就行了。你就看看最近的日俄战争吧。"

"那是感冒偶然好了，就以为自己会长命百岁。"

"你是说日本会好景不长吗?"宗近逼近一步。

"那不是日本和俄国的战争，是种族与种族的战争。"

"那还用说。"

"你看看美国，看看印度，看看非洲……"

"照你的逻辑，因为伯父死在国外，所以我也会死在国外喽?"

"事实胜于雄辩，无论是谁，不都难逃一死吗?"

"难道死和被杀是一回事?"

"人通常都是在不知不觉中被杀死的。"

甲野好像看着什么都不顺眼，"咚"的一声用杖尖敲了下石桥，仿佛打冷战似的缩了缩肩膀。

宗近蓦地站起身："你看那边，看那座佛堂，听说那是一个叫峨山[1]的和尚，只靠一只碗四处托钵，用化缘的钱重建起来的，他死的时候好像才五十来岁。人如果不想干，连一根横倒的筷子也竖不起来。"

"先别看佛堂，你看那边。"甲野坐在栏杆上没动，伸手指了指反方向。

紧闭的山门——犹如将地球隔成两半——"唰"地左右洞开，红红绿绿的人群在山门中间穿行，有女人，有小孩。京都人倾心于嵯峨春色，络绎不绝地前往岚山。

"我们也去那儿。"甲野说。两人再度跨进色相世界。

从天龙寺门前向左转是释迦堂，往右转则是渡月桥。京都连地名都很美。两人浏览着道路两侧商铺店头摆满的标榜著名特产的各式各样商品，从商店街穿行而过，拖着奔波了七天却兴致犹佳的双脚前往车站。一路遇见的都是京都人。二条车站每隔半个时辰发出一班火车，将刚刚抵达这儿的红男绿女一个不落吐送给岚山的樱花，以免他们错过花期。

"太美了!"宗近早已将天下大事抛诸脑后。京都最能令女人的罗衣愈加增色，天下大事也敌不过京都女人之美。

"京都人朝夕都像在跳舞似的，真是优哉游哉哪。"

"所以说京都最适合小野嘛。"

"不过京都的艺伎舞蹈真的很好看。"

1　峨山（1853—1900）：日本临济宗僧侣，俗名桥本昌祯。天龙寺于幕末被毁，峨山于1899年成为天龙寺住持后重建天龙寺。

"是不错，很有活力。"

"你错了！它看上去一点儿也没有魅力，女人打扮成那个样子，就会适得其反，变得完全没有女人味了。"

"是啊。这种审美意识的极致表现就是京都人偶，因为它是完全没有生命的东西，所以不会令人生厌。"

"那些脸上化着淡妆四处闲逛的女人最有女人味，所以也最危险。"

"哈哈哈哈！那种女人对任何哲学家来说都很危险吧。不过京都艺伎舞蹈不要紧，对外交官来说也很安全。很有同感。幸好我们是到一个安全的地方来玩。"

"假如人性表现出来的是第一义[1]就好了，可惜一般人都是第十义在肆无忌惮，令人讨厌。"

"我和你是第几义？"

"我们两个嘛，我们品性优良，所以不会低于第二义、第三义。"

"就我这德行？"

"你虽然说起话来很幼稚很无聊，不过这样反而很有意思。"

"谢天谢地。——可是，第一义是怎么表现的？"

"第一义吗？不见血的话，第一义是表现不出来的。"

"那样子太危险了。"

"当你用鲜血洗净了庸俗愚蠢的意识时，第一义才会跃然显出……因为人就是那样浅薄的东西呀。"

"用自己的血？还是别人的血？"

---

1 第一义：佛教语，指真谛，绝对真理，最高价值。

甲野没有回答，却观赏起店头陈列的抹茶茶碗来。或许因为是手工揉制陶土做成的，三层架子上摆的茶碗样子都显得很陋俗。

"像这种陋俗的玩意儿，再用血洗涤也没用吧？"宗近又纠缠起来。

"这个……"甲野拿起一个茶碗仔细察看，宗近却不由分说猛地用力拽了他的袖子一把，茶碗掉落在泥地上摔成碎片。

"结果就是如此。"甲野望着地面的碎片。

"哟，摔碎了？这种玩意儿碎了也没啥关系。你来看这边呀，快!"

"看什么？"甲野跨出那间商铺，回头望向天龙寺方向，成群结队的京都人偶的背影正在对面络绎不绝地前行。

"看什么呀？"甲野又问一遍。

"走掉了! 真可惜!"

"什么走掉了？"

"那个姑娘。"

"哪个姑娘？"

"就是邻家那个姑娘。"

"邻家的？"

"就是那个琴声的主人，那个你很想看到的姑娘啊。我诚心想让你看，你却在那边摆弄那些破茶碗。"

"那真是太可惜了。是哪个啊？"

"哪个？哪儿还看得见呀!"

"没看到那姑娘是很可惜，但这个茶碗也够倒霉的，都是你的错。"

"我的错处也太多啦。这种茶碗洗也没用，它就是个累赘，就得打碎它！这世上最令人讨厌的东西就是茶人的茶具了，看上去全那么别扭，我真恨不能将全世界所有茶具都收拢来再全部砸碎——要不我们顺便再摔几个茶碗？"

"唔……一个茶碗多少钱啊？"

两人赔了茶碗钱，来到嵯峨车站。

京都的火车将兴致勃勃的人们吐送至花的怀抱，再从嵯峨折回二条，不回二条的火车则穿过山间驶往丹波。两人买了开往丹波的车票，在龟冈下车。保津川漂流一向都是以此站为起点的。马上就将看到的奔泻直下的湍流眼前仍在缓缓轻淌，很有点碧波荡漾的意韵。岸边已开始营业。儿童爱摘食的笔头草郁郁葱葱。船夫将船靠在岸边等待游客。

"这船真古怪啊。"宗近说。船底是一整块平板，船舷距水面不到一尺，舱底铺着块红毯，上面有只烟具盘翻倒着。两人隔开适当距离坐下。

"你们可以再往左边靠一点儿，别担心，浪不会溅上来。"船夫说。船上共四名船夫，最前面的手持一杆一丈二尺长的竹篙，后面两人在右侧操桨，还有一个船夫站在船的左侧，手里也拿着一杆竹篙。

船桨发出"咯吱"声。粗糙的樫木桨柄缠着粗藤蔓，露出一尺余削成略圆的棒状，那是双手紧握的地方。船夫握桨的手关节凸起，黢黑的手上暴出松枝般的青筋，全力划桨的气力看起来便是从那筋脉传递至手上的。船桨被藤蔓缠住了颈项，但似乎摆出一副焉能挠曲从人的架势，船夫每用力一次，船桨便顽强地挺一挺脖子，因而不时与藤蔓和船舷擦摩，每划一记都会响起"咯吱咯吱"的低吼。

两三股波涛拍击着岸边又折回，将默默无声的河水一刻不停地向前推送。脚下层层叠叠的河水塞足前行，头顶春山耸立，像屏风似的环围山城。相互突冲的河水不得不挨挨挤挤地流进山间，逼照在帽子上的阳光忽然不知去向，转瞬间船已驶入峡谷之中，从这儿往下便是保津川湍流了。

"终于到这儿了。"宗近的视线绕过船夫的身体，望向五十来米外岩石与岩石相夹之间的那一点儿窄缝。水声轰然作响。

"可不是嘛。"待甲野从船舷探出头来，船早已驶入急湍。右侧两名船夫手上松开劲，船桨顺着水流紧贴船舷。船首的船夫将竹篙横握在手屹立不动，船如飞矢般倾斜着往下冲去。只觉得急促的隆隆水声透过船板传至坐在舱底的臀部，正担心船板会不会迸裂开时，船已经驶出了湍流。

"看那个!"甲野顺着宗近所指向后望去，只见一道长长的白色泡沫激腾扑落，相互撕咬，争先恐后地抢夺透过峡谷射入的那缕阳光下的万颗碎珠。

"太壮观了!"宗近看得心满意足。

"与梦窗国师比起来，你喜欢哪个?"

"比起梦窗国师，这个更加了不起。"

船夫们显得非常冷傲，他们撑篙划桨向前而去，丝毫不理会峭壁上抱着松树的危岩会否崩落。湍流百折千回，每过一个弯，眼前就会陡然跃起一座山。激流未留给游客片刻以屈指细数穿越的石山、松山、杂树林山，便又驱赶着船跃入另一个奔湍。

来到一块圆形巨石前。那岩石似乎不耐烦青苔堆叠其上，裸露着紫色胴体，任由满带春寒的飞沫拍击着腰部，在碧涛中迎候来船。船不顾一切地奔着岩石直冲而去。漩洑洄流、穿云裂石的急湍后面什么也看不见，被削成斜坡的河底到底有多深？前方的湍流较之此时此处更加不可测度，船会不会在岩石上撞得粉身碎骨？会不会卷进急湍，突然坠入神鬼难测的彼方？……船只是径直向前猛冲。

"要撞上了！"宗近抬起腰时，紫色巨石已经压至船夫头顶。船夫"嗨"的一声在船首奋然用力，船顿时潜入吞波吐浪的岩石腹下，几乎要碎裂一般。船夫双手高举过肩掉转横握在手中的竹篙，船也猛地随之转了方向，从推开猛兽般岩石的篙头前向着另一方斜滑而下，船身距岩石的边缘不足一尺。

"不管怎么说，这可比梦窗国师厉害多了！"宗近说着重又坐下来。

越过所有急湍，只见对面有条空船逆流而上，船夫既没有撑船篙也没有划船桨，只凭斜勒在藏青平布棉衣肩头上的一根纤绳，顺着长长峡谷拼命拖着空船上来，不时握紧拳头用力推开岩石棱角。船夫在几无立锥之地的水边朝前深弓着身子，脚上的草鞋几乎陷了下去，忽而跳上石头，忽而爬上岩礁，双手指尖始终无力地垂在河水被岩石阻挡而形成的旋涡中。有些岩石历经数代船夫金刚力士般的奋力踩踏，自然而然地被磨平，成了能稳踩其上拉纤前行的级级石阶。岩石缝隙中到处插着长竹竿，船夫解释说，那是纤夫为了不使纤绳松脱，同时也可以让纤绳借竹竿的滑劲轻松向前的妙策。

"水流平稳点儿了。"甲野向左右两岸望去。看不见立足之地的远处峭崖上传来叮叮砍柴声。有黑影在高空晃动。

"简直像猴子。"宗近抬头朝山峰远眺，喉节都凸了出来。

"不管什么活儿，习惯了，都干得了。"甲野以手遮额也仰起头张望。

"他们那样干一天能挣多少钱?"

"应该还可以吧。"

"要不问问他们?"

"这儿水流太急了，船一直在往前驶，哪有工夫问? 假如不是这儿那儿隔一段就有这种惊险刺激的地方，那才没意思哪。"

"我还想再漂流一遍。刚才船冲到岩石跟前急拐的时候，真的太刺激了，真想借来船夫的船篙，自己拐拐看。"

"要是刚才让你拐的话，我们两个现在已经死而成佛了。"

"瞧你说的，那才叫刺激哩，比欣赏京都人偶有意思多了。"

"因为大自然都是以第一义来行动的。"

"这么说，大自然是人类的榜样喽。"

"不对，人类才是大自然的榜样。"

"这样看来，你还真是偏爱京都人偶啊。"

"京都人偶不错呀，很接近大自然，在某种意义上，京都人偶也是第一义的。不过伤脑筋的是……"

"伤脑筋的是什么?"

"世上的事情都挺伤脑筋啊。"甲野没有直接回答。

"那就没办法喽，等于失去了榜样。"

"觉得急湍漂流很刺激，是因为有榜样。"

"你在说我？"

"是啊。"

"这么说，我算是第一义的人喽。"

"漂流的时候，你是第一义的。"

"漂流完之后就又是凡人？瞧你说的。"

"在大自然认识并理解人类之前，人类先认识并理解了大自然，所以榜样非人类莫属。觉得漂流刺激痛快，是因为你心里的这种感觉是第一义表现，然后再移情于大自然，这就是关于第一义的认识和解读。"

"那所谓肝胆相照，是因为彼此都展现出了第一义的行为对吧？"

"这一点应该是毫无疑问的。"

"你有没有肝胆相照的时候？"

甲野默然不语，只是盯着船底看。从前老子说过，言者不知[1]。

"哈哈哈哈，那我和保津川便是肝胆相照了，痛快痛快!"宗近连拍了几次手。

河水在杂错突起的岩石间左右萦回，犹如敞开怀抱环拥一般，左右两分，半透明的绿色光琳波[2]画出幼蕨般的曲线，缓缓绕过岩石的棱角。将近京都了。

"转过那个矶嘴就是岚山了。"船夫将长竹篙收进船舷说道。船在咯吱作响的桨声中平滑地驶出深渊，眼见左右两旁的岩石自

1　出自老子《道德经》第五十六章："知者不言，言者不知。"
2　光琳波：日本江户中期画家尾形光琳（1658—1716）创造的一种波浪形装饰图案。

然分开，船抵达了大悲阁¹下方。

两人在松树、樱树，以及成群的京都人偶之间向上攀登。钻过如帷幕般毗连不断的女人长袖，穿过松树林来到渡月桥后，宗近又用力拉了下甲野的袖子。

大堰川的水波上花影憧憧，一间苇帘低垂的桥头茶铺坐落在二人才能环抱的赤松前，里面歇着个梳高岛田式发髻²的女子。樱花前的那张白皙瓜子脸顶着当世罕见的旧式发髻，看上去弱不禁风，正低头避开旁人眼目，关顾着当地的特产团子。她披着一件浅花绫子外褂，双膝优雅地并拢在一起，因而看不清里面的衣裳颜色，但甲野一眼就看见了她领子边露出的印有花纹的衬领。

"就是她！"

"谁呀？"

"就是那个弹琴的姑娘呀。穿黑外褂的一定是她老爸。"

"是吗？"

"她可不是京都人偶，她是东京人。"

"你怎么知道？"

"听旅馆女佣说的。"

三五个提着酒葫芦的醉鬼大声哄笑着，舞动手臂从身后挤了上来。甲野和宗近侧过身子，让这几个满嘴狂言的人通过。眼下色相世界正值极盛时期。

1　大悲阁：即大悲阁千光寺，位于日本京都岚山山腰。
2　高岛田式发髻：日本江户时代中期以后开始流行的未婚女子发式，明治时期成为新嫁娘的正式发式，属于岛田髻的一种，但发髻部分梳得较一般岛田髻更高。

六

圆脸上绝少现愁容，偶尔惊鸿翩翩似微动的领子下，娇莺般浅茶绿色的兰花在朝玉肌吐着幽香，渐欲溢至衣衫主人的胸前。糸子便是这样的女子。

指示方向时一般要用手指。若将四根手指弯曲至掌心，只余食指伸出示意，则手只指向一个准确无误的明确方向；但如同时伸出五根手指示意，即便方向无误，对方也难有正确的感觉。糸子就属于那种五根手指同时伸出的女子，给人感觉虽不能说她有什么错，但确实有点滑稽。伸出的手指过短，会被谓之美中不足；手指太长，则会被认为多此一举。而糸子是同时伸出五根手指的女子，所以既不能说她美中不足，也无法称之为多此一举。

如果伸出的手指修长且指尖纤细，对方的视线显然会渐渐移至指尖形成一个焦点。藤尾的手指犹如殷红指尖突出一根缝衣尖针，哪怕看它一眼，都会不由自主地眼睛发痛。参不透机关的人不敢过桥，自以为深得其中三昧的人则攀栏而行。攀栏而行的人有落水之虞。

藤尾和糸子在六席的榻榻米屋内进行一场五根手指与针尖的战争。所有会话都是战争，女人的会话当然也是战争。

"好久不见啦，真是稀客。"藤尾以主人身份说道。

"都是因为父亲忙得我走不开，所以好久没来问候……"

"博览会也没去看吗?"

"还没去。"

"向岛[1]呢?"

"什么地方都没去过。"

藤尾心想,成天窝在家里不出大门竟然还如此心满意足——
糸子每次应答时,眼角都带着笑意。

"有那么多事吗?"

"其实也都不是什么大不了的事情……"

糸子答话时一般只说半句。

"老不出门太可惜了,春天可是一年只有一度啊。"

"是呀,我也这么想来着……"

"虽然每年都有一度,但要是死了,今年不就成最后一度
了吗?"

"呵呵呵呵,死了就划不来啦。"

二人的对话"死"来"死"去,却是南辕北辙。正如上野
是去浅草的必经之路,但也可以通往日本桥。藤尾想要将对方带
到坟墓另一边去,但对方甚至不知道坟墓还有另一边。

"等过些天我哥哥娶了嫂子,我会出来走走的。"糸子说。贤
妻良母型的女子给出的就是贤妻良母式的回答。世上最可怜的莫
过于认命自己生来就是为了服侍男人的女人——藤尾在内心匿
笑。自己的眼睛、自己身着的罗衣、自己喜爱的诗和歌,羞与锅
子炭盆之类同伍,它们是活在美丽世间的美丽影子,倘使被冠以
"实用"二字,女人——美丽的女人——便失去本来面目,蒙

1　向岛:位于日本东京隅田川东岸,江户时代起便成为东京的赏樱胜地,现
为墨田区的一部分。

受莫大侮辱。

"一先生打算什么时候结婚啊?"藤尾又随意信口问道。糸子应答前先抬眼望了望藤尾。战争渐渐展开。

"只要有人愿意嫁他,什么时候都可以结吧。"

这回轮到藤尾在发话前先盯着糸子看了。她的针尖是以备不时之用的,轻易不会从黑眸中射出。

"呵呵呵呵,他反正随时都能娶到出众的妻子呀。"

"真是那样倒好了。"

糸子话里有话地加以回击,这一来藤尾不得不暂且退后一步。

"有没有合意的人啊?只要一先生打定主意结婚,我会认真帮他张罗的。"

虽然不清楚伸出的粘竿够没够着,但鸟儿好像真的逃脱了。不过这还需要进一步确认一下。

"好啊,那就请你帮他张罗张罗,权当你就是我的亲姐姐嘛。"

糸子的话稍稍有点越过了分寸。二十世纪的会话是一种巧妙的艺术,不敢尝试逾跨就参不透其中的要妙,但言辞过度则会反遭对手隼击。

"你才是我姐姐呢。"藤尾"啪"地割断对方伸过来的试探性竿网,兜头抛了回去。糸子却尚不明其意。

"为什么?"她歪着头问。

箭未中靶是射箭人本领不够,明明被射中却装作毫无反应,则是放赖了,而在女人眼里,放赖是更甚于本领不够的大不韪。藤尾微微咬了咬下唇,既然交手到了这个地步,从无败绩的藤尾当然不会就此止戈。

"你是说不想当我姐姐?"藤尾若无其事地问。

"啊……?"糸子脸上飞起两片茫然若失的红晕。活该! ——对手在心中冷笑一声,暂且收兵。

按甲野和宗近两人共同探讨出的结论来说:不是以表现第一义而行动的人,无法做到肝胆相照,而两人的妹妹却正在肝胆郭围开战。这是欲将对方引入肝胆禁中的战争?还是想将对方逐至肝胆畿外的战争?有哲学家评论这场二十世纪的会话,称之为互令对方黯然的肝胆之战。

恰在此时小野来了。小野因被自己的过去追赶得在寄宿屋内团团转,转来转去却仍无由逃脱开去,他与旧友会面,试着调停过去与现在,然而调停的效果并不明显,小野依旧心神不宁。他当然没有勇气横下心来对追赶上来的过去问罪。无奈之下,只能跑来向未来求救。有道是龙袍袖子好挡灾,小野则打算躲入未来袖子的后面。

小野踉踉跄跄而来。尴尬的是踉踉跄跄的理由却难以说出口。

"怎么回事?"藤尾问,而此时的小野尚来不及找一件缝有从容家徽的外衣来遮掩自己的心神不宁。前面提到的那位哲学家还说过,二十世纪的人都须备有两三件缝有从容家徽的外衣。

"您的脸色很差……"糸子也道。

本想仰赖的未来竟要掉转矛头,揭开自己过去的老底,实在令人沮丧。

"连着两三天都睡不着。"

"是吗?"藤尾道。

"您怎么了?"糸子问。

"他最近在写论文……所以才睡不着觉,对吧?"藤尾是既回答又询问,一句话都兼了。

"是啊。"小野一如急着过江的人正巧发现渡船靠来,管他什么船,只要船家主动招呼,小野没有不搭乘的道理。大多谎言其实就如同这种渡船,正因为有了船,人才会搭乘。

"是吗?"糸子随口道。管你写什么论文,贤妻良母型的女子是不感兴趣的,贤妻良母型的女子关心的只是脸色不好这件事。"毕了业还这么忙啊?"

"他毕业时得了恩赐银表,所以还想靠论文再得块金表哩。"

"那很好啊。"

"就是嘛,我说的没错吧,小野先生?"

小野露出了微笑。

"怪不得您没有跟我哥哥和她哥哥钦吾先生一起去京都玩……瞧我哥哥,老是那么悠闲自在的,要是他有时候也忙得睡不着觉才好呢。"

"呵呵呵呵,不过总比我哥哥好吧?"

"钦吾先生不知道比我哥哥好多少呢。"糸子下意识地脱口而出,突然察觉自己说漏了嘴,情不自禁将白纺绸手帕在膝盖上揉成了一团。

"呵呵呵呵!"

藤尾门牙边装饰的金丝从笑动的双唇间忽地闪动了一下。敌人彻彻底底落入了自己的圈套。藤尾第二次奏起凯歌。

"还没有京都来的消息吗?"这回轮到小野发问了。

"没有。"

"至少也该寄张明信片回来呀。"

"不是说了像射出去的子弹一样嘛。"

"谁说的?"

"您忘了?是上次我母亲这么说的,说两个人都像子弹……糸子小姐,我母亲还说特别是宗近,是颗大子弹呢。"

"谁说的?伯母吗?子弹……哎哟老天哪,所以说嘛,要是不让他快点结婚,那不得叫人成天担心得不行啊,不知道他会飞到哪儿去呢。"

"那你快点让他结婚啊。您说呢,小野先生?我们一起帮他物色个合适的对象吧?"

藤尾意味深长地望了望小野。一撞上藤尾的眼神,小野禁不住一阵震颤。

"好,我们帮他物色个合适的人。"小野说着取出手帕,轻轻按了按稀疏的唇髭,幽淡的香气飘然而起。据说香味太浓会显得低俗。

"您在京都有很多熟人吧?就给一先生张罗个京都人吧。不是说京都美女很多吗?"

小野的手帕奄拉了下来。

"其实并不漂亮……等甲野先生回来,你问问他就知道了。"

"我哥哥怎么会跟我聊这种事情?"

"那你去问宗近先生。"

"我哥哥说京都有很多美女呢。"

"宗近先生以前去过京都吗？"

"没有，这是第一次，他写信来了。"

"噢，那他不是子弹，寄信回来了嘛。"

"哪是信啊，是明信片。他寄回来一张京都艺伎舞蹈的明信片，在边上写着京都女人都很漂亮。"

"是吗？那么漂亮？"

"明信片上全都是一张张白兮兮的脸，根本看不出漂不漂亮，不过要是亲眼看到本人或许真的很漂亮。"

"实际看到本人也净是白兮兮的脸。脸蛋是长得漂亮，不过没表情，一点儿也没有魅力。"

"对了，他还写了别的事情。"

"这可不像他这个懒人的风格啊。还写了什么？"

"他说，邻家的琴弹得比我好。"

"呵呵呵，宗近先生不可能懂得琴弹的好坏吧？"

"大概是绕着圈子讽刺我吧，说我弹得不好。"

"哈哈哈哈，宗近先生也挺会损人的嘛。"

"他在上边还说，那人比我漂亮。真可恶！"

"一先生说话就是这么没遮拦，我碰到他只能甘拜下风。"

"不过他夸了藤尾小姐。"

"哦？他怎么说？"

"他说，那人比我漂亮，但和藤尾小姐比就差远了。"

"哎呀，真讨厌！"

藤尾眼中放出得意且轻蔑的光，高高地仰起脖子。只见犹如牝马颈上鬣毛般的猥琐之物在眼前翻回，唯有紫罗兰色彩贝似灿星般闪烁出楚楚的晶光。

小野与藤尾的目光又相遇了。糸子却浑然不知个中就里。

"小野先生，三条有家叫茑屋的旅馆吗？"

小野正沉迷于那双深不可测的黑眸中，被梦寐以求的未来深深吸引，刹那间却轰然坠入了过去的深渊。

为了逃避追赶上来的过去，小野躲进香炉腾起的紫云烟影中，来不及一尝那缥缈雅趣，更遑论饱馐，只不过彼此用眼神小暄几下，便自还未遂怀的梦中醒来，头脚倒悬地被抛向过去。这就叫草间有蛇，不可随意踏青。

"茑屋怎么了？"藤尾问糸子。

"明信片上说，钦吾先生和我哥哥住在那家茑屋旅馆，所以就想着问问小野先生，那是什么样的地方。"

"小野先生知道吗？"

"三条啊？三条的茑屋……对了，记得好像是有那么一家。"

"这样说来，不是很有名的旅馆了？"糸子天真地望着小野。

"嗯。"小野的回答似乎有点沮丧。这回轮到藤尾开口了。

"没名气不也很好吗？在屋内就能听到琴声……不过是我哥哥和一先生听就没意思了，假如换成小野先生，一定会很喜欢吧？春雨淅沥的静谧时分，悠闲地躺在旅馆屋内听邻家美女弹琴，充满了诗意，不是很好吗？"

小野一反常态默不作声，看都没看藤尾一眼，只是默然望着壁龛里的棣棠花。

"是很好啊。"糸子代小野作答。

不懂诗的人没资格谈论高雅话题，倘使只满足于博得贤妻良母型女子一句"很好啊"的赞同，那一开始就不提春雨、旅馆、琴声之类的了。藤尾有点愤愤不平。

"想象一下的话，真是一幅很有意思的画。那该是什么样的地方呀？"

为什么问出这种问题来？贤妻良母型女子实在费解，她只好默不作声，不愿多语多事。小野则是不回答不行的。

"你觉得该是什么样的地方？"

"我？我嘛……对了……应该是二楼的后屋……有外廊，可以望得到一点儿加茂川……从三条能望到加茂川吧？"

"嗯，有的地方望得到。"

"加茂川岸边有柳树吗？"

"嗯，有。"

"那柳树远远看去雨条烟叶，柳树上是东山……是东山吧？那座美丽的圆圆的山……那山就像青色的供神年糕一样圆圆凸起，朦朦胧胧，朦胧之中可以看到淡淡的五重塔……那座塔叫什么名字？"

"哪座塔？"

"什么哪座塔，东山右角不是看得到那座塔吗？"

"我不记得了。"小野歪着头想了想说道。

"有，肯定有。"藤尾说。

"哎，可琴声是从邻家传来的啊！"糸子插嘴道。

女诗人的幻想被这一句话击碎了。看来贤妻良母型的女子就是为了破坏这美丽世界而来到世上的。藤尾微微皱了皱眉头。

"你真性急。"

"谁性急啦？我听得很有意思呢……接下来那座五重塔怎么样啦？"

五重塔根本不会怎么样。有的人只需瞧一眼生鱼片，便将它收拾回厨房，而想让五重塔怎么样的人，是从小被教育成生鱼片端出来便非吃不行的实用主义者。

"算了，不说五重塔了。"

"很有意思啊，五重塔是很有意思嘛。是吧，小野先生？"

惹人不悦时如何赔礼谢罪，须因人而异，这是世间常情。倘使撄拂的是女王的逆鳞，则靠供上锅碗瓢盆、滤酱筛子之类的俗物是无法使其心境好转的。对毫无用处的五重塔，必须小心地让它依旧留在朦胧之中不去触碰。

"五重塔就不说了。五重塔还能怎么样？"

藤尾的眉毛抽动了一下。糸子只想哭。

"惹你不高兴了？是我不好……不过五重塔真的很有意思啊，我不是在说奉承话。"

刺猬是越摸越会竖刺的，小野必须在不可收拾之前设法平息局面。

再提五重塔肯定是火上浇油，可琴声对自己来说是个禁忌。小野盘算着该如何调停。将话题从京都岔开，对自己来说再好不过，但如果生硬地转移话题，同样会招来糸子的轻蔑。小野须顺着对方的话题一点点绕开去，并且确保其不会朝着伤害自己的方向展开。靠银表得主的手腕来处理这个问题似乎太难了。

"小野先生，您能理解我说的话吧？"藤尾先开了口，糸子被当作不明事理的人而屏逐在外。小野不想见到两个女人在自己面前不愉快地唇枪舌剑，所以才打算调停，既然锦衣善眉举刀格斗的对手中有一方不把另一方放在眼里，小野便没必要出手，除非被屏逐的一方苦苦央求，否则也无须热心地将其纳入己方阵营，只要她老老实实，无论被轻视或被屏逐，暂时都与自己毫无利害关系。小野已经没必要太在意糸子，他只要迎合先开口的藤尾就不会有问题。

"当然能理解，你是说诗的生命比现实更加确凿可靠……可是世间有许多人不懂这个道理。"小野无意瞧不起糸子，他只不过更为重视藤尾的心情而已。况且这个回答堪称真理——单单为难弱者的真理。为了诗，为了爱情，小野敢于做这点牺牲。道义没有照耀在弱者头上，糸子感到孤立无援。藤尾终于心情畅快起来。

"那么，我接着说给您听好吗?"

这真是害人犹害己。小野想不答应也不行。

"嗯。"

"从二楼望下去，铺着三块斜对着的脚踏石，前面有口围着木框的井，雪柳盛开在井旁，枝丫支支棱棱摩挲着吊桶，花瓣扑簌簌地轻摇，好像要坠落井中……"

糸子默默地听着。小野也默默地听着。灰蒙蒙的天空渐渐压低，阴沉沉的乌云层层叠叠，仿佛欲死死地镇服住阳春三月。白昼渐渐灰暗下来。距离防雨窗套五尺远的竹篱笆旁，垂木兰绽放着色泽妖艳的花，透过树丛细看，有时会看到两条、三条断断续续的雨丝。雨丝斜斜落下又倏瞬消失，既不像降自天空，更不像落于大地。雨丝仅有一尺多的寿命。

有道是：居移气[1]。藤尾的想象与天空一起变得浓谲起来。

"您从二楼栏杆那儿看过雪柳吗？"藤尾问。

"没有。"

"下雨的时候……哎，好像下雨了。"藤尾说着朝院子里望去。天空越发昏暗了。

"嗯……雪柳后面便是建仁寺的竹篱笆，篱笆内传出琴声……"

琴声到底出现了。糸子心想原来如此，小野则暗道不妙。

"从二楼栏杆往下看，可以清清楚楚地看见邻家的院子……顺便给你们说说院子的样子好吗？呵呵呵……"藤尾高声笑着。阴冷的雨丝倏地从垂木兰的花上掠过。

"呵呵呵呵，你们不想听吗……暗下来了，天好像马上要变脸了。"

先前黑压压的乌云渐次化为细丝，一条细丝横掠过树丛，又一条细丝紧追而来。眼看着一条条细丝一齐掠过，雨下得越来越密。

"哎呀，看来要下大雨了！"

"下雨了，那我先告辞了。你正聊得这么起劲，实在很失礼，不过你讲得太有意思了。"

糸子站起身来，谈话也随着春雨结束。

1　居移气：出自《孟子·尽心上》。"居移气，养移体，大哉居乎"，意谓地位和环境可以改变人的气质，奉养可以改变人的体质。

七

火柴的耀光总是短暂的，倏忽间便重归黑暗；美丽彩锦揭开一层又一层，终为毫无饰伪的缤素。两名青年春兴已尽。穿着狐皮背心行天下的青年，与怀揣日记思百年忧的青年，一起踏上归程。

古刹、古社、神森、佛丘之上，不解匆匆为何事的京都的日头渐渐落山了。这是个慵懒的傍晚。唯有迷蒙的星光尚留在所有消逝而去的物体之上，星光无精打采地闪倏，像要睡眼惺忪地融入天空中去。沉睡的黑暗中，过去开始活动起来。

人一生出入百个世界。有时潜入泥土世界，有时飘摇于风的世界，甚至有时在杀戮的世界中沐腥风浴血雨。将一人的世界集于方寸揉成团子，与其他清浊混杂的团子一起，交结连亘，便栩栩如生呈现出千人千种的现实世界。每个世界以各人因果交叉点为圆心，左右勾画出各人独自的圆周。从愤怒圆心甩出的圆驰骛如飞，从爱情圆心勾出的圆在空中留下道道烈焰的痕影，有人引曳着道义之索蹒跚，有人依稀衔匿着奸谲之圉打踅，当前后左右上下四面八方纷错龃龉的世界与世界截然两般时，即使秦越之客 [1] 亦会同乘一舟。三春行乐兴尽的甲野与宗近回返东京，唤醒沉睡过去的孤堂先生和小夜子前往东京，两个不同的世界在八点发出的夜车上偶然交界。

1　秦越之客：先秦时秦越两国一在西北,一在东南,相去极远,后以"秦越之客"比喻疏远隔膜、互不相关的人。

自世界与自世界发生抵牾，有人会切腹，有人会自戕；自世界与他世界抵牾，则会导致两个世界同时崩溃，它们爆裂开来随处飞散，或一声巨响之后拖着滚烫的尾气消失于无极。一生中只要发生一次如此激烈的抵牾，人就不必站上闭幕舞台，照样亦能成为悲剧的主人公，受赐于天的本性此时方始表现为第一义。在八点发出的夜车上交界的两个世界当然不会如此激烈，然而，如果只是相遇又离别的萍聚缘分，他们也就没有相交的必然——在星影深沉的春夜，在连名称都带着苍凉味道的七条街道。小说可以摹状自然，自然本身却无法成为小说。[1]

　　两个世界不即不离、如梦幻似的在长达二百里的火车旅程中交界。至于这二百里的旅程载牛还是载马，抑或将何人的命运如何搬运至东方，火车更是漠不关心，火车只管隆隆滚动着不畏这世界的铁轮，在黑暗中勇往直前。乘客中有归心似箭的离人，有别情依依的恋人，有快意四海的旅人，但火车统统等而视之，仿佛对待一堆陶土人偶一样。暗夜中伸手不见五指，唯有火车不知疲倦地喷吐着黑烟。

　　沉睡的黑夜中，所有人都提着灯笼在朝七条蠕动。人力车夫搁下车辕时，车上的黑影会霍地亮起来，闪进候车室。黑影不断从黑暗中走出，活着的黑影填没了车站，想必被撇在原地的京都愈加宁静了。

　　京都的全部生气都汇集于七条。火车不停地吐着烟，以便在天亮之前将汇集的一两千个跃动的小世界一股脑儿送到明晃晃的东京去。黑影开始分散——聚作一团的黑影四下散为一个个

1　此处疑系作者暗讽当时日本文坛一统天下的自然主义文学。

黑点左右移动。没过多久，车厢门发出铿锵响声纷纷关上，霎时间月台仿佛乱野扫地般空无一人，透过车窗望见的唯有那只孤零零的大钟。后方远处响起哨声，火车"咣啷"一声启动了。甲野、宗近、孤堂先生、惹人怜爱的小夜子四人同乘这趟火车，在黑暗中自顾自前行，全然不晓各自的世界将相互交织成何种关系。毫不知情的火车隆隆滚动车轮，毫不知情的四人荷负着四个相抵牾的世界闯进黑暗之中。

"真挤啊！"甲野四下环顾着车厢说道。

"嗯，京都人大概都搭这趟火车去东京看博览会吧，人真多啊！"

"是啊，候车室里都是黑压压的。"

"这会儿京都大概很冷清吧。"

"呵呵，没错。京都确实是个闲静的地方啊。"

"住在那种地方的人还会到处跑，真不可思议，闲静地方的人也难免会有各种各样的事吧。"

"就算再闲静，也终归有生有死吧？"甲野将左腿抬到了右膝上。

"哈哈哈哈，生死是他们要办的事吗？住在茑屋隔壁的那对父女看来也是这类人，每天都是悄然无声啊，连说话声也听不到。连这种人也要去东京，这才叫不可思议呢。"

"大概是去看博览会吧。"

"不是，听说他们要搬家。"

"是吗？什么时候？"

"这个不知道，我没向旅馆的女佣打听得那么仔细。"

"那个姑娘总有一天也会嫁人吧?"甲野像是在自言自语。

"哈哈哈哈,应该会吧。"宗近将行李搁在架上,笑着坐了下来。甲野侧过脸去望向玻璃窗外,窗外一片黑暗,火车开足马力在黑暗中突飞猛进,耳畔只听到隆隆声。这种时候人是无能为力的。

"开得真快,不知道时速有多少英里?"宗近在坐席上盘起腿说道。

"外面黑漆漆的,根本不知道开得有多快。"

"外面再黑也照样知道开得快呀!"

"看不到参照物,就不知道时速喽。"

"看不到也还是知道很快嘛!"

"你能感觉得出?"

"嗯,我能感觉得出。"宗近大模大样地换了个盘腿坐姿。会话又中断了。火车加快了速度。对面行李架上歪斜着一顶不知是谁的帽子,隆起的圆帽顶在颤颤悠悠。列车员不时穿过车厢。大部分乘客相向而坐,眼睛直对着对面乘客的脸孔。

"不管怎么说也是快 ——喂!"宗近又搭起话来,甲野正半闭着眼睛养神。

"嗯?"

"再怎么说,也是很快!"

"是吗?"

"嗯,你瞧……就是快吧。"

火车隆隆前行。甲野只是微微哂笑算作回答。

"乘快车真舒服,否则感觉不到乘在火车上。"

"是不是觉得它又比梦窗国师厉害?"

"哈哈哈哈,火车展现的是第一义嘛。"

"跟京都的有轨电车大不一样吧?"

"京都的有轨电车?我彻底服了它了。那东西绝对是在第十义以下!就那种车还在行驶,真是叫人弄不明白。"

"因为有人乘坐嘛。"

"'因为有人乘坐'?……我可实在不敢恭维,听说它还是世界上最早铺设的有轨电车[1]哩。"

"不会吧?这种电车怎么能算是世界第一,太简陋了。"

"不过,如果它的铺设是世界第一的话,有人说它完全没有进步也是世界第一。"

"呵呵呵呵,跟京都很般配。"

"没错,那是有轨电车的名胜古迹,是有轨电车中的金阁寺[2]。可惜了'十年如一日'这句话,本来应该是用来赞叹的啊。"

"不是还有'千里江陵一日还'这句诗吗?"

"应该是'一百里程垒壁间'[3]。"

"那说的是西乡隆盛[4]。"

1　世界上最早铺设有轨电车的城市是德国柏林,1881年在柏林市郊正式启用有轨电车作为城市公共交通工具。日本京都的有轨电车始于明治维新后的1895年,应为亚洲最早的有轨电车。

2　金阁寺:本名鹿苑寺,位于日本京都市北区,为临济宗相国寺派的寺院,建于1397年,其三层宝塔形金阁内外皆饰以金箔,阁顶有象征吉祥的金凤凰,故得名金阁寺,战前被指定为日本国宝,现为世界文化遗产。

3　出自日本西道仙(1836—1913)所作汉诗《城山》:"孤军奋斗破围还,一百里程垒壁间,吾剑既折吾马死,秋风埋骨故乡山。"城山位于今日本鹿儿岛县,是西乡隆盛战败自杀之地。

4　西乡隆盛(1828—1877):日本"明治维新三杰"之一,后因不满新政府施行的政策,下野返乡,发动同乡武士叛乱(西南战争),战败自杀。

"是吗？可我总觉得有点怪。"

甲野没有接话，会话又中断了。火车依旧隆隆前行。不一会儿，两人的世界在黑暗中摇顿着消失而去。与此同时，在这绵长的夜里，另两人的世界则在一缕不停晃动的灯光下逐渐展现出来。

出生之时，一轮晶亮的斜月来相照，所以取名小夜子。母亲过世后，父女二人俭朴度日的京都宅屋前，盂兰盆的灯笼已经挂过五回了[1]。想到今秋终于又可以在东京点起迎魂火祭祀母亲亡灵，小夜子情不自禁从长袖伸出白皙的双手，习惯性地左右交叠在一起。她那娇小的肩头荷负着所有哀愁，而将压在心头的怨怅轻柔地一拂，便顺着绢裳滑下情感的裾尾。

紫色招骄矜者蜂攒，黄色引深情者追求。二百里铁路连接东西两地之春，心愿的细丝犹如发髻上用纸绳扎成的饰物，颤颤袅袅，祈祷着真诚之爱，在长夜中一路往前奔驰。往昔五年是一场梦。饱蘸颜料的绘笔淋漓尽致泼染出的往昔之梦，已深深浸透了记忆，每每回首拾取当时记忆，颜色依然鲜明如新。小夜子的梦比之性命更鲜活。她在春寒中怀里温热着鲜活的梦，随着这列黑黢黢滚动的火车向东行。火车载着梦一个劲地向东行。怀揣美梦的人为了不让美梦失落，紧紧搂住腾升不熄之物向东行。火车专心致志向前猛冲，冲过平野的草木，冲过山间的云雾，冲过夜空的群星，向前疾驰。心怀梦想的人愈往前行，鲜活的梦想便愈远离黑暗，渐渐呈现于现实世界面前。随着火车的疾驰，梦想与现实的距离越来越近。小夜子的旅程要在鲜活的梦想与鲜活的现

1　日本习俗，每年在7月15日（盂兰盆节）前后在屋前燃香挂灯笼，为祖先亡灵超度。灯笼挂过五回，意指已过了五年。

实相遇并完全一致时才会结束。夜仍深沉。

坐在一旁的孤堂老人没有怀着特别要紧的梦。他捋着下巴那日渐泛白的稀疏胡须努力回忆往事。往事躲在二十年前的深处，不那么容易想得起来。漠漠红尘中有什么影子在晃动，无法辨识是人是狗抑或是草是木。人的过去模糊到连人狗草木都无法辨识时，才会真正成为过去，人愈是留恋无情抛弃我们的往昔，往昔的人狗草木便愈加显得杂乱无章。孤堂老人用力捋了一把花白的胡须。

"你来京都时几岁啊？"

"一退学就来了，那年春天我正好十六岁。"

"那今年是……"

"第五年。"

"是吗？已经五年了，真快啊，我一直觉得你才来不久呢。"说着又捋了把胡须。

"刚来京都时，您不是带我到岚山去玩吗？还有母亲一起。"

"对、对，去的时候太早，樱花还没开。想想那时，现在岚山真是变了很多，当年好像还没有这种出名的团子。"

"不对，那时已经有这种团子了，我们不是还在三轩茶屋旁吃了团子吗？"

"是吗？我都不记得了。"

"记得吗？那时候小野先生净挑绿的团子吃，您不是还笑话他了嘛？"

"哦，对、对，那时小野还在，你母亲身体也不错，真没想到她会那么早过世。人的命运是最难捉摸的了……打那以后小

95

野大概也变了很多，毕竟已经五年没见到他了……"

"不过他健健康康的不就行了嘛。"

"是啊，他到京都后身体结实多了，记得他刚来时一脸苍白，还整天一副惴惴不安的样子，习惯后才渐渐定下心来的……"

"他性情很温柔。"

"是很温柔，太温柔了……但他还是以优等的毕业成绩获得了银表，很不错……我也对他有管教之功啊，就算他天生资质不赖，可如果当时放任不管，谁晓得他会走上哪条路、变成什么样子啊。"

"说得是呢。"

鲜活的梦画着圈在小夜子胸中旋舞，这不是已经死亡的梦。梦自五年前浮雕般深刻的记忆中飞至咫尺之遥的身边，女子只顾定睛凝视这近在眼前的鲜活的梦，左右前后上下打量着它炫目的光彩。沉醉于美梦的人忘记了年迈父亲的苍髯。小夜子没有再说话。

"小野会到新桥来接我们吧？"

"当然会来啦。"

梦再次跃动起来，罔顾小夜子的抑制，遁身飞奔在黑夜中。老人放下捋须的手，不久即阖上了睡眼。人狗草木无法辨识的过去世界不知不觉也垂下了黑色帘幕，而另一个火焰般鲜明的世界照亮黑暗，在小夜子小小的胸中旋转着，雀舞着，无法抑制地正向前飞奔。拥抱着这鲜活的世界，小夜子渐渐进入黑甜乡。

火车刺破层层围裹的黑夜，掀翻竭力阻遏的逆风，车尾猛力捶打穷追不舍的黑夜之神，终于冲出黑暗国，迎向白晓国的缕缕朝霞。奇怪呀，茫茫原野怎么会无休无止地不停向上升腾逼向天空？挥却残梦睁大眼睛扫向半空时，日轮已经照亮世界。

神话时代啸鸣不止的金鸡[1]振翅五百里，益溢的仙云便随之纷披而下，太虚中扬浮起万古晴雪，以威压八州[2]之势渐次向四面八方倾泻，整个苍莽大地自腰部以下都被埋入白茫茫之中。白雪逞炫似的充贯天空。白雪流泻一阵后，裂成数条不规则的白练，斜斜地被覆于紫色蓝色的襞褶之上。抬眼眺览的人顺着在大地攀延的云影，从山脚的苍茫原野望向仿佛被雷电刺破的紫色蓝色皱褶，直至顶端的一片纯白，会情不自禁豁然惊醒。白雪吸引了明亮世界中的所有乘客。

"喂，看见富士山了！"宗近滑下坐席"哗"地拉开窗户，晨风自旷阔的原野吹进车厢。

"嗯，刚才就看到了。"甲野头上蒙着驼毛毯，出乎意料地冷淡。

"是吗？你没睡着？"

"睡着了一会儿。"

"怎么了？你头上蒙着那玩意儿……"

"冷啊。"甲野缩在毯子里回答道。

"我饿了，还没开早饭吗？"

"吃饭前先得洗脸……"

"正确。你说的话从来都是正确的。——不过还是先看几眼

1　金鸡：一种想象中栖于天上的神鸡，据传它最先报晓，然后地上的鸡才响应打鸣。

2　八州：日本的古称，古代日本由本州、四国、九州、淡路、壹岐、对马、隐岐、佐渡等八岛构成，故有此称。

富士山吧。"

"那可比睿山漂亮。"

"睿山？睿山不过是京都的一座山。"

"你对睿山好像很看不上眼嘛。"

"哼哼……怎么样，你看富士山多雄伟？人也应该像这个样子。"

"你可做不到它那么稳稳当当的呀。"

"我充其量算是保津川吧？可保津川也比你强哩，你顶多像京都的有轨电车。"

"就算京都的有轨电车还照样能开动，也不差啊。"

"你就完全开不动了吗？哈哈哈哈，快掀掉驼毛毯动一动吧！"说罢宗近从行李架上取下行囊。车厢内开始嘈杂起来。驶入明亮世界的火车在沼津停下休息——洗脸。

窗内伸出半张瘦削的脸，任晨风吹拂起黑白相间的一根根稀疏胡须，叫道：

"喂，给我两个便当!"

孤堂老人右手握几枚银币，在左手接过便当木盒的同时将银币递了过去。茶水是女儿在车厢里沏的。

"不知这便当怎么样啊。"老人掀开便当盒盖，盖子上粘了几粒白米饭。盒内躺着一段淡茶色的薯蓣，薯蓣与旁边的白饭之间，痛苦不堪地塞着一片黄黄的快被压扁的煎蛋饼。

"我不饿。"小夜子连筷子也没碰，放下便当。

"嘿。"老人接过女儿递来的热茶，望着插在膝上便当里的筷子，"咕噜"喝下一大口。

"马上就快到了吧?"

"嗯,没多远了。"薯蓣往胡须移动起来。

"今天是个晴天呢。"

"这样的天气真是走运哩,你瞧,富士山看上去多漂亮。"薯蓣自胡须又回到了盒内。

"不知小野先生帮我们找好住处没有?"

"嗯,肯……肯定找好了。"老人的嘴巴兼顾着吃饭和答话,早餐在继续。

"走,到餐车去吧。"宗近在隔壁车厢合拢米泽绸缎裰的领子。一身西服的甲野挺起瘦高身子。跨过通道上横着的手提挎包时,甲野回头提醒道:

"喂,小心脚下别绊到。"

甲野推开玻璃门进了隔壁车厢,想径直穿过通道。走到半途,宗近从后面用力拉了拉他的西服。

"饭有点凉了吧?"

"凉了倒不要紧,就是太硬……像爸爸我这样上了年纪的人,不能吃硬东西,容易堵在胸口。"

"喝口茶吧……要不要再帮您倒点茶?"

两个青年无言地穿行而过走向餐车。

小星球即便日夜不歇星飞寰宇,行尽天涯,也不见得会舛互相交,这四颗小星球却犹如四个并排在一起不厌其烦吐丝的蚕茧,夜半以陌路人身份于同一列冷暖无情的夜车上比邻而坐。当星辰世界被扫落,白日彻底剥去天空面皮使其无所隐遁之时,四颗小星球在窗内两两相对地擦身而过。擦身而过的另外两颗小星球此刻正隔一枚白桌布吃着火腿煎蛋。

"喂，她在车上！"宗近说。

"嗯，我看到了。"甲野看着菜单应道。

"看来他们果真要到东京去。昨晚在京都车站好像没遇见他们嘛。"

"真的，一点儿也没注意到。"

"我也不知道他们就在隔壁车厢……打过好几次照面了吧？"

"多得数不清了……这块火腿净是肥肉，你的也一样吗？"

"好像差不多，这大概便是你和我的差异。"宗近用叉子叉起切成大块的火腿塞进嘴里。

"难道你我都自比为猪吗？"甲野有点沮丧地张口嚼着白色的肥肉。

"是猪也没关系，我就是觉得不可思议。"

"听说犹太人不吃猪肉。"甲野突然说起风马牛不相及的事来。

"先不管犹太人，我说的是那个姑娘。我觉得有点难以想象。"

"因为太多的照面？"

"嗯……喂，服务员，来杯红茶！"

"我要咖啡。这猪肉真不好吃。"甲野又把话题从那女子岔开了。

"我们到底遇见了多少次？一次，两次，三次，好像遇见三次了！"

"假如写小说，这就是个极好的缘由，可以发展成一个故事哩。不过我们跟她打了几次照面，好像也没发生什么呀……"甲野说罢喝了一大口咖啡。

"打了好几次照面竟然也没发生什么,所以你我才沦落为猪吧?哈哈哈哈……不过什么都还说不准,也许你会爱上那个姑娘……"

"对、对。"甲野打断了对方的话。

"就算不是,既然我们遇见了这么多次,今后也难说不会发生什么关系。"

"跟你发生关系?"

"说什么呢。不是那种关系,是其他关系,男女关系以外的关系啊。"

"是吗?"甲野左手托着腮,右手举着咖啡杯停在鼻端前,愣愣地望着前方。

"我想吃蜜橘。"宗近道。

甲野没作声,隔了一会儿又漠不关心似的说:"那姑娘是不是去嫁人的呀?"

"哈哈哈哈,要不要我去替你问问看?"其实宗近连去打个招呼的意思也没有。

"嫁人?真的那么想嫁人吗?"

"不去问问当然不知道喽。"

"你妹妹呢?你妹妹好像也很想嫁人吧?"甲野忽然一本正经地问了个怪问题。

"糸子?那丫头还完全是个孩子呢,不过她心里真有我这个哥哥哩,又帮我做狐皮背心,又帮我做其他什么的。那丫头缝缝裁裁真的很拿手哦,要不要让她帮你做一个肘垫?"

"哦，是吗？"

"你不要？"

"不，不是不要……"

没等肘垫的事说完，两人便离开了餐桌。经过孤堂老人的车厢时，只见老人面前摊着一张《朝日新闻》，小夜子则夹着一块煎蛋饼正往小嘴里塞。四颗各自运转的小星球在车厢内再次擦肩而过，各自似乎像在担忧自己的未来一般对彼此的命运放心不下，却又都不以为怪。他们就这样怀着无法预料的明日世界，抵达了新桥车站。

"刚才跑过去的人不是小野吗？"走出车站时，宗近嘀咕了一声。

"是吗？我倒没留神。"甲野答。

一踏上车站，四颗小星球便各奔东西了。

八

院里那棵浅葱樱笼罩在暮霭之中。一尘不染的外廊悄然无声，背靠着紧闭的格子拉门。屋内长火盆上的一只铁壶正在烧水，跟前铺着个扎染丝绸坐垫，上边端坐着甲野的母亲。她那吊眼角处仿佛隐藏着一条极易被触怒的青筋，穿过脑部再从额头钻出，所幸面部浅黑皮肤细滑，因而外表看上去极为温和。——在让对方使劲握住藏针的海绵后，须得亲切地为对方的柔嫩纤手贴上膏药，同时安慰说创口很快就会痊愈，可能的话甚至用嘴唇吻住流血处，以表示自己并无恶意——生于二十世纪的人务必知晓此类勾当。甲野便曾在日记中写道：露骨者亡。

脚步声在宁静的走廊上响起，一双纤纤秀足裹在簇新的白布袜中，微微蹑踢着从地面扫过的颜色与众不同的裙摆厚窝边，纸门被轻巧地拉开了。

母亲坐着一动不动，只是将浓眉向门口挑了一挑：

"哦，进来吧！"

藤尾一言不发，反手关上门，轻敏地隔着火盆在母亲对面坐下。火盆上的铁壶不停发出鸣叫。

母亲看了看藤尾的脸，只见她垂着眼皮正望着折放在火盆旁的报纸。铁壶依然在鸣叫。

话多少真言。母女二人只言不语相对而坐，一任铁壶鸣叫。屋外走廊上鸦雀无声。浅葱樱正催着日落。春光在渐渐流逝。

藤尾终于抬起脸来。

"他回来了吧？"

母女四眸陡然对视，真机全隐于这一瞥之中。只有当不堪燥灼时才会偶露原形。

"哼！"长烟管"啪"的一声敲掉燃成灰烬的烟丝。

"他打算怎么办啊？"

"打算怎么办？那个人心里到底打什么主意，连我这个做母亲的也猜不透。"

云井[1]烟雾肆无忌惮地从高挺的鼻子孔穴中喷出。

"回来了还是老样子？"

---

1 云井：日本在实行香烟专卖之前市售的一种私营高级香烟牌子。

"当然老样子，他这辈子都是那副德行了！"

母亲极易被触怒的青筋从皮下浮至表面。

"他就那么讨厌继承家业？"

"怎么可能？他只是口头说说而已，这样才更可恨。他那样说分明是绕着弯子指责我们……如果他真不想要财产和其他任何东西，自己找份工作不就行了吗？每天这么懒懒散散的，毕业到现在都两年了呀，就算是研究哲学，肯定也能养活自己嘛。怎么能这样子拖泥带水！每次看到他那张脸我的火气就上来……"

"看来他一点儿也没听懂我们的暗示。"

"才不是呢，他是听懂了装糊涂。"

"真讨厌。"

"就是嘛。他要再不拐过弯来，你的事情我就没法办了……"

藤尾把话忍住没说出口。爱情能孳孕所有罪恶，藤尾在将话忍住的当口，已然决定不惜牺牲一切奉供给爱情。

母亲继续说：

"你今年二十四了吧？有几个女孩家二十四岁还没嫁人的？我一跟他商量你的婚事，他就说不要让你嫁出去，以后还得让你负责照顾我。既然这样，我想他总会找能够自立的工作吧，没想到他整天关在屋里睡大觉……还跟别人说什么打算将财产全让给你，自己出去流浪，让人以为我们嫌他碍眼要赶他出去似的，真太不像话了！"

"他去跟谁说的这种话？"

"听说他是到宗近父亲那儿去的时候这样说的。"

"一点儿都不像男子汉的做派。早点把糸子小姐娶进来不是挺好嘛。"

"也不知道他到底是想娶还是不想娶啊?"

"哥哥肚子里究竟什么打算实在叫人琢磨不透,不过糸子小姐倒是好像挺想嫁给哥哥的。"

母亲取下吱吱鸣叫不停的铁壶,挪开炭笼。满是茶垢的纹片釉萨摩烧茶壶表面绘着两三道蓝色波纹,上面再缀以几片仿佛随意散落的雪白的樱花图饰。午后便泡在壶里的宇治茶[1]绿色细末涨成黏糊糊一团,此刻早已沁凉。

"要不要重新泡点茶?"

"不用了。"藤尾将早已失味但余香尚存的茶水倒入与茶壶同样颜色的茶碗中。刚倒入碗底时,并不怎么感觉得到茶水的黄色,将倒满时才颜色渐深,浓浓的茶水在表层堆起泡沫,散也散不开。

母亲熟稔地从火盆掏出炭灰,将未燃尽的白色佐仓炭[2]残骸敲碎,把红红的燃至炭心的拨到一旁,随后挑选厚薄刚好的黑炭添入热度渐衰的炉眼中,令其一点点重新烧旺——屋内春光永远温煦地笼罩着这对母女。

作者厌嫌缺乏意趣的对话。刻薄毒舌不会为猜疑不和的阴暗世界添抹分毫精彩,它不是以雅致的笔墨将灿目舒怀的春意挥洒于纸端的诗人之雅范。司掌春天闲花素琴之人心中歌一般的仙境并不在下界人间,假如将不带半点气韵的鄙猥词句一一罗列,便几如毫端蘸泥,实在难以走笔了。本作者描述宇治茶、萨摩茶

1　宇治茶:日本京都宇治地方出产的绿茶,以质优味美著称,始于镰仓初期。
2　佐仓炭:产自日本茨城县、千叶县一带的高级木炭,因原产于千叶县佐仓市而得名。

壶和佐仓炭等，仅为偷闲片刻，予读者以暂离阴暗世界的欣愉而已。只是地球转得较往昔更快，不舍昼夜地明暗更替，简短描叙这对母女郁悒不欢的另一面，是作者不得不履行的义务，故叙完品茶、添炭之后，笔锋仍须返回母女二人的对话，并且起码须比前一段更有意趣。

"就说宗近家吧，那个一先生真是个活宝，他既没学问又没本事，却满口都是大话……他居然还以为自己很了不起呢。"

有个故事说马厩和鸡舍同在一处，母鸡对马评头论足道：这家伙既不会报晓也不会生蛋——母鸡说得一点儿没错。

"他外交官没考上，却一点儿都不觉得害臊，要是普通的人，肯定会再努把力的。"

"他是颗子弹嘛。"

此话语意不明，却是句很断然的评语。藤尾细滑的双颊漾起晴波，会意地笑了。藤尾是个懂诗的女子。廉价糖果中子弹般的糖球是用红糖揉搓成的，兵工厂的子弹是用铅熔铸成的，但不管怎样说，子弹终归是子弹。母亲的神情极为认真，她不明白女儿为何笑。

"你觉得他这个人怎么样？"

女儿的笑却不承想引母亲心生疑窦。有道是"知子莫如父母"，其实不然。纵然是明白无误的同一个世界，在母女二人眼中，也会一个将其视为大唐，一个把它当作天竺[1]的。

"觉得怎么样？……我根本对他没什么感觉呀。"

母亲眉毛下的两道锐利目光严肃地盯着女儿。藤尾完全明

---

1 天竺：中国古代对印度的称呼，初出于《后汉书·西域传》。

白那其中的意思。既已了然于胸，自然不烦不躁。藤尾故意从容不迫地等着母亲先开口。母女之间也是讲究进退策略的。

"你愿意嫁到那家人家去吗？"

"宗近家？"女儿反问。如此反问看来是预备拉满弓之后方才发箭。

"是啊。"母亲不假思索地答道。

"我才不愿意呢！"

"不愿意？"

"谁会愿意啊……嫁给那种没品位的人。"藤尾直截了当地回绝道。将春笋一截截切断时，即是这般爽脆。藤尾双眉扬风，嘴唇紧闭，一副不愿再提及此事的样子，但唇间又似乎隐藏着另一层稍闪即逝的心绪。

母亲闻言转而附和道："那种没前途的人，我也不喜欢。"

没品位和没前途是两回事。打铁师傅"叮"一声举锤落下，徒弟跟着"当"一声抢锤砸落，然而两人锻打的是同一柄剑。

"我看不如现在就明确地回绝掉吧。"

"回绝？我们跟他家定过亲吗？"

"定亲？那倒是没有，不过你父亲说过要把那只金表送给他。"

"那是怎么回事啊？"

"你以前爱把金表当玩具，老是摆弄那颗红珠子……"

"后来呢？"

"后来……你父亲在大庭广众面前半开玩笑地对一先生说过：'这只怀表和藤尾缘分不一般，不过我还是想送给你，但不是现在，而是等你毕业以后再给你，可藤尾可能会离不开这只怀表，一起跟过去，你看怎么样?'……"

"你到现在还把这句话当成是定亲的暗示?"

"照宗近父亲的说法，好像是这个意思。"

"荒唐!"

藤尾朝长火盆一角掷出尖锐的一句，回音立刻响起。

"确实荒唐。"

"那只金表归我了!"

"还在你房间里吗?"

"收藏在我的文卷匣里呢。"

"哦，你真那么想要? 你又不能挂那个表。"

"不用说了，反正我要定了!"

藤尾仿佛看到了搁在高处的饰有泥金芦雁图的文卷匣，匣底那只怀表链条头上鲜红欲燃的石榴石正放出妖冶的光，在向她招手。藤尾"嗖"地抽身向屋外走去。行将随日暮而逝去的白昼余光，将浅葱樱的树影朦朦胧胧映在外廊上，仿佛欲竭力留住这时光。高挑的身子在走廊上后转，因斜阳而变得更加瘦长的俏脸朝着纸门丢下一句:

"那只怀表我可以送给小野先生吧?"

没听到纸门内有应答声。——对于这对母女而言,春阳已尽。

与此同时，宗近家的客厅灯火通明。煤油灯罩优雅的白光让静夜回到了白昼，豪华的白铜油壶鼓起浑身蔓藤花纹，炫耀着它那照亮夜晚的光明。灯光所至，每张脸上都洋溢着笑容。

"啊哈哈哈!"笑声先响了起来。所有要在这灯光四周进行的对话，用"啊哈哈哈"做开场白都是最适宜的。

"这么说，你们连相轮橖¹也没去看喽?"有人大声说道。声音的主人是位老人，老人双颊红润但重度下垂，下巴被压抑得叠成两层，头顶近乎全秃。老人不时抚摩着秃顶。宗近的父亲就是因为时常抚摩头顶才变秃的。

"相轮橖是什么?"宗近歪着身子盘腿坐在父亲面前。

"啊哈哈哈，真不知道你们爬睿山干什么去了。"

"我们一路上好像没看到那样的东西，对吧甲野?"

甲野暗旧的双色细条纹和服前襟合拢，外面套一件黑色短褂，端端正正坐在茶杯前。宗近向甲野问话时，糸子笑盈盈的脸转了过来。

"好像是没看到相轮橖。"甲野回话时双手始终没离开过膝头。

"一路上没看到? ……不知道你们是从哪儿爬上去的，是从吉田吗?"

"甲野，那地方叫什么名字? 就是我们上山的那个地方。"

"不知道那地方叫什么。"

"不过爸爸，反正我们经过了一座独木桥。"

"独木桥?"

"是啊……我们是从独木桥上过的对吧? 甲野……听说再往前走不远就到若狭国了。"

"怎么可能那么快就走到若狭国?"宗近的话立即被甲野否

---

1 相轮橖：塔婆的一种，上部为相轮（佛刹，佛塔顶部的金属尖状装饰物），下部为立柱，存藏经卷等。日本由最澄法师建于睿山延历寺西塔地区的为最古，日光轮王寺的相轮橖也很有名。

定掉了。

"那不是你说的吗？"

"我那是在开玩笑。"

"啊哈哈哈，如果真的到若狭国去可够你们受的喽。"老人听得乐不可支，糸子圆脸上的双眼皮也笑得眯成了月牙。

"你们像旧时的邮差那样光是埋头赶路可不行……睿山的范围很广，分东塔、西塔、横川三个地区，有人甚至每天来回这三个地区当作修行呢。像你们那样光是上去下来的话，爬哪座山不都是一回事吗？"

"那有什么？反正我只是把它当作普通的山来爬的。"

"啊哈哈哈，那你们等于是为了脚板磨出疱才爬山的喽？"

"疱确实磨出来了，不过这得由他负责。"宗近笑着看了甲野一眼，这一眼看得哲学家再也无法继续保持矜持的面孔。灯火欢快地摇晃着。忍俊不禁的糸子用袖口掩住嘴，待笑容平复后才抬头将目光转向水疱的担责者。欲动双眸者，其颜必先动。这是鼓破众人捶式的做派，就算贤妻良母型的女子，也懂得这种策略。甲野佯打耳睁，随即抛出了一个问题：

"伯父，东塔和西塔指的是什么？"

"那些都是指延历寺的区域。你不妨这么想，那么大的山中，东一个寺院西一个僧房的，所以才将它分为三个区域，称为东塔、西塔什么的。"

"说起来，就像大学里有法学系、医学系、文学系一样。"宗近摆出内行的架势从旁插了一句。

"对，是这么回事。"老人立即赞同，"就像一首歌里说的：'东塔邻修罗，西塔近京城，横川深处最宜居。'横川最偏僻最冷清，不过却是静下心来做学问的好地方……从刚才讲的相轮橖至少还得往里再走五里路才能到哩。"

"你瞧，怪不得我们稀里糊涂地都错过了。"宗近对着甲野又埋怨道，甲野没有搭理他，只是洗耳恭听老人的解释。老人得意扬扬地继续说道：

"对了，《船弁庆》谣曲[1]里也有提到过：'侍立在侧的这位，乃家住西塔旁的武藏髯僧弁庆……'当年弁庆就是住在西塔的。"

"原来弁庆是学法律的呀，甲野，那你应该算是横川的文科了……老爸，睿山的校长是谁？"

"什么校长？"

"睿山的……就是创建睿山寺院的人啊。"

"你说开山鼻祖啊？睿山寺院的开山鼻祖是传教大师。"

"把寺院建在那种地方，太不方便了，不是故意刁难人吗？古代的人真是异想天开啊。你说是不是，甲野？"

甲野不置可否地应了一声。

"你小子懂什么，传教大师就是在睿山山脚出生的！"

"原来如此。这样说我就明白了。甲野，你也明白了吧？"

"明白什么？"

"我在坂本看到一根木桩，上面写着：'传教大师诞生地'。"

"就是在那儿出生的。"

"嘿，果然是的。甲野，你也看到了吧？"

---

1 谣曲：日本能乐中的念白合上音乐皆可以咏唱，故习惯将能乐中的念白不论念或唱均称为谣曲。《船弁庆》是讲述镰仓时代武士源义经故事的能乐剧，弁庆是义经的心腹随从。

"我没留意。"

"因为他一直在留意脚底的水疱。"

"啊哈哈哈!"老人又笑了起来。

观者不见。古人推崇心想至上。逝水不舍昼夜,徒然写得一个又一个"真"字,方写就,却随即被奔逝不止的流水载着刚刚写就的"真"字杳然而去。堂曰法华,石曰佛足,樑曰相轮,院曰净土[1],皆不过记载下名字年月历史便以为"吾事济矣",此等所为犹如抱着死骸却以为活人之举。见者并非为名而见。观者并非为见而观。至善者宜远离形而入普遍之念——因此之故,甲野爬了睿山却对睿山不解所以。

往者已死。昔人敲击大法鼓、吹响大法螺、树立大法幢以护王城鬼门[2]姑且不去置评,然而到了现在仍试图从桓武天皇[3]的远古将中堂佛陀永眠、宝盖蛛网尘封的古伽蓝唤醒过来,用毫无裨益的评说替它洗刷千古之泥,此乃一昼夜拥有四十八小时的闲人之所为。时不我待,光阴一点点逝去,有为天下落眼前,双腕截风鸣乾坤——正因为如此,宗近爬了睿山却也对其一无所知。

唯独老人很平和。他娓娓不倦地述说睿山的来龙去脉,似乎深信天下不舍昼夜涤故更新的兴废都系于睿山一刹的指点。老人完全是出于对青年的一腔亲切,青年却不怎么愿意领情。

"你说不方便? 特意选择在那山上创建寺院是为了更好地

1　法华堂、佛足石、相轮樑、净土院均位于日本京都睿山西塔一带。
2　睿山位于昔日平安京(今日本京都府)的鬼门东北方位,故有"护鬼门"之称。
3　桓武天皇:日本第50代天皇,781—806年在位。

修行。哪像现在，大学都设在太方便的地方，所以人都变奢侈了，这怎么行？身为学生，却开口就离不了西式点心、威士忌什么的……"

宗近表情怪异地望了望甲野，不承想甲野却听得十分认真。

"老爸，听说睿山的和尚半夜十一点左右还会跑到坂本去吃荞麦面……"

"啊哈哈哈，不可能。"

"怎么不可能？是真的噢。对吧，甲野？……再怎么不方便，想吃的东西总是想吃的呀。"

"那是些混日子的僧人吧?"

"这么说，我们是混日子的学生喽?"

"你们比混日子的还不如。"

"就算我们还不如混日子的吧……但从那儿到坂本要走二里多山路呢。"

"那段路差不多是得有二里吧。"

"他们夜里十一点下山，吃完荞麦面，还得再爬山上去呢。"

"那又怎么样?"

"这可是混日子的人根本做不到的啊!"

"啊哈哈哈!"老人笑得大肚子都挺了起来，笑声响得令煤油灯罩也抖了一抖。

"就算现在是这样，那以前总有规矩本分的和尚吧?"冷不防甲野突然问道。

"现在也是有的呀! 就像世上老老实实的人总是少数一样，规矩本分的僧人也不多……不过就是现在也不能说一个没有。

毕竟那是座很古老的寺院嘛。它最初叫一乘止观院，改称延历寺是很晚的事了，听说就是自那时起定下一条很奇特的寺规，规定僧人必须在山中闭门修行十二年。"

"那就想都别想什么荞麦面了。"

"还想什么……一次都不可以下山的。"

"就在山中那样一岁一岁老下去，他们图的什么呀？"宗近自言自语道。

"那就是修行。你们也别再这么混日子了，还是学学他们吧！"

"那可不行。"

"为什么？"

"为什么？不是我做不到，而是每天像他们那样的话，就违背您的命令了。"

"我的命令？"

"您不是每次见到我就没完没了地唠叨，要我早点娶个媳妇吗？假如我现在跑到山里闭门修行十二年，等到娶媳妇时，恐怕老得腰都直不起来啦。"

举座哄堂大笑。老人微微抬起脸，自前朝后抚摩着秃顶，下垂的双颊抖动得像要掉落下来似的。糸子只顾低着头使劲憋住笑声，双眼皮变得微微发红。甲野一直紧闭的双唇也松开了。

"修行归修行，但不娶媳妇也不行……而且要娶媳妇的是两个人，真是太让人头痛了……钦吾，你也该结婚了。"

"哎？怎么一下子……"

甲野有气无力地应了声。他心里暗想，与其结婚，还不如入睿山闭门修行十二年哩。甲野的心思立刻被不放过任何动向的糸子清清楚楚地看在眼里，她觉得纤弱的胸口遽然沉重起来。

"可是你母亲会很担心吧?"

甲野无言以对。眼前这个老人也以为自己母亲跟正常的母亲一样。他觉得这世上没有一个人能识穿自己母亲的真心，只要他们无法识穿自己母亲的真心，便不可能同情自己。甲野渺然一身悬于天地之间，感觉仿佛独自残活于万物绝灭的世界末日。

"你这样犹豫不决，藤尾也很为难吧? 女孩子和男孩不一样，错过了适婚年龄，就很难嫁出去了。"

可敬可爱的宗近父亲依旧在帮着母亲和藤尾说话，使得甲野无话可答。

"一，你也得早点娶媳妇啊，我已经上年纪了，说不准什么时候就会有个三长两短什么的。"

老人是以自己之心在揣度甲野母亲之腹。虽然同为父母，但彼此的父母之心大相径庭。可是甲野无法解释。

"我还没考上外交官，所以现在没法娶媳妇。"宗近在一旁应道。

"去年是没考上，可今年的考试结果还不知道吧?"

"嗯，还不知道，不过看样子还是考不上。"

"为什么?"

"大概因为我还不如那些混日子的人吧。"

"啊哈哈哈!"

今晚的会话开始于"啊哈哈哈"，也结束于"啊哈哈哈"。

九

真葛原[1]的女郎花开了。女郎花矫捷地从芒草丛中伸展出来，又仿佛因修洁的身姿秀出于众，只得羞怯地闪开孤独寂寞的身影躲避秋风，在阵阵秋雨中小心翼翼地迎接冬天的到来。漫长冬日霉洒下褐色、黑色凛冽刺骨的寒霜，女郎花无依无靠的弱小生命却顽强地活了下来。冬日竟乐而不厌长达五年。寂寞的女郎花钻出寒夜，不卑不亢地跻身红红绿绿的春天世界。春风拂过之处，天地万物竞相绽放出富贵之色，唯细茎端头悄悄顶着一枝黄花的女郎，却只能在不属于它的世界中，战战兢兢地呼着一丝拘谨气息。

她一直怀着比宝石更璀璨的梦。她注视着无底黑暗中的那颗钻石，倾注了全部的身心，无暇左顾右盼其他任何事情。当她怀揣着晶亮宝石穿过遥遥二百里，再自黑暗袋子中将其取出时，宝石在现实的亮光中失去了几分往昔的辉熠。

小夜子是过去的女子。小夜子怀揣的是过去的梦。过去的女子怀揣的过去的梦，隔着双重屏障，与现实无缘相逢，偶尔潜来一窥便遭狗吠，以至自己都怀疑此处不是自己该来之地。她觉得自己揣在怀里的梦，似乎是不该揣入怀中的罪恶，而愈是想将其裹藏在包袱中避人眼目，一路上反而愈加招人生疑。

返回过去吧？可是混进水里的一滴油绝难重回油壶内，无论情不情愿都须随水一起漂流。舍弃旧梦吧？如果能舍弃掉，早

1　真葛原：位于日本京都圆山公园。

在未遇现实亮光之前便已舍弃了，况且即便舍弃了，梦也会自己飞扑上来。

当一个人的世界一裂为二，且两个世界各自运转时，便会引发令人痛苦的矛盾，许多小说将此类矛盾描绘得惟妙惟肖。小夜子的世界在撞到新桥车站后便出现了一条缝，之后日趋崩裂。故事从此开始，而从此展开小说一般人生的那个人的遭遇可谓可怜至极。

小野也是如此。早已摈弃的过去拨开梦幻的红尘，从历史垃圾堆中探出陈旧的脑袋，忽地挺起身子走了过来。小野后悔摈弃过去时没有斩草除根，如今其径自重获生机，却也拿它毫无办法。然而枯槁的秋草选错了逞强的季节，竟在带着暖意的春日烟霭中甦生，实在不识时务。但打杀甦生之物有悖诗人的雅范，既然被追上了总得聊表慰抚。小野有生以来从未做过失礼之事，今后也不想做。为了不对不起别人，也为了对得起自己，小野权且躲入了未来之袖中。紫色的气味很浓烈，就在小野刚壮了壮胆，以为它可以斥退过去的幽灵时，小夜子抵达了新桥。小野的世界也出现了一条裂缝。正如很同情小夜子一样，作者也很同情小野。

"你父亲呢?"小野问。

"他出去了。"小夜子有点羞怯。父女俩从搬入新家翌日起便忙得不可开交，连闷湿得几欲冒出水汽的头发都无暇梳理。小夜子身上那件居家穿的棉袄在诗人眼里也颇嫌寒酸。——对镜凝妆，玻璃瓶浮蔷薇香；轻浸云鬟，琥珀栉解条条翠 —— 小野顿时想起了藤尾。有个声音在心里说道：所以必须抛弃掉过去呀。

"你们很忙吧?"

"行李都还搁着没整理呢……"

"我原本打算过来帮你们的，可是昨天和前天都有聚会……"

连日受邀参加晤聚，足以证明小野在其专业领域中已颇有声名，但到底是何领域，小夜子却想象不出，只猜想必定是自己高不可攀的学问。小夜子低下头来，望了望膝盖上右手中指戴的金闪闪的戒指——那戒指当然与藤尾的戒指无法相比。

小野抬眼打量了一下屋子。泛白的低矮天花板上赫然有两个孔洞，到处是漏雨留下的水渍及黑黢黢的煤烟熏迹，犹如悬着道道蛛丝般；左起第四根木条中央斜悬着一根杉木筷，长的一头朝下弯得很厉害，大概是以前的房客曾将绳子拴在筷子上，吊着冰袋敷胸部用的吧；用来隔开房间的两张隔扇上贴着镀箔洋纸，上面排列着几十个英伦风格的锦葵几何图案，黑框隔扇似乎想模仿华屋大宅，却更显出俗气。所谓的院子几乎仅有转弯抹角通贯两间屋子的狭长铺板连成的外廊而已，宽度尚不及一根博多腰带[1]，实在是徒有其名。院子里有棵不足十尺的扁柏，在春阳里悠闲地支棱起去岁的老叶，枯瘦的树干后便是及腰高的低矮垣墙，邻家的说话声可以清清楚楚地传入耳朵。

房子倒的确是小野帮孤堂父女找的，但极无品位，小野从心底讨厌这房子。倘使自己选房子的话，他希望那房子的竹篱边偎依着木兰，园中的松苔上叠映着一叶兰的影子，自己的簇新手巾在春风中轻摇……小野听说藤尾就要继承那样的房子。

"多亏了您，我们才住进这么好的房子……"不擅恭维的小

---

1 博多腰带：一种产自日本福冈县博多地方的单层和服腰带，特点是经线细、纬线粗，形成明显的横棱纹，江户时代曾被用来进献给幕府将军。

夜子说道。假使她真心觉得这房子好，那真的太可悲了。据说某人受请在"奴鳗"[1]吃了一顿饭，于是答谢道：多亏了您，我第一次吃到这么美味的烤鳗。从那以后请客的男人就瞧不起对方来了。

在某种场合，"怜悯"与"蔑视"是同一个意思。小野的确瞧不起诚意致谢的小夜子，只不过他压根不觉得小夜子有值得怜悯之处，因为他中了紫色的邪，中邪的人会变得非常恐怖。

"我想你们一定希望住再好一些的房子，可是找了很多家，都没有合适的……"

小野还没说完，小夜子连忙打断了他的话：

"没关系，这就挺好的了。爸爸也很喜欢。"

小野心想，这话说得真寒酸。小夜子却全然没意识到他的想法。

小夜子缩了缩瘦削的脸，抬眼望了望小野，觉得他总好像跟五年前不一样了：眼镜变成金丝边的了，碎蓝花棉衣变成了西服，小平头变成了油光光的长发，髭须更令他一跃跨入绅士之列——小野不知何时留起了黑黑的胡子。他已经不是原来那个学生。簇新的领口上别着的饰针，每次转动肩膀饰针都会闪闪发亮，深灰色上等西服马甲的内袋装着御赐的银表，而且他还昼思夜想将金表也收入囊中。这些是小夜子的小小心灵做梦也想不到的。小野已经变了。

五年来小夜子每日每夜做着无法忘怀的梦，那梦比自己的性命还要鲜活，可梦中的小野不是眼前这个样子的。五年是悠长的远昔。袂分牵别绪，长短各西东；云暮离愁锁，相思隔几重？

1　奴鳗：位于日本东京浅草田原町的一家烤鳗老店。

见不上面的这些年，指望对方一成不变自然是不现实的。风吹面她想象小野的变化，雨打窗也想象小野的变化，月圆月缺花开花落她都会想象小野的变化，不过当她踏上月台时，仍暗暗祈愿变化不致如此之剧。

如果将小野的变化过程顺次向前闪回，他的变化并非如吴下阿蒙[1]的成长经历那般值得嘉许，而仿佛是将褪色的过去摁倒在地，在对方抵达新桥车站的前一晚，匆促伪造虚饰了一个令人吃惊的现在似的。小夜子无法接近小野，即便伸手也无法企及。小夜子恨自己想变也变不成那样，她觉得小野就是为了疏远她才变成这副模样的。

小野到新桥车站来接他们，雇车陪他们到旅馆，并在百忙之中挤时间租了间陋屋供父女俩蜗居。父亲认为他仍一如昔日那般亲切，小夜子也这样想——可是，她无法接近小野。

一下月台，小野马上要为她拿行李。小小的手提包算不上行李，根本用不着他拿，可小野硬是夺了过去，和盖毯一起拿着走到了前面。望着小野碎步匆匆的背影，小夜子感觉颇为诧异——抢在前头急急而去的小野看起来并非在迎接远道而来的父女，倒像是为了加快脚步撇下落后于时代的父女二人。所谓剖符，本为双方各执一半剖分的符节，以为信守的约证。小夜子视心中的梦比高悬在天的太阳更珍贵，时隔五年，她将剖符自散逸着香气的"时间"口袋中取出置于当下，满心以为必能相合，谁料才欲会对，现实却远远地退避到一边，小夜子手中的剖符竟然失效了。

---

1 吴下阿蒙：此处用的是中国三国时期吴将吕蒙的典故。吕蒙折节读书，长而进益，终成一代名将，后成为笃志力学的代名词。

小夜子起初以为是自己刚从洞穴钻出，眼睛瞬间瞢眩的缘故，习惯之后自然会好起来。然而时日一天天过去，一次两次、三次四次相见，小野却变得越来越彬彬有礼。小野越彬彬有礼，小夜子越是无法接近小野。

小夜子缩起线条柔和的长下巴，抬眼觑着小野，看着他变了的眼镜，变了的髭须，变了的发型和变了的装束。当她看完所有变了的东西，心底悄悄发出一声叹息：唉……

"京都的樱花怎么样了？已经开过了吧？"

小野突然将话题转到了京都。安慰病人总得提及对方的病情。他主动提起不愿回顾的过去，顺着已经松解的记忆之线回溯，是出于诗人的同情心。这使得小夜子一下子拉近了与小野的距离。

"应该开过了吧。离开京都前我去了一次岚山，那时樱花已经开了八成。"

"就是嘛，岚山的花期比别的地方早，赶上开八成还是很幸运的呢。你跟谁一起去的？"

赏花之人多如月夜繁星，但能一起去赏花的人除了天地只有父亲。假如一起去的不是父亲——小夜子在心中也没敢说出那个名字。

"还是和你父亲一起去的喽？"

"是。"

"很好看吧？"小野随口说道。小夜子听了不知为什么涌起一股凄惘的感觉。小野又开口问道：

"岚山跟过去也大不一样了吧？"

"是的，大悲阁温泉那些地方都造起了漂亮的房子……"

"是吗?"

"那边不是有小督局[1]的坟墓吗?"

"嗯，我知道。"

"那一带现在净是小茶室，热闹得不得了。"

"一年比一年俗气了，还是以前那时候好啊。"

难以接近的小野与梦中的小野又合而为一了。小夜子暗暗吃惊。

"您真的觉得以前……"说到这里，小夜子有意将目光转向院子。院子里空无一物。

"我和你们一起去的时候可没有这么喧闹。"

小野到底是梦中的小野。小夜子收回望向院子的目光正视着小野，金边眼镜和微黑的小胡子立即跃入眼帘——对方依然不是过去的人。小夜子强抑即将脱口蹦出喉咙的令人难以忘怀的过去话题，闭口不作声。得意忘形者拐弯时常会碰壁，高雅绅士淑女的对话也老是会在心里碰壁。

小野接着道："你还是和那时候一样，一点儿都没变。"

"是吗?"小夜子悻悻地应了一声，像是赞同对方又像是怀疑自己。变了倒是根本用不着如此忧心，无奈变化的只是年纪。她只能徒然地怨恨起一年一年越来越松垮的衣裳和越用越旧的琴来。琴仍罩着套子竖在壁龛内。

"我变了不少吧?"

"变得很了不起，都快认不出来了。"

---

1 小督局：日本平安末期高仓天皇的宠妃，因受宠而激怒皇后的父亲平清盛，逃到嵯峨避难，后被再度迎进宫，但最后仍被平清盛抓去，剃发为尼。

"呵呵呵，过奖了，以后还要大变特变，就像岚山那样……"

小夜子不知如何回答是好。她双手搁在膝上没动，垂着脸，娇小的耳朵优美地从鬓角露出，脸颊和脖颈交会之处在昏暗光线中勾勒出一道朦胧的曲线。这是一幅绝美的画，只可惜对面坐着的小野不懂得欣赏。诗人喜欢的是感性美。如此线条丰枯匀称，光线明暗适度，色彩浓淡灵妙的好画很少有幸得以观赏到，倘使小野能在刹那间捕捉住这幅画的美丽之处，或许他会以高勒皮靴后跟使劲蹬住地面逆着时针转圈子，好让五年的时光倒转，然后飞身扑往过去。遗憾的是小野坐在对面却无动于衷，只觉得小夜子是个缺乏诗意毫无情趣的女子，与此同时，他仿佛闻到一股袖香在鼻尖袅袅翩翩，一抹浓艳的紫色愠恼地掠过眉间。小野突然想要告辞了。

"下次再见吧。"小野拢了拢西服前襟。

"爸爸快回来了。"小夜子轻声挽留道。

"我还会来的。你父亲回来了请代我向他问好。"

"那个……"小夜子欲言又止。

对方直起身子，已经等不及"那个"的后话说出来了。小夜子感觉有股力量在催促自己。可难以接近的人愈行愈远，真是可叹可戚。

"那个……爸爸他……"

小野不由自主感觉凝重起来。对方越发难以开口。

"我下次再来！"小野说着站起身。后面的话对方甚至听都不想听，就这么冷酷无情地离去，没有一丝留恋，没有一丝同情。小夜子从玄关返回屋内，惘然失措，于是坐到了窄窄的外廊上。

外面看似要下雨却下不下来，从天宇深处射出的微弱春光，穿透薄云普照大地，头顶那片闲适的天空似要放晴却依旧沉闷阴郁。不知从何处传来琴声。小夜子的琴仍未拂去尘埃，依旧罩着姜黄色的套子竖在两个印花布包袱中间，寂寞地倚着墙，那套子不知何时才会去解开。听琴声，弹琴的人无疑技艺娴熟，只手按着琴弦只手拨弹着，流畅地在雁柱之间来来去去，搅动春色的琴音劲疾又饱满。听着听着，小夜子不由想起那个雨日，恍如昨日般历历在眼前——望着雨滴宛似白昼的萤火虫淅淅沥沥扑袭着竹篱上的连翘黄花，父亲抱怨雨从一早起就下个不停真叫人闷倦。小夜子轻巧地甩下做活时挽起的缎子衣袖，将穿有细长丝线的针插进红色针包，然后站起身来。她对着微隆的古桐琴身，按压弹拨着排成雁阵形码子上的琴弦，勾摇剔套，像是要将古琴唤醒。记得当时弹的是《小督曲》。当狂逸的纤指彻底揉碎忧悒的白昼时，父亲高兴地连声说辛苦了辛苦了，并亲自给她倒茶。京都是与春天、雨景、琴声密不可分的，尤其琴声与京都最契合。看起来喜欢弹琴的小夜子居住在幽静的京都才是本分。离开古都，小夜子犹如冲破黑暗的乌鸦，飞出来一看，不由被漆黑的世界吓倒，正想再飞回，天已经全亮。早知如此，当初学弹钢琴该多好呀。英语也毫无长进，以前学的如今大多已忘记。父亲说女子没必要学那种东西。小夜子听信了活在旧时代的老一辈人的话，结果远远落在小野后面，想追已无法追上。老一辈人来日无多，万一老一辈人先走一步，自己又落在新人后面，则运命只恐有旦夕之祸也很难说……

格子门"哗啦"一声被拉开，古昔之人回来了。

"我回来了！这尘土真是够呛！"

"可今天没有风啊。"

"是没风，但是地面干燥……东京这地方实在讨厌，京都比这里好多了。"

"当初不是您每天吵着说要早点搬到东京来的吗？"

"说是说了，可来了一看，完全不是那么回事啊！"老人返身在外廊拍打完袜子，进到屋子里坐下：

"哦，有茶碗嘛，有客人来过了？"

"是的，小野先生来了……"

"小野来了？好啊。"

说着，老人开始一点一点解捆扎在他拎回来的大包裹上的细绳十字结。

"我今天坐电车想去买坐垫，结果忘记转车，狼狈透了。"

"啊，真的？"女儿同情地笑了笑，接着问，"坐垫买了吗？"

"是啊，光买了坐垫，可没转车，结果把我折腾了这么久。"老人边说边从包裹中往外拿仿黄八丈[1]的坐垫。

"买了几个？"

"三个，三个暂时够用了吧。你坐坐看。"老人把一个坐垫递给小夜子。

"呵呵呵，您自己坐呀。"

"我坐，你也坐坐看嘛。怎么样，很舒服吧？"

"棉芯好像硬了点。"

---

1 黄八丈：日本东京都伊豆诸岛八丈岛出产的一种平纹绢织品，黄底带茶褐色直条纹或格子纹，被视为名特商品。

"棉芯准是……一分价钱一分货嘛，没法多讲究啦。我就是为了买这个才没坐车……"

"您不是说是没转车吗?"

"是啊，没转车……我明明拜托过乘务员的嘛。真是可气，所以后来我干脆走回来了!"

"那您一定累坏了吧?"

"不累，别看我这把年纪，腿脚还壮实着呢……只是弄得我胡须和身上沾满了灰尘，你看。"老人用右手四根手指当梳子在下巴底下一捋，果然有些浅黑的东西掉到了大腿上。

"这是因为您没洗澡吧?"

"别瞎说，这是灰尘。"

"外面又没刮风。"

"这里没风也会起灰尘，真叫人不可思议。"

"可是……"

"什么可是! 不信你出去试试，大家都觉得东京的灰尘多得吓人。你原来在东京的时候也是这样?"

"是啊，灰尘很厉害。"

"看来越来越厉害了，今天明明一点儿风都没有。"老人抬起视线朝屋檐外望了望，阴沉的天空稍显转晴，春阳透过云层泻下迷蒙的微光。琴声仍在响。

"啊，有人在弹琴……弹得真好。那是什么曲子?"

"您猜猜看。"

"让我猜? 呵呵呵呵，我可听不出来。听到琴声就让我想起京都来了，京都非常幽静，真好。像我这种跟不上潮流的人不适合东京这样的热闹地方，东京是小野和你这样的年轻人的天地。"

看来跟不上潮流的父亲是为了小野和自己才特地搬到满是尘埃的东京来的啊。

"那我们回京都去好吗？"小夜子心绪不宁的脸上浮出了笑容。老人明白，女儿是同情自己适应不了这样的环境，出于孝心才故意这样说。

"呵呵呵呵，真的回去？"

"真的，回去也不错嘛。"

"为什么？"

"不为什么。"

"可我们不是刚来吗？"

"刚来就回去也没关系啊。"

"没关系？呵呵呵呵，开什么玩笑……"

女儿低下了头。

"你刚才说小野来过了？"

"嗯。"女儿依旧头朝下低着。

"小野……小野怎么……"

"什么？"小夜子抬起脸来。

老人望着女儿的脸问道："小野……他来过了？"

"嗯，是来过了。"

"他来了以后有没有……有没有说什么？"

"没有，没说什么……"

"什么也没说？……他可以等我回来再走的嘛。"

"他说他很忙，下次再来，然后就走了。"

"是吗？这么说他不是因为有什么事才来的，唔……"

"爸爸！"

"怎么了？"

"小野变了。"

"变了？嗯……变得非常体面，在新桥看见他时我差点没认出来。嗯，变了好啊，对大家都好。"

女儿又垂下头去——看来心地善良的父亲没理解自己的意思。

"他说我跟以前一样，一点儿都没变……可即使我没变……"

后边说的话犹如赤脚踩着了发声的琴弦，在孤堂老人脑子里"嗡"的一声响起来。

"即使你没变怎么样？"老人催促女儿说下去。

"……那也没办法。"小夜子低声说道。老人沉思起来。

"小野说什么了吗？"

"没说什么……"

同样的问题和同样的回答不断重复着。水车一旦踏转，便会周而复始转动不止，怎么踏也不可能停下。

"呵呵呵呵，那种小事你根本不必在意。春天总是叫人感到烦闷，像今天这天气，连我都感觉不舒服。"

令人烦闷郁悒的其实是秋天。这就叫吃糯米饼子被噎了却怪罪酒，简直拿被安慰者当傻瓜哄。小夜子听了一直没作声。

"你要不要弹弹琴？解解闷嘛。"

愁眉不展的女儿脸上强挤出一丝笑容，转眼望向壁龛。壁龛没有挂画轴，黑乎乎的龛穴显得空落落的，竖在龛穴一角的姜黄色琴套在春色中十分显眼。

"还是算了吧。"

"算了？算了就算了……那个……小野最近一段时间很忙，听说他还要赶着完成博士论文呢……"

小夜子连银表都不想要，就算一百个博士称号对于眼下的自己而言也是百无一用。

"所以他静不下心来，谁做学问都会那样。用不着太担心，他就算想多坐一会儿也坐不住，这是没办法的事啊……啊？你说什么？"

"他就那么……"

"嗯？"

"急着……"

"哦？"

"回去……"

"回去了？你是说他用不着那么急着回去？可那是没办法呀，他正钻在学问里头呢……所以我才要他腾出一天时间，跟我们一起去看看博览会嘛——这事你跟他说了吗？"

"没说。"

"没说？你应该说的啊。人家小野好不容易来一趟，你说你都干了什么？就算是个女孩子，也得学会说说话呀！"

女儿自小被教导不可以多嘴多舌，现在却被责怪为什么不会说话。小夜子不得不担下所有的过错。她不禁眼睛发热。

"行了行了，我会写信跟他说的……你不用难过，我不是在责怪你……对了，晚饭做了吗？"

"只煮了米饭。"

"只要有米饭就行，菜就不用了……我拜托的那个大婶说是明天就可以过来帮忙了……慢慢住习惯了，就感觉东京也好京都也好都一样啦。"

小夜子朝厨房走去。孤堂老人开始打开放在壁龛里的行李。

十

有个谜一样的女人要到宗近家来。谜女所到之处，江海会变成山丘，炭球亦会像水晶般发光。禅家道柳绿花红，世人则说麻雀叽喳、乌鸦呱呱，谜女似乎不像麻雀叽喳乌鸦呱呱那样便浑身不自在。自从谜女降世，世界突然变得纷嚣乖乱。谜女会将挨近她的人扔进锅内，用意念的杉箸不停地搅攘。如果自认高雅之士，又不甘愿诚拜下风者，切不可接近谜女。谜女犹如钻石，能发出特别耀眼的光，但无人知道这光源自何处，从左看时右侧发光，从右看则左侧发亮，从诸多切面反射出繁多的光亮是谜女最擅长的本领。能乐面具多达二十种，发明能乐面具的便是谜女。谜女快要进门了。

宗近家这位爽直快畅的大和尚，绝对想不到天底下竟有这种无事生非的女人不停在锅底搅攘。檀木书桌上搁着唐刻法帖，大和尚坐在厚厚的坐垫上，从肥圆的大肚子中哼唱着《钵木》[1] 小

---

[1] 《钵木》：日本能乐曲目之一，讲述镰仓时代至室町时代流传的北条时赖周游诸国的故事。

曲儿："信浓国烟霞缥缈，山水清旷……"而此刻谜女渐渐迫近。

悲剧《麦克白》中的女巫掳来天下所有杂物丢入锅中。有夜半蛰眠于寒石底、暗中向人喷射三十一昼夜[1]汗出淋漓而成毒浆的蟾蜍，有黑脊下掩藏着火红色腹部的蝾螈的胆，还有蛇眼和蝙蝠爪——大锅"咕嘟咕嘟"在煮，女巫围着大锅转不停，干瘪尖利的手上握着历经累代而锈迹斑斑、禁咒世道的细长通条，黏稠的液体在沸腾的锅中不停涌动冒泡——读者读到这些个个惊恐不已。

不过那毕竟是戏剧，谜女不会做出那样恐怖的恶事。她住在二十世纪的大都市，又是在朗朗白昼找上门来，从她锅底涌出的是妩媚，漂在锅面的是笑波，搅动的筷子名为亲切，即使锅子也十分精致高雅。谜女只是柔缓轻悄地搅攘，连手势都像表演能乐剧那样优雅，难怪大和尚对她毫无惧色。

"哎呀，天气暖和多了呢。快请坐！"大和尚伸出肥硕手掌指向坐垫。女人故意坐在门口不肯挪动身子，双手规规矩矩地支着地面。

"别来无恙……"

"请坐垫子……"肥硕的手掌仍朝前伸着。

"早想着来问候您的，只因家里没人走不开，所以老是想来却一直拖到现在……"大和尚见谜女说到这里顿了一下，正想开口，她又立即接着道："实在对不起。"说话间，乌黑的头发贴到了榻榻米上。

1　此处原文为"三十日"，但《麦克白》第四幕第一场中本作："Days and nights hast thirty-one"，梁实秋译为"三十一昼夜潜伏着"，朱生豪译作"三十一日夜相继"，均依莎士比亚原文译为"三十一昼夜"，此处从之。

光凭一句"哪里，不必客气……"是难以让谜女抬起头的。有人说，高贵典雅礼数缜密的女人让人望而生畏；又有人说，郑重矜持客套周全的女人使人不敢受用；还有人说，人的真诚程度与颔首鞠躬的时间成正比。诸说不一，不过大和尚显然是属于不敢受用这一类的。

谜女的黑头发紧贴在榻榻米上不动，只从口中发出声音来。

"府上各位想必安康如故……钦吾和藤尾老是受你们照顾……前些日子又送我们贵重的东西，本该早点来登门拜谢的，结果还是失礼了……"

说到这里她终于抬起头，大和尚总算松了口气。

"哪里，一点儿小意思……也是别人送的。啊哈哈哈，天气总算暖和点了……"大和尚突然说起了天气，他望了望院子，随后接着问，"府上的樱花怎么样？现在应该正盛开着吧？"

"或许是今年比较暖和的原因吧，比往年早开了些日子，四五天前倒是观赏的最好时节，不过前天一场大风刮落了不少花，现在已经……"

"花都刮落了？你那棵樱树很珍稀呢。它叫什么来着？啊？浅葱樱？对、对，那种颜色很少见的。"

"怎么形容呢，那花的花瓣有点发绿，要是傍晚的时候看，还真有点阴森可怕的感觉呢。"

"是吗？啊哈哈哈。荒川那边倒是有一种绯樱，不过浅葱樱确实少见哩。"

"大家也都是这么说的，他们说重瓣樱花种类虽多，但难得见到绿色的……"

"绝对是难得一见！用那些喜爱樱花的行家的话来说，樱花有一百多种呢……"

"是吗?"女人大惊小怪地应道。

"啊哈哈哈，别以为樱花那么简单啊。前些天，我们家的一从京都回来，说去过岚山赏花了，我就问他看到些什么花，他只知道单瓣樱花，简直孤陋寡闻到了极点，现在的年轻人真是不求上进，啊哈哈哈……这点心算不上什么好东西，你尝尝看，是岐阜的柿子羊羹。"

"哎呀，您别那么客气……"

"吃是没什么好吃，不过也还算稀罕。"宗近老人举起筷子从盘子里夹了一块撕去包装的羊羹到手上，自己大口吃起来。

"说到岚山……"甲野的母亲开口了，"前阵子钦吾又给你们添麻烦了。他说多亏你们张罗，让他见识了很多地方，非常高兴。我猜想他那副任性的德行，肯定给一先生添了不少麻烦吧?"

"哪里，倒是一多蒙钦吾照顾……"

"不不，钦吾可不会照顾别人。他也老大不小的了，却居然没有一个称得上朋友的人……"

"钻在学问里的人都一个样，不大爱跟别人交往，啊哈哈哈！"

"学问不学问的对我这个女人来说一窍不通，我就是看他不知怎么的老是闷闷不乐……要不是你们家一先生带他出去，恐怕没有人愿意搭理他……"

"啊哈哈哈，一刚好相反，他跟谁都乐乐呵呵的谈得来，说来你可能不相信，就连在家的时候，他也老是作弄妹妹……唉，要像他那样子的话也很让人头痛呀。"

"不会吧？像他那样开朗爽快多好呀。我就常对我们家藤尾说，钦吾要是稍稍开朗活泼点就好了，哪怕有一先生的一半……不过这些都是因为他那个病，我知道现在发牢骚也没有用，可就因为他不是我亲生的，所以才担心世人会对我有什么看法……"

"那是当然的啦。"宗近老人一本正经地答道，顺手拿起银烟管在烟灰筒[1]上"砰"地磕了一下，又搁在榻榻米上，余烟从中飘了出来。

"怎么样，从京都回来之后，他是不是好点了？"

"劳烦您关心……"

"前几天到我家来时，他跟大家东聊西聊，看上去很愉快嘛。"

"真的？"这话问得让人感觉有点装腔作态，"我实在拿他没办法了。"这句话说得拖腔拖调，一副伤透脑筋的样子。

"那倒挺麻烦的。"

"他那个病让我不知操了多少心。"

"干脆让他结婚吧，说不定他的性情会有所改善呢。"

谜女会让别人来说出自己想说的话，因为主动开口往往会自取其祸，不如暗中备好泥泞之地，静待对方滑倒即可。

"我一天到晚都在劝他结婚……可好说歹说，他就是听不进。您看我都这把岁数了，加上甲野那样突然死在国外，心里真是七上八下得不行，所以总想让他的终身大事早点有个着落……到现在不知跟他说过多少回亲事了，可是每次一说到亲事，他就不由分说地把我顶回来……"

"其实，上次他来我家时，我也提了提这件事。我对他说，

---

1 烟灰筒：用来将烟斗灰磕入烟灰缸的器具，多为竹制。

你老是这样固执己见，只会让你母亲操心的，你瞧她多可怜啊，还是趁早成家让母亲安心吧。"

"谢谢您这么体贴。"

"别那样说，其实在担心的不只是你，我家里正好也有两个得赶快想办法把问题解决掉的人哩。啊哈哈哈，真是的，不管活到多大岁数都没法省心哪。"

"您家里还算好的，我才……如果他老是用生病的理由不娶媳妇，万一我要是有个三长两短，真没脸去见我那九泉之下的老伴啊！唉，为什么他总是不听话呢？每次我一开口，他就说自己那样的身体实在没法照顾这个家，最好让藤尾招个上门女婿来照顾我，他自己一分家产都不要。他就是这么说的。假如我是他的生母，我大可对他说，你爱怎么做就怎么做，可您也知道我们不是亲生母子，那种不近人情的事我对他实在做不出来啊……我真是走投无路了。"

谜女目不转睛望着和尚。和尚挺着大肚子思考着。烟灰筒"砰"地响了一声。紫檀盖子轻轻地阖上，烟管滚到了一边。

"原来是这样啊。"

和尚的声音一反常态，显得无精打采。

"既然我不是他的生母，假如我喋喋不休地硬要他怎么样，难免会生出一些对旁人难以启齿的争执……"

"嗯，是很棘手啊。"

和尚从手提烟草盆的小抽屉取出黄色棉抹布，仔细擦拭起烟草盆的鲸须拉手。

"既然你不便对他说，索性由我跟他认真地谈一次怎么样？"

"又让您费心……"

"那我就跟他谈谈看吧？"

"不知跟他谈了会怎么样？他神经已经变得古里古怪的，再跟他提这种事……"

"担心什么？我心里有数，会尽量委婉地跟他谈的。"

"可是，万一他觉得是我特地来这儿拜托您出面的话，事后他可就会跟我闹得更厉害了……"

"真是够呛，他竟然脾气变得这么躁。"

"我现在跟他说话都得提心吊胆的，生怕惹他发作……"

"哦……"和尚叉起胳膊，由于袖子短，粗粗的胳膊肘不雅观地露了出来。

谜女会将人引进迷宫，让人觉得"原来是这样"，让人发出"哦……"的赞同声，让烟灰筒"砰"地响起，最后让人叉起胳膊。疾言厉色乃二十世纪的禁忌。何以有此说？求教于某绅士和某淑女，绅士淑女异口同声答曰：疾言厉色最容易触犯法律。谜女如此谨慎则最不会触及法律。和尚只能叉着胳膊说"哦……"。

"如果他固执己见非要离家出走不可……我当然不会置之不管的……但他要是无论如何都不听我劝……"

"入赘怎么样？假如找个女婿上门入赘……"

"不行，要是那样的话事情会越弄越糟……我也得考虑到最坏的情形，不然到时候就麻烦了。"

"说得也是啊……"

"就是考虑到这一点，所以在他病情好转、至少能够像模像样照顾起这个家来之前，我还不能把藤尾嫁出去。"

"说得没错。"和尚歪了歪单纯的脑袋，又接着问道：

"藤尾多大了？"

"过了年就二十四了。"

"真快啊！哎呀，好像前些时候她才这么高哩。"和尚说着伸出大手举到差不多齐肩高的位置，一面说一面抬起眼皮瞧着自己张开的手掌心。

"别提了，她光是长个头了，一点儿用也没有。"

"……算起来确实已经二十四了，我家糸子都二十二了嘛。"

这样闲扯下去，话题眼看着要岔到别的地方去了。谜女必须将话题拉回正题。

"您家里也有糸子小姐和一先生让您操心，我却来向您说这些废话，您一定觉得我是个不知趣的肤浅女人吧……"

"没有没有，你说什么呀！其实我一直想就这件事和你好好商量一下……眼下一正起劲地想当外交官什么的，他的婚事虽然不是说定就能一两天里定下来的，不过他早晚也得娶媳妇……"

"当然啦。"

"所以我想，藤尾……"

"嗯？"

"如果是藤尾，大家都知根知底，我也放心，一当然更不会反对……他们两个的话不是很好吗？"

"嗯……"

"不知你这个当母亲的觉得怎么样？"

"那么个毛头毛脑的孩子，您还这么抬举她，真不知道该怎么感谢您，只是……"

"他们……不是挺般配吗？"

"如果真能这样，不光藤尾会很幸福，我也很放心……"

"假如你觉得不满意，这事可以先搁一搁，但如果……"

"我怎么会不满意啊？这叫求之不得呀，简直再好不过了。只是钦吾让我很为难，一先生可是贵人之身，他要继承宗近家家业的，虽然还不知道他看不看得上藤尾，但如果他娶了藤尾，等藤尾过门以后，钦吾要是还像现在这个样子，说实在的，那我可真不知该怎么办啦……"

"啊哈哈哈，你要那样想，那可是担心不过来啦。只要藤尾出嫁，钦吾当然就得负起照顾这个家的责任，他的想法自然也会改变。依我看就这么办吧！"

"真会像您说的那样吗？"

"再说了，你也知道的，这事藤尾她父亲以前也提过，所以假如这事能成的话，想必故去的人也会觉得称心的。"

"谢谢您的好意……要是我老伴还在世，就用不着我一个人……这么……这么操心了。"

谜女说着说着，语气渐带湿气。疲于摹状世界的笔讨厌这种湿气，关于谜女之谜勉强叙述至此，笔尖竟一步也不肯再往前走。上帝创造了昼夜，创造了大海和陆地和天地间万物，至第七天便命休息。忠实记述谜女的笔，也必须进入另一个阳光世界以驱除湿气。

另一个阳光世界中登场的是兄妹二人。夹层的六席屋子朝南，室内足够明亮，但他们似乎仍嫌不够，格子纸窗大大地敞开着。窗外信乐烧[1]花盆里载有一棵二尺高的松树，拱起的盘绕树根在外廊里投下一个弓形的影子。六尺宽的纸拉门白底上零散贴着秦汉瓦当拓纹，拉手上则是一只鸧鸟翱翔于波涛之巅。一旁的三尺壁龛没有任何挂轴，只随意在花筐内扔着一枝插花。

糸子坐在壁龛前缝制一件花花绿绿的衣裳，靠近窗户的地上摊着两个抽屉，里面满是五彩的花布和线头，还有一只打开的针线盒。屋内静得出奇，仿佛听得到一针一线在细数着春天的幽幽脚步声。然而宁静被哥哥的大嗓门震碎了。

俯卧是阳春三月应有的姿势，晏然而卧便能拥享春天。宗近用尺子不停地敲着榻榻米喊道：

"糸子，你看你的房间这么亮堂，好得真是没的说。"

"要不要跟你换换？"

"咳，就是跟你换了好像也没多大意思……不过这房间让你住着太浪费了。"

"既然你们都不用它，难道我就不可以浪费浪费？"

"当然可以。不过话说回来，你住在这儿是有点浪费，而且这屋里的装饰……有些东西总好像不太适合你这样的妙龄女郎吧？"

"哪样东西不适合？"

"哪样东西？这棵松树呀。这好像是苔盛园作价二十五圆硬推销给老爸的吧？"

"是啊。这个盆景可贵重了，要是碰翻可不得了。"

"哈哈哈哈，老爸被人用它蒙掉二十五圆钱倒也罢了，可你

1　信乐烧：产自日本滋贺县甲贺市信乐地方的陶器。

也真是的，竟然会不嫌费劲地把它抬到二楼来。所以说呀，就算年龄有差距，可是你们俩有其父必有其女这一点是无可争议的。"

"呵呵呵呵，你比我更傻好不好？"

"我傻也傻得跟你差不多，谁叫我们是兄妹哩。"

"哎呀，讨厌！我当然是个傻瓜，但你绝对也是傻瓜。"

"我也是傻瓜？所以说我们两个都是傻瓜不就行了？"

"可是我有你是傻瓜的证据。"

"你有我是傻瓜的证据？"

"是的。"

"那真是你了不起的大发现了。是什么证据？"

"那个盆景啊。"

"嗯？盆景怎么了？"

"那个盆景……你不知道啊？"

"不知道什么？"

"其实我非常讨厌那个盆景。"

"呵呵，这回可是我有大发现了，哈哈哈哈！你既然讨厌它，为什么还要把它抬上来？不嫌重啊？"

"其实它是爸爸自己抬上来的。"

"怎么回事？"

"他说二楼有阳光，利于松树生长。"

"老爸心眼真够好的。这么说，你哥哥我真的变成傻瓜啦？这叫'老子好心儿傻瓜'？"

"哎，你说的什么呀？是发句[1]吗？"

1　发句：日本诗歌中和歌的第一句或第一、二句，连歌、连句的第一句。

"嗯，跟发句也差不多吧。"

"差不多？那就不是真的发句？"

"你可真是没完没了的。不说什么发句了，你今天做的这件衣裳真漂亮，那是什么料子呀？"

"这个？这是伊势崎铭仙绸[1]吧。"

"好亮好亮啊，这是给我做的？"

"才不是呢，是给爸爸做的。"

"你老是给老爸做衣裳，却不给我做，从上次那件狐皮背心以后就再也没给我做过了。"

"讨厌，净胡说。你现在身上的这件也是我做的呢！"

"这件？这件已经不能穿了，你看，都这样了。"

"哎呀，领子怎么这么脏啊！穿上还没多久呢……你身上就是爱冒油。"

"不管冒不冒油的，反正已经不能穿了。"

"那等这件做完了，我马上就给你做。"

"是新的吧？"

"嗯，拆洗以后重新缝的。"

"又捡老爸的旧衣裳？哈哈哈哈，糸子你有时做出来的事真是奇怪啊。"

"什么事奇怪？"

"老爸是个老人，却总是穿新衣裳，我这么年轻，你偏偏净让我穿旧东西，这就是奇怪啊。照这样下去，最后说不定你会自

---

1 伊势崎铭仙绸：产自日本群马县伊势崎市的一种用粗蚕丝织成的平纹丝绸。

己戴一顶巴拿马草帽，却叫我戴扔在库房里的笠形盔[1]哩。"

"呵呵呵呵，你的嘴巴真是厉害。"

"我只有嘴巴厉害吗？真可怜啊。"

"不只是嘴巴厉害。"

宗近没有搭理，他撑着腮透过栏杆缝隙俯视着庭前的树丛。

"不只是嘴巴厉害，真的。"糸子的眼睛一直没离开缝衣针，只见她右手迅速将缝衣针穿过捏在左手的拼缝，这才松开白皙丰润的手指，抬起头望了望哥哥。

"哥哥，你不只是嘴巴厉害。"

"那还有什么呀？我有张厉害的嘴巴就够了。"

"可你还有别的东西厉害呀。"糸子将针眼对着纸窗，眯缝起可爱的双眼皮。宗近依旧撑着腮百无聊赖地望着院子。

"要我告诉你吗？"

"嗯？嗯。"

他撑着腮下巴无法动弹，声音是自喉咙通过鼻子发出来的。

"脚也厉害，明白了吧？"

"嗯，嗯。"

用嘴唇沾湿蓝线，再用指尖将线头捻尖，是没能将线头穿进针眼时女子采用的办法[2]。

"糸子，家里来客人了？"

"嗯，是甲野的母亲来了。"

"甲野的母亲？那才是真正伶牙俐齿的人呢，哥哥嘴巴再厉

1　笠形盔：一种在硬纸上涂油漆的扁平状斗笠，日本古代下级武士作头盔戴用。
2　此处暗指糸子想让哥哥带她出去玩而采用暗示的办法，所以上文对话中还说"脚也厉害"。

害怎么也比不上她呀。"

"可是人家很有品位，不像你那么老是说坏话。"

"你这么讨厌我，我岂不是白疼你了？"

"你又没疼过我。"

"哈哈哈哈，其实为了谢谢你给我做的那件狐皮背心，我正想这几天带你去赏花哩。"

"樱花不是全都谢掉了吗？现在还有什么花好赏？"

"不，上野、向岛的樱花是没法赏了，但荒川边的樱花现在开得正盛哩，我们可以去荒川赏樱，然后到萱野去摘樱草花[1]，再绕到王子搭乘火车回来。"

"什么时候去？"糸子停下手上的活，将缝衣针插入头发。

"要不到博览会的台湾馆去喝茶，看完霓虹灯再坐电车回来……你喜欢到哪儿去？"

"我想看博览会。等我做好这件衣裳就一起去，行吗？"

"嗯，所以你必须对我好一点儿，像我这么好的哥哥全日本也没几个啊。"

"呵呵呵呵，嗯，会对你好的……你把尺拿给我。"

"好好学学针线活儿，等你出嫁时，我会买个钻石戒指送你的。"

"瞧这张嘴巴，说得真动听啊。你有那么多钱吗？"

"'有那么多钱吗'……现在是没有。"

"你上次外交官怎么会没考上？"

---

1 樱草：一种多年生草本植物，多长于低湿地，花与樱花相似，在日语中其花语为"青春"，作者在此处似有所托喻。

"因为我很了不起啊。"

"什么呀……剪子在不在你那边？"

"在你坐垫旁边……不对，再往左一点儿……这把剪子上怎么有只猴子？算是装饰？"

"你说这个？好看吧？这猴子是绉绸做的。"

"是你自己做的？真了不起，做得真好。你别的什么都不会，倒是这方面心灵手巧呢。"

"反正我比不上藤尾小姐……哎呀，你别把烟灰弹在外廊上嘛……给你用这个。"

"这是什么东西？怎么，是把千代色纸[1]贴在厚纸板上的，这也是你做的吧？真是个闲人。这到底是做什么用的……搁线？搁线头？真想得出来！"

"哥哥，你喜欢藤尾小姐那样的人吧？"

"你这种类型的我也喜欢。"

"我是两码事……说呀，喜欢吧？"

"当然不讨厌。"

"哎哟，还瞒什么，多滑稽啊。"

"滑稽？你说我滑稽就滑稽吧……甲野家伯母跟老爸一直在密谈哩。"

"看样子，没准谈的就是藤尾小姐的事情。"

"是吗？那我们去听听怎么样？"

"哎呀，别去……因为他们在谈话，我本来想从楼下取火熨斗来烫衣裳的，都不好意思打扰他们没有去呢。"

1　千代色纸：彩色印花纸，用木版印出各种彩色花纹的和纸。

“自己家里没必要那么顾忌。要不我去帮你拿来？”

“用不着，你别去，你现在下楼会打断他们谈正经事的。”

“真搞得我心神不定啊。那我们就屏住呼吸躺在这儿吧。”

“用不着屏住呼吸呀。”

“那就边呼吸边躺着吧。”

“你别老是躺着躺着的了，就因为你举止不文雅，所以才考不上外交官呢。”

“是啊，看样子，说不定那个考官也和你想的一样，真倒霉。”

“有什么倒霉的？藤尾小姐也是这样认为的。”

糸子停下针线，拿不定主意要不要去拿火熨斗。她从手上拔下满是菱形花纹的顶针箍，和插满银针的淡粉色针包一起收进针线盒，阖上了漆成漂亮鱼鳞纹的盒盖。过了一会儿，她手托着被窗口阳光染成嫣红的耳朵边，右肘支在针线盒上，两腿原来跪坐在摊开的布料下面，现在已松弛地斜到了一旁。深红碎花纹的衬衣长袖也从纤柔的手腕无声滑落，异常白皙的胳膊清晰地露了出来，在头边的蝴蝶结下显得格外清丽。

“哥哥！”

“干吗？不干活了？你怎么看起来心不在焉似的。”

“藤尾小姐不行哦。”

“不行？为什么不行？”

“因为她不想嫁到我们家来。”

“你问过她？”

“这种问题怎么可能冒冒失失问呢？”

“你不问就知道？简直像个女巫……哎，你这样手托香腮斜贴着针线盒斜坐的样子，真是天下绝景。虽说是妹妹，但我还是得承认你这样子非常非常漂亮，哈哈哈哈！"

"你爱怎么嘲笑就怎么嘲笑吧，我真是白白地好心告诉你了！"

糸子说着忽然放开托着腮的白皙手臂，并拢的手指抵着针线盒一角向前垂下。对着窗的半边脸颊上手掌的压痕跟耳朵一样红红的，漂亮的双眼皮微微下垂，似乎要将清纯的眸子藏在长睫毛下。宗近被妹妹从长睫毛的深处定睛凝视着……墩壮的肩膀一使劲，宗近胳膊肘撑着身子坐了起来。

"糸子，伯父说好了要把那个金表给我的。"

"伯父吗？"糸子随口反问了一句，瞬时又有气无力地说了声"可是……"，那黑黑的眸子随即躲进长长的睫毛里去了，鲜艳的蝴蝶结一下子冲到了前头。

"没问题的，我在京都也跟甲野说过这事。"

"是吗？"糸子抬了抬垂着的头，脸上现出将信将疑的笑容。

"以后我到外国去，会买点东西给你的。"

"这次的考试结果还没公布吗？"

"大概快公布了吧。"

"这次一定得考上哦。"

"啊？嗯，哈哈哈哈，考不考得上都无所谓啦。"

"不行……藤尾小姐喜欢的是学问好又靠得住的人。"

"难道我又没学问又靠不住？"

"不是这个意思。不过……我说个例子吧，你不是有个叫小野的朋友吗？"

"怎么了？"

"听说他学习成绩优秀，得过恩赐银表，现在又在写博士论文呢……藤尾小姐喜欢他那样的人。"

"是吗？哎哟哟。"

"什么'哎哟哟'啊？那就是一种荣誉啊。"

"我既得不到银表，又不会写博士论文，外交官也考不上，简直是把脸都丢尽了！"

"别瞎扯！谁也没说你丢脸，不过你太懒散了。"

"是太懒散了。"

"呵呵呵呵，真滑稽，你好像一点儿都不担心嘛。"

"糸子，哥哥虽然既没学问也考不上外交官……得了，不说它了，听天由命吧。不过，你难道不觉得我好歹是个好哥哥吗？"

"当然觉得。"

"跟小野比谁更好？"

"当然是你好。"

"那跟甲野呢？"

"不知道。"

灿烂的阳光透过纸窗温暖地照在糸子脸颊上，她低垂的额头显得白极了。

"喂，你头发上插着针呢，忘记了会出事情的啊！"

"哎呀！"只见糸子衬衣长袖微微一翻，两根手指早已压住头发，轻轻将针拔了出来。

"哈哈哈哈，看不见的地方也能一下子抓着啊。假如你是盲人，一定会成为一个灵性超群的按摩师。"

"已经习惯了嘛。"

"真了不起。对了，告诉你一件有趣的事情吧。"

"什么事情？"

"京都那家旅馆隔壁有个弹琴的美女……"

"就是你明信片中提到的那个？"

"没错。"

"那我已经知道了。"

"可是，这世上还真有让人无法想象的事呢。我跟甲野去京都岚山赏花，遇见那个女的了，光是遇见不说，甲野竟然看那女的看得入迷，把手里的茶碗都掉地上摔碎了。"

"哎哟，是真的？"

"大吃一惊吧？之后我们乘夜行快车回来时，在车上又碰到了那个女的。"

"我不信。"

"哈哈哈哈，最后我们跟她同车回到了东京。"

"可是京都人不可能随便到东京来的呀。"

"所以说这就是某种缘分呀。"

"你又糊弄……"

"别打岔，听我说呀。甲野在火车上没完没了地担心，一会儿猜那女的会不会嫁到东京来，一会儿又说什么的……"

"别说了！"

"你说别说了就不说呗。"

"那个女的叫什么名字？"

"什么名字？你不是叫我别说了吗？"

"对我有什么可保密的？"

"哈哈哈哈，你用不着这么认真，其实根本没有这回事，全是我瞎编的。"

"真可恶!"

糸子总算笑了。

十一

蚂蚁麇聚于甜味，人簇集于新潮。文明人一面生存于苛酷的新时代，一面抱怨无聊，他们忍受立食三餐的忙碌，担忧自己会昏睡在街头，于是将生命寄托于恣情纵欲，在恣情纵欲中贪享死亡——这便是所谓文明人。这世上，唯文明人最是以自己的发展变化为荣，唯文明人最是因停滞不前而苦恼。文明用剃刀削去人的神经，用擂杵捶钝人的精神，无数麻木于刺激又渴望刺激的文明人不约而同地簇集至新潮的博览会[1]。

狗恋香，人趋色。就此而论，狗与人乃最敏感的动物。紫衣也好，黄袍也罢，又抑或青衿，都只是用来招邀看客的道具而已。在河堤奔走起哄的看客必定举着形形色色的旗幡，因为有人起哄而拼命划桨的人只是因为受了色相耍弄。天下最显眼的东西莫过于天狗鼻子。天狗的鼻子从古到今永远是赫赤赤的。有色处千里亦不为远，故而所有看客都簇集至五光十色的博览会会场。

飞蛾扑灯，人辏集于电光。耀灿的东西历来牵动天下眼眸。

1　根据后文所描写的景象，此处应是指 1907 年于日本东京上野举办的"东京劝业博览会"。

举凡金银、砗磲[1]、玛瑙、琉璃、阎浮檀金[2]之属，都是为了令无聊的眼眸睁得大大，令疲惫的脑袋霍地昂起才发出晔晔神光。在文明人旨在缩短白昼时间的派对上，唯有镶在裸露肌肤上的宝石专美擅宠。钻石能夺人心，故比人心更高贵。坠于泥沼的星影，虽然只是虚幻影子，却比碧瓦更澈亮，在观者的胸中一闪一烁。为闪烁影子而兴高采烈的善男善女，倾巢而出，辏集在霓虹灯下。

从刺激的袋底将文明一一筛滤，拣出最刺激的东西便是博览会，暗夜披沙沥金似的从博览会中筛滤出来最新奇的玩意儿则是霓虹灯，活得憋憋屈屈、为寻求苟活于世的证据而前来观看霓虹灯的人，不由自主大吃一惊[3]。对文明已经麻木的文明人，大吃一惊之余，方才真切地意识到自己的的确确活在这世上。

张灯结彩的电车风驰而来。电车在上野山脚下"雁锅"[4]附近卸下重荷，让大家前往观看活在这世上的证据。"雁锅"早已消亡，而被卸下的看客为了找回自己即将亡失的自尊心，络绎不绝朝森林方向走去。

上野山在本乡这里高高隆起，朝着夜空翘突。台地模模糊糊半浮在夜空中，在其东侧向下倾落、宽约二里的坡道口直插根津、弥生，将一惊一乍的人们成群成群地送至下谷，池端一带黑黑的人影摩肩叠踵。——文明人最喜欢惊奇了。

1　砗磲：印度洋和太平洋珊瑚礁上的一种蚌蛤，佛教视为七宝之一。宋周去非《岭外代答·砗磲》："南海有蚌属曰砗磲，形如大蚶……其大者为贵。"
2　阎浮檀金：流经阎浮洲（佛教认为位于须弥山之南海面上的一块大陆）原始森林的河底所产赤黄色砂金。
3　日本当时电灯尚为数不多，而博览会期间每日点亮大量霓虹灯饰，故作者有此一说。
4　雁锅：幕府时代末期至约明治初期存在的著名日式料亭（高级饭庄），曾出现在浮世绘大师歌川广重的《名胜江户百景》中。

松高不掩花，枝隙映夜照重宵，雨打还风吹。樱花先是一瓣轻轻飘落，接着又落下一瓣，随后便是无数花瓣雨零星散地扑簌簌飘落，眼见得万红吹大地，先前飘落的还摇摇坠地，后面的早已从树梢蹑影追风般急落而下。急骤的霏雪不知不觉间停了，枝头纷纷扬扬的花雨也总算歇息下来，星星无踪，厮守着春宵的花影也不见了，取而代之的是彩灯齐放。

"哇——!"糸子感叹道。

"夜晚的世界比白天还美。"藤尾说。

犹如芒穗挽成一个圈，从左右往中间交叉叠压在一起，随着金光闪动，化出无数轮半月——藤尾腰缠一条这样的宽幅腰带，隔着腰带一尺远，宗近和甲野跟在后面。

"这真是奇观哪，乍一看简直像龙宫。"宗近说。

"糸子小姐，你好像很吃惊呢。"甲野道。他戴一顶压得很低的帽子站在那儿，将眉毛都盖住了。

糸子回过头来。一脸倩笑在夜色中犹如水中吟诗般琮琤，即使这样或许也无法传至心想之处。扭头朝后看来的糸子穿着一袭近乎黄色的衣裳，几道竖纹黑如夜色。

"你感觉惊奇吗?"这回哥哥又问一遍。

"你们呢?"藤尾也回过头来，她抢过糸子的话头反问道。黑发下的黑影中飒然映着一张白皙的脸，脸颊的轮廓在远处光亮映照下微微泛红。

"我已经第三次来了，没什么好惊奇的了。"宗近脸朝着亮处答道。

"有惊奇才有乐趣。女人乐趣多实在是很幸福呢。"甲野高挑的个子笔直挺立，视线向下看着藤尾。

一双黑眸在黑夜中瞪出来，骨碌碌地打转。

"那个就是台湾馆啊?"系子什么也没注意到，她伸手指着池对面，打断了他们的问答。

"最右边向前突出的那座建筑就是，那儿最漂亮了。你说是不是，甲野?"

"要是在晚上看的话。"甲野立即补充道。

"哎，系子，你说像不像龙宫啊?"

"真的很像龙宫呢。"

"藤尾小姐，你觉得怎么样?"宗近彻底为自己这个龙宫的比喻而感到得意扬扬。

"你不觉得俗气吗?"

"什么俗气? 你说那座建筑?"

"在说你的形容呢。"

"哈哈哈哈，甲野，令妹说龙宫这个形容俗气。也许是俗气了点儿，但真的很像龙宫啊。"

"通常形容得非常贴切的话就会显得俗气。"

"形容得贴切会俗气，那形容得不贴切又会成什么?"

"大概就是诗了吧。"藤尾从旁插嘴。

"所以说，诗其实是完全不符合事实的。"

"那是因为诗高于事实呀。"藤尾解释道。

"这么说来，形容得贴切是俗气，形容得完全不着边际是诗，藤尾小姐，那你说说看什么形容是既蹩脚又不着边际的呢?"

"要我说吗……哥哥应该知道吧? 你问我哥哥吧。"藤尾以锐利的视角余光瞄着钦吾，那神色分明在说——形容得既蹩脚又不着边际的是哲学。

"它旁边那个是什么?"糸子娇憨地又发问道。

那是整座由霓虹灯管在夜空悬天饰就的宫殿。在黑暗中挑伸出的横束是屋顶，划出的竖束是柱子，一道道斜切的光束则是屋脊。这时候，一道焰光拖曳着长长的尾巴划向天空，明灿灿的辉光将星星逐入朦胧深幽的天际，在高夐微暗的夜空纵情驰骛，不一会儿又拖曳着长长的尾巴从天而降，将要落地时，火焰宛似烟花一般打起旋来，画出一幅卍形，最后甩一甩尾巴朝天空倒冲上去，仿佛欲穿破帝座飞向广宇似的。焰光之塔熔入霓虹灯的宫殿，霓虹灯宫殿又与大地连成一片，隔着不忍池从这边看过去，从右至左七满八平地泼洒出一幅焰光画卷。

好一幅黑底带蓝的泥金浮花画，不吝金粉地绘出厅堂，绘出楼阁，绘出回廊，绘出曲栏，绘出无数的圆塔方柱，末了似不甘浪费掉最后一点儿金粉，仍恣意在画上来回涂抹着。纵横夜空的焰光每一笔每一画都显得整然不乱，整然不乱的一笔一画之中却意趣无穷。焰光在移动，移动的速度很明显，但始终动而不乱，看不出画面有任何支离缺残。

"它旁边的那座建筑是什么?"糸子问。

"那是外国馆，刚好就在对面，站在这儿看最漂亮了。它左边那个高高的圆形屋顶是三菱馆……样子真漂亮，该怎么形容呢?"宗近有点踌躇。

"正中间还有一团红的呢。"妹妹说。

"很像王冠上镶着一颗红宝石。"藤尾开口道。

"可不是嘛，就像天赏堂[1]的广告那样。"宗近佯作无心似的将藤尾的形容贬得俗气不堪。甲野微笑着仰起头。

天幕低垂，黑夜开始迫向大地，从天幕垂下点点徘徊不定的星星，好像迷了路似的。万点焰光连绵一片，或组成立柱状，或积成屋脊状，自下往上射向睡眼蒙眬的星星，星星怎会不眼花缭乱呢。

"天空好像也被烤焦了……大概是罗马法王的王冠吧。"甲野的视线划了个大圆圈，从谷中一直扫向野森林那边。

"罗马法王的王冠？藤尾小姐，罗马法王的王冠怎么样？不过我还是觉得天赏堂的广告更加贴切一点儿。"

"哪个都……"藤尾故作镇定地回答。

"哪个都无所谓吗？嗯，反正不是女王的王冠，对吧甲野？"

"那很难说，克利奥帕特拉戴的王冠也是那样子的。"

"你怎么知道？"藤尾语气尖利地问。

"你看的那本书上不是有插图嘛？"

"水面比天空还漂亮哦。"糸子突然叫了起来。话题总算从克利奥帕特拉身上转开。

不忍池在白昼也显得死气沉沉，此刻被无风的夜影压抑着，视野所及之处更是水平如镜。不知这池水是从何时起变得这样死气沉沉的，天晓得竟有这样死气沉沉的池水。只能说，假如这池是一百年前挖的[2]，那么池水就已经死气沉沉了一百年，假如是五十年前挖的，那么就已经死气沉沉五十年了。死寂的水底，腐

1　天赏堂：旧时日本东京著名的珠宝店，位于西银座四丁目。

2　不忍池原是东京湾流入上野山低地部分的潟湖，后因海岸线后移及周围填海造地，遂逐渐与海隔绝而形成内陆湖，并非人工开挖的湖。

秽的莲根居然渐渐冒出了绿芽，生长在淤泥中的鲤鱼和鲫鱼也偷偷地在黑暗中蠕动着鱼鳃。高悬的霓虹灯在平静的池水上投下倒影，将二百米余的池岸寸隙不留地染成一片红色，濒临死亡的黑水雾时间也幻化出艳丽的色彩，躲在淤泥中的鱼儿们通身的鳞片也被映得火红火红。

一道湿漉漉的焰光闪着辉光从这边射向对岸，所经之处将延亘眼前的物体全都照得明晃晃的，却在一座横跨东西的长桥前"啪"地被拦腰截断。白石拱桥[1]横跨射干种子一样黑乎乎的水波上，桥身共有二十孔拱圈，栏槛望柱头部的拟宝珠就像一颗颗泛光的白珠，照耀着夜空。

糸子一句"水面比天空还漂亮哦"吸引了其余三人的注意力，视线全都聚集到了水面和长桥上。从池子这边远远看去，石栏槛望柱顶上两排电灯间隔六尺整齐地高悬上方，人群正络绎不绝地从电灯下拥过。

"那座桥上人山人海呢。"宗近大声说道。

小野带着孤堂老人和小夜子正在过桥。急于享受惊奇的人群从弁天堂旁挤过，朝这边蜂拥而来，对面的人群也拥下高丘压将下来，东西南北的人群仿佛一下子都离开了开阔的林子和开阔的池边地带，统统会聚于细长的桥上，瞬间变得裹足难行。巡警在桥中央高举灯笼，指挥着来往人群左右分流。来往人群只能摩肩叠背地往前移动，脚跟几乎挨不着地，好容易探到一丁点可供落脚的空地，以为总算能让脚跟稳稳地踏在地面，却已被后面人群推搡着移向前面。根本不能算是走路。可是总不能说不走了吧。

1　此处的白石拱桥，其实是一座涂成白灰色的木桥，专为博览会所建，后被拆除。

小夜子感觉仿佛掉入梦境般伶仃无助。孤堂老人则担心人群这样挤成一团会不会将他这个活在过去的人碾死，为此深感恐惧。只有小野还比较自如。身处簇集的人群之中却自信卓然超群的人，即使身体已经无法动弹，心里却依旧感觉自如得很。博览会是现世的，霓虹灯更是现世的，为享受惊奇而簇集于此的男男女女全都是现世之人，他们只为发出一声惊骇的大叫，以增强活在现世的自信而来。他们彼此打量，互认彼此都活在现世，从而意识到自己所属的群体原来属于多数派，这样回家后才能安然入眠。小野在这现世的多数人当中，又是属于最现世的，也难怪他感觉自如得很呢。

但同时小野又有些惘然若失。假如他只身一人，无论在谁看来都是一个无可挑幺挑六的现世者，可是他还不得不小心翼翼地拖带着两个落后于时代的旧人。万一被人觑破自己还有一段难以亮出来的过去的话，那现世人看他的眼神就不光是围观了，简直跟诘责没什么两样。仿佛去戏院看戏，却因只在意褂子的花纹大小是否入时或者落伍，结果根本无法专心观赏戏剧一样，小野顿时觉得抬不起头来，只得夹在人潮中尽可能地快步朝前挤。

"爸爸，您不要紧吧？"小夜子在后面唤着。

"呃，不要紧。"应声隔着陌生人群从六尺开外的前面传过来。

"太可怕了……"

"不要紧的，随着人群往前移就没事了。"老人避让开从后面拥上来的人，好不容易才与女儿会合。

"都是被人推着走的，自己根本没有往前迈一步。"女儿仍惊魂未定，但瘦削的双颊上还是浮出一抹笑靥。

"不用自己朝前挤，被人推着朝前移就行了。"父女二人边说边继续向前。巡警手里的灯笼晃悠悠地从孤堂老人的黑帽前掠过。

"小野人呢?"

"在那边呢。"小夜子用眼神示意，她的手被人群的肩膀夹挤着举不起来。

"在哪儿?"孤堂老人没法将脚平踩在地上，只得踮起矮齿木屐，抻长身子向前面张望，整个人的重心随之抬了起来，恰巧这时性急的文明人从后面拥上，老人一下子向前面倒去。幸好倾而未倒之时，被前面文明人的背部抵住。文明人毕竟是亲切的，虽然一个劲地着急往前赶，但也会用背部施人以援手。

无依无助的父女二人身不由己地被文明人潮推至弁天堂附近。长桥在此终结，从桥上拥下来的人潮双脚一踏上泥地立即左右分开，黑压压的人头四下星散。父女二人总算感觉能直起胸膛来。

透过黑中含蓝渐渐流逝的春夜，可以看到树上仍有少许樱花。尘世的电灯自下往上将那些没被风雨吹落、散着幽幽香气的迟开重瓣樱花照得雪亮，也照亮了世人面向高悬于暗夜的樱花许下的祈愿。朦胧的夜色中，簇簇淡红樱花仿佛件件精镂细刻的螺钿艺术品。说它是镂刻出来的感觉似少了些娇柔轻灵的气韵，但说是浮在夜空中的又好像生生将它与夜空剥离了。——小野一面斟酌着该如何形容今晚的夜空与樱花，一面驻足等着父女二人赶上来。

"这些人真可怕啊。"从后面赶上来的孤堂老人咕哝道。老人所说的"可怕"真的是害怕之意，而且是非比寻常的害怕。

"的确人相当多。"

"害得我只想早点回家，实在太恐怖了。从哪儿冒出来这么多的人呀？"

小野嘻嘻地笑了，心想这些像蜘蛛网似的罩住整座阴暗森林的文明人都是自己的同类呢。

"到底是东京啊，我完全没想到会是这个样子。这儿真是个可怕的地方。"

聚人为众便有了气势，而所有气势大张的地方都是恐怖的。即使是不足一坪的腐水塘子，假如水中蠕动着大团的蝌蚪也会令人觉得恐怖，遑论轻而易举便能滋生出一大群高等文明蝌蚪的东京，当然就更恐怖了。小野想到此又嘻嘻笑起来。

"小夜子，你感觉好点了吗？好险哪，差点就走散了。在京都绝对不会有这样的事情。"

"在那座桥上……我害怕得不得了，真不知道怎么办才好……"

"已经没事了。你看上去脸色不大好，是不是走累了？"

"感觉稍微有点……"

"不舒服？那是因为你平时不习惯多走路，一下子走这么多路的缘故，再说这么多人挤来挤去的。找个地方休息一下吧……小野，这附近有休息的地方吧？小夜子说她有点不舒服。"

"是吗？那我们往那边走吧，那边有很多茶室。"小野说罢，继续向前走去。

命运造了一个圆形池子，绕着池子前行的人必定会在某个点上相遇，然后若无其事地擦肩而过，如此则算非常幸运的了。有人曾在书中写道，在昏暗的伦敦，某人朝夕睁圆了眼睛、跑断了腿一直在人山人海中苦苦寻觅却始终难遇的那人，竟然就在仅隔一壁的邻家眺望着黑褐色的天空，即使这样，他们依旧无缘相逢，或许这一辈子都无缘相逢，甚至尸骨化为舍利，坟头杂草丛生依旧无法相逢。[1] 命运用一道墙将有意相逢的人终古两隔，同时却在圆池畔令无意邂逅的人不期而遇。意想不到的人正绕着池子彼此逐渐接近。不可思议的命运之线试图将夜暝也织纫到一起。

"女孩子家应该很累了吧？要不要歇下来喝口茶？"宗近问。

"女孩子家就不说了，我也累了。"

"糸子都比你强哩。糸子你怎么样，还能走吗？"

"能走。"

"还能走？你太厉害了！那就不用歇下来喝茶了吧？"

"可是钦吾先生不是说想休息吗？"

"哈哈哈哈，你的嘴巴真巧啊。甲野，糸子说为了你我们就歇息一下吧！"

"谢谢啦。"甲野微微笑着，接着以同样口气加了一句，"藤尾也愿意陪我歇息一会儿吧？"

"如果你希望我这样的话。"藤尾简淡地答道。

"反正我是比不过你们两个女的。"甲野下了结论。

一跨进挨着池边临时搭建的一间西洋式茶室的门，便看见宽敞大厅内摆放着许多小桌子和椅子，三四人一堆围桌而坐，在解决各自的渴乏。宗近将约有四五十人的大厅扫视一遍，想看看何处有空座，突然用力扯了扯站在右侧的甲野的衣袖。身后的藤

1　典出英国评论家托马斯·德·昆西（Thomas De Quincey，1785—1859）的作品《一个英国瘾君子的自白》。

尾立即察觉，但大惊小怪发问似乎显得很没见识，于是默默不语。

"那边有空位。"甲野不动声色说罢便快步往里面走。跟在后面的藤尾睁大眼睛一处不落地默默记下了大厅各个角落的景象。糸子则只顾低着头朝前走。

"喂，你看到了吗?"宗近首先落座。

"嗯。"甲野的回答非常简洁。

"藤尾小姐，小野也来了 —— 你看后面。"宗近又说。

"我知道。"藤尾的脑袋一动也没动，黑黑的双眸闪着异样的亮光，双颊在电灯下面似乎微微有些灼热。

"在哪儿?"糸子丝毫没有注意，她转过柔弱的肩膀朝后面望去。

小野一行人坐在入口往左尽头靠墙的第二桌。宗近等人在尽头右边靠窗的桌子旁坐下，糸子转过肩膀，双眼从头至尾扫视着散落在大厅的人群，最后视线落在远处的小野侧脸上 —— 跟小夜子则刚好正面相对。孤堂老人背对糸子，糸子只能看到他和服背部的条纹。老人下巴那撮夹杂着白丝的胡须正好朝向小夜子，它一任世道变化和年龄增长，因主人一直懒得修剪，此刻在寂寞春夜散发出几缕愁寂。

"哎，和别人在一起呢。"糸子转过头来，视线与对面的甲野碰个正着。甲野一语不发，拿过竖在烟灰缸上的火柴盒，在盒子侧面"哧"地点燃一根火柴。藤尾紧闭双唇，她或许打定主意今晚只用背影与小野相对。

"怎么样? 是个美女吧?"宗近逗弄着糸子。

藤尾俯首望着桌布，看不见她的眼神，宗近只看到她的浓眉微微动了一下。糸子没察觉到，宗近满不在乎，甲野则无动于衷。

"真的很漂亮，对吧?"糸子望着藤尾说。

藤尾眼皮也不抬："嗯。"声音很低，语气也很冷淡。当别人问出不值得回答的问题——却又无法置之不理的时候——女人便会采用这种方法。女人拥有用肯定语句隐含否定意味的特异功能。

"甲野，你也看到了对吧? 真叫人吃惊啊。"

"嗯，是有点奇怪。"甲野将烟灰弹落在烟灰缸。

"我就说嘛。"

"你说什么了?"

"你忘了我说过什么?"宗近也低头擦火柴。藤尾的眼神像两道电光刚好在这个瞬间射向宗近的额头。宗近浑然不知，当他衔着点着火的香烟抬起脸时，电光已经消失。

"哎哟，弄得这么神秘，你们两个……在说什么啊?"糸子问。

"哈哈哈哈，真的很有意思哦，糸子……"话才说了一半，红茶和西式点心已经端上。

"哟，亡国点心来了。"

"'亡国点心'是什么意思?"甲野将红茶杯送到嘴边。

"亡国点心就是亡国点心啊，哈哈哈哈。糸子知道亡国点心的由来吧?"宗近边说着边往杯中加入方糖，方糖发出几声吱吱的轻响，同时浮起一串蟹眼似的泡沫。

"这种事情我怎么会知道。"糸子用匙子在杯中来回搅动。

"老爸不是教训过我们吗? 说学生如果整天吃西洋点心的话，日本就要亡国了。"

“呵呵呵呵，爸爸怎么可能说这种话呢？”

“怎么不可能？看来你记性真差。前阵子和甲野一起吃晚饭的时候，老爸不就是这样说的嘛。”

“爸爸不是这样说的。他是说，身为学生却整天又是吃西式点心又是喝威士忌的是闲混。”

“噢，是吗？没有说亡国点心？反正不管怎么说，老爸最讨厌西洋点心了，他喜欢吃柿子羊羹、味噌饼之类古里古怪的东西，那种东西拿到藤尾小姐这样的时髦人面前，肯定要被不屑一顾的。”

“你不要这样说爸爸的坏话嘛。反正哥哥你已经不是学生了，吃点西式点心也没关系啊。”

“就是说再不用担心会挨骂了？那我就来一块喽。糸子你也来一块。藤尾小姐要不要也吃一块……不过话说回来，像老爸那样的人往后在日本会越来越少，太可惜了！”说罢，宗近拿起一块涂有巧克力的蛋糕满满塞进嘴里。

“哈哈哈哈，就我一个人在说话……”宗近边说边盯着藤尾。藤尾没有搭腔。

“藤尾什么都不吃吗？”甲野端起茶杯抿了一口问道。

“不吃。”藤尾只挤出两个字。

甲野轻轻放下杯子，将头略微转向藤尾。藤尾明知哥哥望着她，却眼睛一眨不眨只顾望着支离破碎地映在窗上的霓虹灯光。甲野只得将脖颈转归原位。

四人起身离开时，藤尾目不斜视，直直地望着前方，仿佛人偶女王移步似的昂首挺胸走出茶室。

"藤尾小姐，小野已经走了。"宗近潇洒地在藤尾肩膀上拍了一记。藤尾只感觉刚才喝的红茶在她胸腔里燃烧。

"有惊奇才有乐趣。女人真的很幸福呢。"四人再次挤入人群中时，甲野不知想到了什么，又重复了一遍先前说过的话。

有惊奇才有乐趣！女人真的很幸福！回到家，这两句语带嘲讽的话始终像风铃一样在藤尾耳畔振响，她带着铃声躺到床上。

十二

有人用十七字[1]标榜贫穷，陶然自得地将马粪马屎吟咏入诗。芭蕉[2]让青蛙跳进古池，芜村[3]则荷伞观赏红叶。到了明治之年，有个名叫子规[4]的人为肺结核所折磨，居然用丝瓜泡水来祛痰[5]。以贫穷为荣的风雅至今踵续不绝，但小野鄙视这种风雅。

仙人餐流霞，吸朝沆[6]。诗人的食物就是幻想，而没有了从容就不可能耽于美丽的幻想，没有了财产保障就无法实现美丽的幻

1　十七字：日本俳句由五、七、五三句共十七音构成，故此"十七字"也成为了俳句的别称。

2　松尾芭蕉（1644—1694）：日本江户时代俳人，对俳谐进行革新，集其大成，使其提升为一种正式形式的诗体，并在诗作中融入禅的意境。

3　与谢芜村（1716—1783）：日本江户中期俳人、画家，中兴期俳坛的核心作家，诗风唯美，清新浪漫。

4　正冈子规（1867—1902）：日本俳人、歌人，积极倡导俳句和短歌革新，他所确定下的"俳句"一词至今为人们沿用。

5　正冈子规死前曾写过这样一首俳句："丝瓜初开时，浓痰壅塞命如丝，我今成佛去。"

6　典出汉司马相如《大人赋》："呼吸沆瀣兮餐朝霞，咀噍芝英兮叽琼华。"

想。二十世纪的诗趣与元禄时代的风雅截然不同。

文明人的诗是由钻石生成的，由紫色生成，由蔷薇香、葡萄美酒和琥珀杯生成。冬天，坐在地面用斑纹大理石铺就的四四方方的起居间，烤着漆一样乌黑的上等木炭，脚穿丝绸袜子烘火取暖——怡然之中自有诗趣；夏天，用冰镇果盘盛着草莓，让血红色的甜果慢慢溶入雪白的奶油中——奢尚之中自有诗趣；有时候，种植在温室里的热带奇兰夸炫似的飘散出一阵异香也有着不一样的诗趣；有时候，一条织满旷野雁空、月下秋草的锦缎宽幅腰带又别是一种诗趣；还有的时候，仅仅是丝绸的衬衣与和服轻轻摩挲，照样能令人品出诗趣——文明人的诗离不开金钱。小野为了践履诗人本分不得不追求金钱。

常言道，作诗不如种田。诗人坐拥巨亿的倾古今也寥寥无几。尤其文明人喜爱诗人的奇情异行胜过喜爱诗人的诗，他们日夜践行着文明之诗，在风花雪月之中诗化着富庶的现实生活。小野的诗一文不值。

诗人是世上最发不了财的营生，同时又是世上最需要金钱的营生。文明诗人必须靠他人的金钱才能吟咏出诗来，靠他人的金钱才能过上理想的生活，小野期冀借助于藤尾践履其诗人本分是必然的结果，因为她能理解自己的价值。他知道藤尾家拥有中产以上的家产，她母亲不可能让钦吾随便用几样衣橱衣箱就将同父异母的妹妹打发出去嫁人的，加上钦吾体弱多病，或许藤尾母亲打算让亲生女儿招赘找个上门女婿也难说。街头常有些煞有介事的卖卜人，劝诱路人占上一卜，小野曾试着问卜过，结果每次都是吉。操之过急反招损。小野打定主意让事情顺其自然发展，静待优昙华[1]开花现瑞那一天到来。小野是个不擅主动出击的人，况且他也无法主动出击。

时光对这个前程似锦的青年来说特别悠长。和煦的春风似乎毫无保留地在他扬扬得意的额头吹拂了九十天。小野是个性情温厚、极有耐心、凡事顺其自然的人。——孰料，过去却又向他迫近过来。之前，小野一直不愿回顾过去那段二十七年长梦，本以为它早该干净彻底地付诸西国流水了，却不想从里面冒出一个墨水般的黑点，转着滚着追到光明的大都市来。人有时原本不想跨向前，但是被人一推搡也会情不自禁地往前扑去，本来拿定主意静待时机的诗人不得不赶紧去迎接未来。黑点不偏不倚正停在头顶上方，仰头看去，黑点似乎马上就要旋转起来，一旦转着转着散逸开来，一场骤雨便将从天泻下。小野恨不能立即缩起脖颈，甩开双脚避之夭夭。

因忙于照顾孤堂老人和应付其他事情，小野有四五天没去甲野家了。为聊表对恩人的情分，昨晚勉强挤出时间陪老人和小夜子参观了博览会。不管是昔日蒙恩还是现在蒙恩，终究都是恩情，小野不是忘恩负义的薄情诗人，孤堂老人不是给自己讲过漂母进饭[2]的故事吗，小野决心往后尽一切所能帮助孤堂老人。救人所难是诗人的高尚义务，履行这种义务，正好可以在眼下一帆风顺的人生中留下一段浓情厚意的历史。作为值得回味的诗歌素材，这种温情行为跟性情温厚的小野最相适了。只是任何事情缺

---

1 优昙华：梵语 udumbara 的音译，又译优昙、优昙钵罗、优钵昙华等，即俗称之昙花。佛教认为优昙开花是佛的瑞应，称其为祥瑞花。
2 漂母进饭：漂母，漂洗衣物的老妇。韩信少时家贫，遇漂母见信饥而饭之，后韩信封楚王，以千金酬答漂母当年恩惠。

了钱都做不成。不同藤尾结婚便没钱。早日同藤尾结婚，便能早日遂心如愿地帮助孤堂老人——小野站在书桌前悟出了这样一个道理。

必须及早同藤尾结婚，这样做不是为了抛弃小夜子，而是为了帮助孤堂老人——小野认为自己的考虑没有错，说给别人听也会是一个冠冕堂皇的理由。小野是个头脑清晰的人。

想到这里，小野翻开书桌上那本褐色封面、烫着粗体金字的厚厚的书，书里夹着一张新艺术风格的书签，绘着一座红瓦屋顶掩映在绿柳丛中。小野左手拿开书签，透过金丝边眼镜阅读起细小的铅印字来。起先五分钟还好，但过了一会儿，小野的黑眼珠子便不由自主从页面上滑开，凝视着斜前方纸窗的方格子出神，日影正映在纸窗上——四五天没去见藤尾，她一定在寻思是不是出了什么事情。要是在以前，不要说四五天，就是十天不见面他也不怎么当回事，可眼下过去已经追上自己了，现在可是一寸光阴一寸金啊，每见一次面就能朝目标接近一步；若不见面，本该将两人越拉越近的那根爱情细绳恐怕分毫也不会缩短。不光如此，邪魔是无孔不入的，说不定半天不见面太阳便已落山，窝在屋子里踌躇一夜月亮也西沉了。小野做梦都想象不出，在自己没当回事的这四五天中，藤尾的眉间是如何电闪雷鸣的。为了写论文，用功读书固然重要，但藤尾比论文更重要。想到此，小野"啪嗒"一声放下了手里的书。

拉开贴着芭蕉布[1]的壁橱门，上段放着寝具，下段有只柳条

1　芭蕉布：用芭蕉叶纤维织成的布，质硬，透气性好，可用作夏装衣料，是日本冲绳、奄美大岛一带的特产。

行李箱。小野拿起叠放在箱子上的西服匆匆换上。挂在壁上的帽子被主人急吼吼地摘下。小野"哗啦"拉开纸门，惶惶急急正将穿着羊绒袜子的双脚塞进室内拖鞋时，女佣出现了。

"哎哟，您要出门？您等一会儿再出去吧。"

"怎么了？"小野的视线离开拖鞋，抬起头来，却看见女佣在笑。

"有事吗？"小野问。

"是呀。"女佣仍在笑。

"什么事？你是在跟我开玩笑吧？"小野决定还是出门，但簇新的拖鞋蹬脱一只，顺着擦得光溜溜的地板一直滑向走廊尽头收纳油灯的壁橱。

"呵呵呵呵，您也太紧张了吧？客人来了。"

"是谁？"

"哎哟，您明明一直在等还假装不知道……"

"我在等？我等谁啊？"

"呵呵呵呵，您装得像真的一样！"女佣不等小野答话，就边笑边转身往门口退去。小野穿好拖鞋，一脸忧虑地站在纸拉门旁望着走廊尽头，猜想到底会是什么情况出现。他挺直修长的身子，头上的深褐色呢帽高过门楣，板正端重的西服颜色暗淡，又是站在昏暗的走廊上，使得露出于西服背心窄尖领口的白衬衣和白领子看上去特别上档次。小野身着得体西服，强抑忐忑不定的心绪，站在已显陈旧破败的走廊边，透过歪斜的亮闪闪的眼镜注视着走廊尽头，与此同时心里却在猜测：到底会是谁来呢？小野双手插在西服裤子口袋里——这是一种心神不宁但故作镇静的姿势。

"从那儿拐过去，然后直走就是了。"女佣的声音刚传进耳朵，走廊尽头便出现了小夜子的苗条身姿，半边绛紫色缎子腰带上的龙纹反射着异样的光亮。小夜子穿着一件普普通通的平纹粗绸夹衣，一双白布袜露在外面，她屏气静息地从走廊拐角转过来时，和服内的贴身长衬裙隐隐约约露了出来。两人之间没有任何东西遮蔽，一男一女相隔约七步站在走廊两端彼此对视着。

男子大吃一惊，但仍保持镇静的姿势；女子显得很紧张，迟疑不动。隔了片刻，随着双肩无力地垂下，女子双颊的飞红总算褪去，同时脸上略显慌乱的笑容也消失了。小夜子的黑发上没有抹油，微微蓬松的半边玄鬓贴着一只用塔夫绸[1]裁制成的颜色艳丽的大蝴蝶。

"进来吧！"小野招呼站在远处的人往跟前来。

"您是不是要出门……"迟疑不动的女子双手交叠在身前，微微抬了抬刚才垂下的肩膀，仍可怜兮兮地不敢移步。

"没关系的……进来吧。来啊！"小野一只脚退进屋内。

"打扰您了。"女子说着，依旧双手交叠，趑手趄脚顺着走廊向前滑动。

小野已回到屋内，女子跟在后面也进了屋。明媚的阳光钻入窗户，似乎在催促年轻男女赶快开始年轻人的对话。

"昨晚劳烦您百忙之中……"女子在靠门口处双手撑地俯首道谢。

"哪里。你一定很累吧？身体怎么样，完全恢复了吗？"

1　塔夫绸：用优质桑蚕丝经过脱胶的熟丝以平纹组织织成的绢类丝织物，是一种传统的高级织物，名称来源于英文 taffeta。

"哎，托您的福。"女子答道，可脸色看上去仍带几分疲惫。男子稍显不放心，女子随即解释道："我很少去人那么拥挤的地方。"

文明人是为了共享惊喜而举办博览会，但活在过去的人观赏了霓虹灯后只有惊骇。

"你父亲还好吧?"

小夜子凄寂地笑了笑，没有回答。

"你父亲好像也不喜欢人多嘈杂的地方。"

"他年纪大了嘛。"女子似乎觉得有些歉疚，将视线避开对方，盯着搁在榻榻米上的木化石茶托看起来，京都蓝釉花的茶碗仍旧搁在膝上。

"让你们受累了吧?"小野从衣袋掏出香烟盒。香烟盒上精致地镌刻着一幅画，是月色下的富士山和三保松原[1]，松林直接用大片绿色表现稍稍显得俗气，这不像是诗人自己的东西，大概是对富丽情有独钟的藤尾赠送的礼物。

"您说什么呀，怎么是我们受累？本来就是我们拜托您带我们去的呀。"小夜子断然否认。小野打开烟盒，烟盒盖的内侧整面镀金，登时一扫银盒盖上的莹洁明澈，透出一股富丽气质。浑身上下一副寒酸相的女子觉得非常美。

"如果是你父亲一个人，或许带他去那种清静一点儿的地方比较好。"

小夜子暗想，父亲让忙碌得不行的小野挤出时间特地到他

---

1 三保松原：日本自然景观名胜，位于日本静冈县三保半岛，黑砂古松绵延达七公里，可清楚地远眺富士山，被评为"新日本三景"之一。

169

不喜欢的嘈杂地方，完全是因为疼爱自己，但遗憾的是自己也不喜欢人多的地方。父亲一片苦心，为的是让自己可以跟小野并肩把袂在春宵悠然散步，无奈自己依旧没办法接近小野。听到小野这样说，小夜子一时不知道该如何接上茬。她倒不是基于世故人情顾虑到对方的心情，不想让对方扫兴所以才这样，她踌躇不语是因为实在苦不堪言。

"对你父亲来说也许还是京都更加适合吧？"不知小野是怎么理解小夜子踌躇的态度的，他接着问道。

"来东京之前，他老说要早点搬过来，但来了才觉得好像还是以前住惯了的地方更加适意些。"

"是吗？"小野平静地回应着，内心却觉得既然不适合为什么还要来这种地方呢？想到自己眼下的处境，小野真心觉得他们这样做太愚蠢了。

"那你呢？"小野试探着问。

小夜子又不作声了。东京是好是坏，全在于眼前这个喷吐着洋味儿香烟的青年一念之间。好比船客坐在船上，船夫问"你喜欢坐船吗"，船客也只能回答说喜不喜欢全看你怎么把舵了。船客最讨厌船夫问出这样的问题来；同样道理，当支配着自己好恶却偏以事不关己的态度问"喜欢还是不喜欢"，也实在令人懊恨。因此小夜子仍旧不作声，她心想，有什么话小野为什么支支吾吾不肯爽快地说出来呢。

小野从背心口袋掏出怀表看了一眼。

"您是要出门吧？"小夜子立即明白。

"嗯，出去办点事。"小野赶紧借风使帆。

小夜子说不出话来。小野开始心焦起来——藤尾说不定正在等自己呢。两人相对无语沉默了小半会儿。

"爸爸他……"小夜子横了横心终于张口说道。

"哦，他有什么事吗？"

"他想置买些东西……"

"噢。"

"他说，假如小野先生有空，想请小野先生陪着一起去劝业场[1]买点东西，所以……"

"呃……是吗？真抱歉，我现在有事情必须马上出门一趟……要不这样吧，你告诉我要买的东西，我回来时顺便买了，晚上再送去你家好吗？"

"那太过意不去了……"

"没关系的。"

父亲的好意再次化为泡影。小夜子沮丧地告辞离去。小野将摘下的帽子戴到头上，匆匆走出家门。——与此同时，逝春的舞台也转到另一场景。

廊前的望春花几经雨打，花瓣终于由嫣红色变成紫褐色，开始腐朽。藤尾安静地坐在外廊上，解去束发带好让头发披散开来吹干，她轻轻甩了下头，登时肩背上袅袅蒸腾起一团氤氲。黑发对着廊外，任风拂弄，任阳光狎弄，方才还有一只黄蝴蝶翩翩飞来撩弄。藤尾漠然处之，脸孔朝着屋子内。轮廓分明的瘦俏侧脸，在背后的日影下，在遮住耳朵流泻至肩的鬓影下，显得既恬静又

---

1 劝业场：日本明治、大正年代出现的陈列和出售日用百货的场所，由商店公会经营，为今百货商店和超级市场的前身。

迷蒙。千条发丝闪着光泽披散在肩，惹得人情不自禁想越过洒满紫色斜晖的双肩往这边窥视，随即闭上眩晕的眼睛——日斜水白思蓼花，道是佳人潜丽影。阳光穿过浓密长发在廊上投下一个模模糊糊的瘦削的侧影，只能看清描得很浓的眉尾，而眉毛下眼角细长的黑眸在诉说些什么却无人能知道。藤尾支着肘垂着头，坐在拼花小木桌前。

黄金锤敲打着心扉，青春杯盛满了恋恋激情，掉转身去碰也不碰酒杯的人准是肢残手缺者。月斜而慕西山，人老而妄说道。年轻人的天空星乱眼，年轻人的大地花吹雪，岁岁年年时光如梭，长成二十爱神正步入盛期，浓绿的黑发婆娑舞动，将春风织成轻罗、编成蛛网，张悬在五彩轩窗，只等男人自投罗网。被网勾挂住的男人在迷宫中探寻夜光璧，在闪射着紫光的蛛丝缠结而成的十字、卍字 [1] 面前神魂颠倒，直到下辈子都无法逃出令他心乱如麻的迷宫。女子只是欣悦地看着。耶稣教牧师说能够拯救男人，临济、黄檗 [2] 说可以劝导男人开悟，女子却只需转动黑眸就能令其迷乱。坐怀不乱的男人都是女子的敌人。男人迷乱、痛苦、发狂、拼命挣扎，女子这才感觉称心如意。女子从栏杆伸出纤纤玉指，命男人学狗叫，男人便"汪"地叫了一声，女子要男人再学一遍，男人又"汪"地叫一声。狗"汪汪"叫不停，女子漾开半面笑靥；狗"汪汪"吠叫着，不停地左右窜突，女子一语不发；狗竖起尾巴直发狂，女子却越发得意扬扬起来——这才是藤尾所理解的

1　十字、卍字：分别代指下文的基督教和佛教。
2　临济、黄檗：皆为佛教禅宗派别名。唐义玄禅师于河北临济院创立临济宗，十二至十三世纪间传入日本；黄檗宗在唐贞元年间创于福建黄檗山，至元衰微，明时中兴，后隐元应日本僧人之邀赴日在京都建黄檗山万佛寺，遂为日本黄檗宗之祖。

爱情。

　　石佛无爱，因为石佛从一开始便悟到自己没有色缘。爱是建立在相信自己拥有被爱资格的自信基础之上的，但有人自以为拥有被爱的资格，却丝毫没意识到自己并没有爱别人的资格。这两者通常是成反比例的。大胆标榜自己拥有被爱资格的人，往往会逼迫对方为自己牺牲一切，因为他们没有资格主动去爱对方。被"美目盼兮"的女子勾走魂魄的男人早晚会被吃掉，所以小野处境危险；将自己的命运伪托于"巧笑倩兮"的女子注定会杀人，因为藤尾是丙午女[1]。藤尾只知道为了自己而爱，压根儿就没想过世上还存在为了他人的爱。藤尾懂诗趣，却少道义。

　　爱情的对象不过是玩具而已。当然是一件神圣的玩具。普通玩具的效用仅仅是被人赏玩，爱情玩具则是以互相赏玩为原则的，但藤尾赏玩男人却丝毫不容被男人赏玩。藤尾是爱情的女王，因而她所成就的爱情必定是逸脱于一般原则的爱情，唯有以被爱为己任的男人和一意追求爱情的女子，在春风劲吹和内心恋潮一涨一落的双重作用下，恰巧邂逅于天地之间的时候，这种异常的爱情方能得以成就。

　　陷入我执[2]的爱情，犹如戴着消防头盔喝甜酒，令人觉得滑稽。爱情能熔化一切，就算倔头犟脑总想挣脱牵引绳而去的风筝，也是饴糖捏成的，早晚会熔化掉。但假如将我执浸泡在爱情的蜜水中，即使三天三夜也不见软涨，依旧是坚凝一块。带着我执去追

1　丙午女：日本传统观念认为丙午年出生的女人个性凶暴，会克夫。小说背景是 1907 年，1906 年为丙午年，故藤尾其实不可能是丙午女，此处只是用来比喻其是个凶暴的女人。
2　我执：本为佛教用语，指执着于自我，以身为实体的观点，后用以形容人陷入一种刚愎主己的迷执状态。

求爱情的女子就像一块不会轻易熔化的冰糖。

莎翁评女人道："脆弱啊，你的名字是女人。"脆弱女人假如执意不肯甩掉我执去爱，则似在松软的米饭上撒一层花岗岩砂，硌得毫无防备的牙齿咯吱作响，同时寒彻入心，倘若不具橡胶一样的弹力就无法太平地享用。我执强烈的藤尾为了爱情才选择了自我乏竭的小野。油蝉即便落入蛛网也不敢反抗，但是会伺机咬破蛛网逃走。网住宗近很容易，但想驯服他，就算藤尾也觉得非常棘手。我执强烈的女子喜欢下颌轻轻一点呼之即来的男人。小野非但会即刻直趋而来，而且来的时候必定还怀拥着诗歌之璧。小野做梦也不敢想赏玩藤尾，他只会献出满腔真诚，以成为藤尾的爱情玩具为荣，他丝毫也不怀疑藤尾是否具有爱别人的资格，却从藤尾的黑眸、黛眉、绯唇及藤尾的才华中看到了被爱的资格，从而专心一意地仰慕她。藤尾的爱情对象非小野不可。

可是，本该唯唯诺诺来拜谒女王的小野，居然一连四五天不露面。藤尾每天淡施粉黛，将我执的棱角隐藏在镜中。谁想第五天的昨晚……！有惊奇才有乐趣！女人真的很幸福！嘲讽之铃又在藤尾耳边振响。藤尾将双肘支在木桌上，一动不动让阳光照射着滚烫的黑发。背对廊外，将脸庞掩在阴影中，表明人在凝思某件不想让人知晓的事——这是古来的惯习。

藤尾满脸得意地看着不用牵引绳却被捆绑得密密层层的爱情俘虏，呼之即来，挥之即去。正当她专心致志赏玩这件大玩具时，不承想将美丽的叶子翻转来一看，竟发现背面有毛毛虫。男人与心上人比肩对着镜子的时候，指天发誓说镜中只有你和我，谁料往镜里一觑却不是这回事：男人还是那个男人，偎依在旁的却是个陌生女子。有惊奇才有乐趣！女人真的很幸福！

　　隔着三五张桌子看到电灯下那张苍白得发青的忧郁的脸时——假使在自己身边，绝对不敢挨近其他年轻美丽女子的男人，竟然心事重重同时亲密无间地与那个女子相对而坐于一张桌子前——藤尾感觉似乎有根木槌猛地击在自己的心上，霎时间一腔热血冲上了双颊，灼热的双颊在对她说：这种时候应该一跃而起啊！

　　潜意识中的我执猛然站出来阻住了藤尾："既然事已如此，你现在千万不能回头去看，也不能流露出一丝诧异，哪怕对此说一个字都会显得很没气度。你必须当他不存在，昂然自若，彻底鄙视——男人看到你这种态度，就会感到自己颜面尽失，这才叫复仇呢。"

　　我执强烈的女子即使身处危急关头也不会面露愁容，但当自己亲赖的人见异思迁的时候，仍不免恨由心生。面对侮慢最恰当的词便是愤怒，懊伤和嫉妒交织在一起的愤怒。文明淑女以侮慢别人为第一义，而被别人侮慢对她来说则是件比死更丢人的事。小野确实让淑女蒙羞了。

　　爱情是建筑在信仰之上的。信仰容不得一心膜拜二神。既然已经向具有被爱资格的人垂首表示皈依，岂能再怀有二心转向无耻街头去叩响别家神社前的铃铛？祭牛头、奉马骨，别人想膜拜谁就膜拜谁，那是他们的自由，只是小野已经向任性的神祇奉上香钱，就不可以随心所欲再去祈求其他卜卦了。藤尾从黑眸射出看不见的光缕在半空织成一张网，小野就是网上的饴饵，虽然没有缝上家徽，但是绝不会让给别人来享用的。藤尾要把他当作神圣的玩具惜护一辈子。

所谓“神圣”即只有自己一个人才可以当作玩具，绝不容别人染指。但从昨晚起小野已经变得不那么神圣了，非但如此，或许对方把自己当成了玩具——藤尾支着肘垂着头，突然，她的双眉狠狠搐动了一记。

如果自己被对方当成了玩具，肯定不能就此罢休。我执会将爱情撕成碎片。她有的是办法回敬小野。富贵可以滋润爱情，贫穷也可以让爱情变成饿鬼；既然功名可以牺牲掉爱情，我执也会将缱恋不舍的爱情踩在脚下蹂碎。我执可以用一把尖锥扎穿自己的大腿，然后若无其事地叫别人欣赏；我执可以笑吟吟地扔掉自己最贵重的宝物；我执使起性子来，甚至可以在虚荣闹市屠刎自己的性命。撒旦被驱离天界，头脚倒悬堕入黑暗地狱时，地狱之风在撒旦耳畔高喊的话是：“自尊！自尊！”——藤尾低头使劲咬着下嘴唇。

没见面的这四五天，藤尾本想写信给小野的。昨晚回家后立即动笔写了起来，但只写了五六行便又将信纸撕得粉碎。绝不能给他写信！必须等对方主动来低头认错。只要自己不动声色等着，小野肯定得现身，小野来了必须要他向自己赔罪。如果他不来……？这倒叫人不知所措，我执不可能去威势触不及的地方发威。——他不来？不可能，会来的，他一定会来的！藤尾默默念叨着。果然，毫不知情的小野被一个无形的我执牵纵着，正在赶来的路上。

如果小野来了，绝对不能提昨晚那个女子的事，假如开口问，就表示自己很在乎那个女子。昨晚在喝茶的桌上，哥哥与宗近一唱一和打起哑谜来，大概是暗示那个女子同小野的关系，想故意惹自己急恼。假如低声下气地去理会他们，就等于让我执低下高贵的头颅。如果他们打算仗着人众合起来戏弄自己也无妨，只要举出一个反证，就能彻底推翻他们暗示的所谓事实。

至于小野，无论如何必须让他认错，朝他狠狠撒一通气，然后命令他向自己赔罪。同时还要让哥哥和宗近向自己赔不是。要让他们亲眼看到自己同小野亲密无间的场面，让他们明白小野是自己的猎物，昨晚他们二人的恶作剧完全起不了作用，让他们灰溜溜地向自己赔不是。——藤尾将脸掩在刚洗过的长发里，思索着如何凭我执之力来解决掉两桩互相矛盾的事情。

安静的外廊响起脚步声。一个高瘦的影子慢吞吞地踱了过来。印有白碎花的外褂敞着前襟，露出灰色的贴身毛料衬衣，倒三角形的胸部上面是长长的脖子，再往上是一张长长的脸，脸色苍白。头发蓬乱，看上去两三个月没修剪了，而且可能有四五天都没梳理过。只有那双浓眉还有胡须称得上俊美，胡须又黑又密，未经任何打理的胡须倒是别有一种自然逸趣，不经意间显现出主人的人品。腰上系着条脏兮兮的白绉绸腰带，缠了两圈，再将多余的端头在右侧袖笼下方打成一个狗尾草似的结，松松垮垮地垂着。下摆左右高低不齐。整件衣裳浑似一件宽大的法袍披在身上，法袍下面露出一双黑色布袜，全身上下只这双布袜是新的，似乎还能闻到一股靛花染料的味道。旧首新足的钦吾，倒立江湖似的行走在世间，此刻信步晃到了外廊上。

细直纹的地板擦拭得干干净净，几欲映出云斋织[1]袜底的花

---

1 云斋织：一种斜纹棉布，织法粗糙，一般用于日式布袜底或工作服。

纹来。听到轻轻的脚步声,藤尾披散在后肩的黑发柔滑地晃动了一记,眼角刚好瞄到落在外廊上的黑布袜。藤尾不用转头看也知道布袜的主人是谁。

黑布袜静静地靠近过来。

"藤尾。"

身后响起一声招呼。钦吾好像倚在防雨套窗的铁杉木直柱子上停住了脚步。藤尾没有搭腔。

"又做梦了?"钦吾俯视着女子刚刚洗过的一丝不乱的长发。

"什么事?"女子说着猛地转过头,就像锦蟒迅疾地昂起头来一样。黑发上的氤氲碎了。

男人眼睛一眨都不眨,苍白的脸依旧居高临下定睛俯视着朝向自己的女子的额头。

"昨晚玩得开心吗?"

女子回答前先用力咽下一颗热汤团。

"开心。"声音极其冷淡。

"那就好。"男人镇定地说。

女子焦躁起来。争强好胜的女子察觉到自己处于被动招架之势时,会不由自主变得焦躁起来,对手越是从容镇定她就越是焦躁,假使对手满头大汗地砍将过来还好受些,若是边出手还边偷闲悠然倚着柱子朝这边俯视,无异于边盘腿喝酒边向人打劫,未免欺人太甚了。

"你不是说有惊奇才有乐趣吗?"女子反击道。

男人一动不动,依旧居高临下俯视着她,女子甚至察觉不出他是否理解了自己的意思。钦吾曾在日记中写道:有人视十钱为一圆[1]的十分之一，有人视十钱为一钱的十倍，同一个词对它的理解因人而异，可高可低，全在乎使用这个词的人的器识。钦吾与藤尾之间相去悬殊，不同器识的人斗起嘴来会很有趣。

"是啊。"懒得换个姿势的男人只以两个字回答。

"像哥哥那样有学问的人就算想惊奇也惊奇不出来，所以一点儿乐趣都没有吧？"

"乐趣？"男人反问道。藤尾觉得钦吾似乎在诘问她到底懂不懂得乐趣的真正含义。哥哥接着说：

"乐趣确实没有，不过这样反而让人安心。"

"为什么？"

"没有乐趣的人就不用担心他会自杀了呀。"

藤尾完全听不懂哥哥在说什么。那张苍白的脸依旧在俯视自己。本想再追问到底是什么意思，但这样会显得自己缺心眼，于是干脆不响。

"像你这样乐趣太多的人很危险哦。"

藤尾忍不住让黑发甩出一个大回旋。她仰头狠狠地瞪了哥哥一眼，哥哥依旧俯视着自己，脸上那副神情似乎在问：你明白吗？不知道为什么，藤尾忽然莫名地想起了"这才是埃及之王的荣光谢幕……"这句话。

"小野还每天来吗？"

藤尾的双眸立刻溅射出两串钉锤敲击燧石似的火花。

"不来了？"哥哥装作什么也没看见，接着问道。

藤尾恨得咬牙切齿。哥哥总算打住不说了，但仍倚靠在柱

1　钱和圆都是日本货币单位，一百钱为一日元。

子上，似乎并没有离去的意思。

"哥哥。"

"什么事?"视线又向下俯来。

"那块金表，我不会给你!"

"不给我? 那你给谁啊?"

"暂时由我保管着。"

"暂时由你保管? 这样也好。不过，那块金表说好了要给宗近的……"

"想给宗近先生的时候也由我去送给他。"

"由你送给他?"哥哥微微低下头注视着妹妹。

"是的……由我……由我亲手送给某个人!"藤尾撑在小木桌上的手肘一用劲，猛地站起身，藏青、深黄、墨绿、绛紫色的竖条纹顺合成一圈竖条子，下摆旋出四色波浪，遮住了白布袜上的别扣。

"是吗?"

哥哥露着云斋织布袜底的脚后跟飘然离去。

当甲野像幽灵般出现又像幽灵般消失的时候，小野正在朝这儿赶来。数场雨后，泥土中的绿意重新醒绽，小野踩着湿暖的大地朝这儿赶来。他脚蹬擦得看不到一缕尘埃干干净净的山羊皮鞋，踩着急促的碎步走近甲野家大门。

甲野一副懒懒散散玩世不恭的装束，因为顾虑别人的感受，才勉强在衣服外面又披了件外褂，将系绳打个圆结，两手空空实在感觉闲得难受，于是拿根细拐杖在手里以解无聊。在围墙外，甲野与急急赶来的小野碰个了正着。大自然喜欢对比。

"你要去哪儿?"小野抬起手摘下帽子,笑笑吟吟地凑近甲野。

"呃……"甲野应了一声。手中的拐杖停住不动了——本来拐杖就是手闲着无聊才拿的。

"我正想去你家……"

"去吧,藤尾在家呢。"甲野爽快地准备给对方让道,可是小野却踌躇着没动。

"你这是去哪儿?"小野重复着。他不想让对方觉察到自己"我是来找你妹妹的,你怎么样我一点儿也没有兴趣"的态度。

"我吗?我自己也不知道要去哪里,就像我拽着这根拐杖到处乱走一样,也不知道是谁硬拽着我到处乱走哩。"

"哈哈哈哈,你的话听起来很富有哲理……是去随便散步吧?"小野抬高视线盯视着对方。

"嗯,是啊……今天天气真不错。"

"天气是不错……随便散步倒不如去看博览会了,你说是不是?"

"博览会?博览会……昨晚看过了。"

"昨晚去看过了?!"小野顿时两眼发直。

"是啊。"

小野心想"是啊"后面应该还有什么话要说,所以没有接茬,等甲野继续往下说。可是杜鹃似乎只啼叫了一声便没入云端。

"一个人去的?"小野只好想办法套对方的话。

"不不,有人邀我去所以是和人一块儿去的。"

甲野果然有伴。看来小野非得再进一步试探下去不可了。

"是吗?很漂亮吧?"小野想暂且先把话头接住再说,同时

181

思忖接下去该怎么问，不料甲野只简洁地挤出一个字："嗯。"

小野这边还未思忖停当，就不得不接上才能让对话继续下去。先是想问"跟谁去的？"，继而觉得问"几点去的？"比较讨巧，又或者干脆坦白说"我也去了"，然后看对方如何回答便万事都一清二楚了。不过，这似乎也已经没必要了——就在小野在胸中和喉咙深处试着一来一去自问自答的时候，甲野已经将细长的杖尖向前移动了约一尺，跟着移动的是甲野的一只脚。看见这个动作，小野暗叫一声"完了"，不得不打消在喉咙深处制订的计划。小野是个宿命论者，一旦被对方掌握了主动权，即使只有一丁点儿，他便会放弃所有努力，压根不敢奢望反败为胜。这是长年教育所造就的，根本无力改变。

"对了，你快去吧。"甲野开口又道。小野觉得有股无形的力量在催促自己。当意识到命运之神已经为自己指明了向左的方向，这时只要有人在背后轻推一记，人会立即迈开脚朝那个方向去的。

"那我就……"小野摘下帽子。

"哦？失陪了。"细长的拐杖距小野差不多已有二尺空间。小野的皮鞋往大门走了一步，又像是被拐杖牵引着似的后退一步回到了原地。命运之神将甲野的拐杖与小野的双脚置于无限的空间内，让它们为一尺间距而争来争去。这拐杖和这皮鞋便是人格。人的灵魂有时栖于鞋后跟，有时潜居在杖尖，小说家没有法子描叙人的灵魂，所以只能描叙拐杖和皮鞋。

皮鞋拉长了一步的间距之后，亮锃锃的鞋尖终于掉头，将这一步间距又缩回去，然后对着将瘦长身体的全部分量转压给大地的拐杖发问：

"藤尾小姐昨晚也一起去了吗?"

像棍子似的笔直立在那儿的拐杖答道：

"嗯，藤尾也去了……说不定她今天功课都没有预习哩。"

说罢，细长的拐杖"笃笃"响起，悠然飘入无尽的空间，那杖尖看似戳在地面，却又好像飘离了大地，忽而笔直揳挂在地，忽而又向前倾去。亮锃锃的皮鞋往前踢得太猛，鞋头沾上了点污泥，弄得心情很是不爽，但顾不上擦拭，便小心翼翼踏着院内的石子路朝屋子玄关走去。

小野走向玄关的时候，藤尾倚着外廊柱子，两手搭在身后防雨套窗的沟槽上，眺望四面有围墙的宽绰院子。藤尾倚在柱子之前更早的时候，谜女却正在紧闭的屋内，对着"咕嘟咕嘟"响个不停的铁壶，在阑珊的残春中绞尽脑汁思索。

钦吾不是自己的出腹子——谜女的所有思量皆以这句话为出发点。假如将这句话再详加敷陈，谜女的整个人生观便呼之欲出，人生观之上再稍加增饰，就形成了其宇宙观。谜女整日听着铁壶沸声，在六席屋之内构筑她的人生观和宇宙观。世上唯有闲人才会绞尽脑汁去构筑自己的人生观和宇宙观，谜女就是这样一个每天坐在丝绸坐垫上安闲度日的有福之人。

坐姿能正其心。端然而坐渴盼爱情降临的人偶，即使被虫子蛀掉了鼻子，也依旧雍容娴雅。谜女坐姿端庄，她的六席屋人生观自然也必须是高雅的。

年老守寡本就无依无靠，如果膝下无子更让人觉得心底不安，唯一可仰赖的孩子若是外人，就不只是不安的问题了，还会油然地觉得愤懑不平：假如膝下明明有亲生骨血，老来却必须仰赖外人伺候赡养——这种法令既可恨亦不仁。谜女觉得自己是个可怜的不幸女人。

外人未必合不来。酱油同甜料酒从来就是可以交融交亲的，但是让香烟和酒两搀在一起，吞进喉咙就可能引起咳嗽。钦吾可不是那种随方就圆、根据父母器形而改变自己形状的人。日复一日，经年累月，母子间生出不少隔阂来，眼下彼此已经很难相容，感觉就好像在长崎撞见了江户夙敌一样……唉，学问本应该是出人头地的道具，而不是用来拂逆父母、脱离正常生活轨道的。花了钱却使他变成个怪人，学业完成也无法致用于世间，真是丢人现眼，现在弄得名声糟透了，作为继承家业的嗣子显然不合适。谜女不愿让这种人为自己养老送终，况且钦吾也绝对没这份能耐。

幸好还有藤尾。藤尾肯定能像一株经得住严寒的矢竹，将夙夜递袭并积压在身上的细雪轻松抖落，身穿印有鲜花绣有蝴蝶的华丽衣裳，走上万众瞩目的春天街头。世界广阔得很，自己的女儿必须在这个世界中拥有一席之地。藤尾可以快活灿烂地行进在灿烂的天空下，谁迷上她悉由尊便，能让国中首屈一指的未来女婿为她着迷，为她坐立不安，作为抚育她的母亲方才觉得风光无比。与其让冰冻海参一般冷漠如霜的外人来照料自己的晚年，不如让万人仰羡且过着华丽生活的亲生女儿朝夕陪在自己身边，直到步入坟墓——这才是理想的人生呀。

兰生幽谷，剑归义士。貌美如花的女儿必须配一个有声望的女婿。虽然跃跃欲试的人不少，但若女儿看不中或自己看不中也都徒然。不合指头的戒指，拿在手上最终也只能丢弃，太大或太小都没资格当女婿。由于这个原因，佳婿直到今天仍没有选定下来。在众多优秀的人选中，唯有小野一人还没被淘汰。听说小野学识出众，还获得过恩赐的银表，再过不多时还能成为博士，不仅如此，小野待人亲切又殷勤，意趣高雅，而且处事机灵，藤尾有这样的夫婿绝不会蒙羞，有他照顾自己也才会舒心。

小野是个无可挑剔的佳婿。唯一的缺点是没有家产。不过若是靠女婿的财产过日子，就算女婿再怎么中意，自己也不会过得悠然自得。招个身无分文的人进门，可以使他老老实实地尊养媳妇和岳母，不只能让藤尾幸福，对自己也有好处。只是眼下最棘手的正是财产问题。丈夫不幸殒命国外已有四个月，所有家产自然归钦吾继承。一切阴谋正是发端于此。

钦吾说一分家产都不要，又说房子也让给藤尾。假如能够脱掉情理的外套，无所顾忌地不用任何掩饰，真恨不能立刻跳入这自天而降且正中下怀的温泉。无奈情理的外套本来就是为了体面而穿，不能说脱就脱坏了体面呀。看看天将下雨，恰好有人递过来一把伞，如果对方手里有两把伞，不客气地借来用一下也是人之常情；但假如对方只有一把伞，仍只顾自己遮雨却眼睁睁地看着对方挨雨淋，便会招致世人说长道短，于是才会有作势装腔、欲迎还拒之举，才需要打谜语。钦吾说要让出家产，其实是假装正经的谎话，谜女一副坚辞不受的样子，那也是做给街坊四邻看的。她必须这样做，她要用一个文明的假象让街坊四邻知道是钦吾硬要将家产让给藤尾，而藤尾是老大不情愿地接受下来的。如此一来，所有的谜便冰解冻释了。将对方说的拱手让出理解为不想让出，明明想要却必须表现出不要，这就叫谜一样的女人。六席屋子里的人生观真是复杂透了。

谜女思索着该如何解决难题，直想到愁苦不堪，终于步出六席屋子。心底很想要的东西却必须假意表示不要，然而即使用上微积分也难以寻到一个妙计可以将其早日要到手里。谜女满面愁容地走出六席屋子，正是因为绞尽脑汁依旧想不出妙计，不由急痛攻心，再也无法端坐在垫上的缘故。怎奈出得门来，春阳却出人意料地悠然闲适，温煦的细风肆无忌惮吹拂着她的鬓发，似乎都在嘲讽她，谜女的心情越发糟糕。

外廊左边尽头是西式房间，与客厅相连的一间屋子钦吾用作了书房；右边是处像钥匙尖似突出的拐角，转过拐角走到尽头，面南向外突出的那间六席屋子是藤尾的房间。

谜女朝对面的匙尖屋角望去，只见藤尾正站在外廊上。藤尾斜倚在柱子上，将仍带湿气的浓密头发散开贴在木柱子上，身姿妖艳，她双手插入腰带，露出于外的手臂显得格外白皙。伏地胡枝子，吹靡芒草无心风，惹起故乡情[1]——离乡背井的人有时会情不自禁凝眸长眺，不知从未离过故土的藤尾如此凝眸长眺又是为何？母亲转过拐角沿外廊走到藤尾身旁。

"在想什么呢？"

"哦，妈妈。"藤尾将斜倚的身子从柱子上移开，转过头来，眼神中丝毫没有忧愁的影子。

我执烈盛的女子与谜一样的女人打了个照面。她们俩是亲生母女。

"怎么了？"谜女问。

1　这是夏目漱石 1897 年所作赠予正冈子规的俳句。

"为什么这么问？"盛气女反问道。

"什么'为什么'，我看你好像在想什么心事呢。"

"什么心事都没想，我就是在观赏院子里的景色。"

"是吗？"谜女的神情好像话外有音。

"池子里的鲤鱼在跳呢。"我执当然不会承认有心事的。果然，混浊的池水中此时恰好传出"扑通"一记声响。

"哎呀呀……在我房间一点儿也听不到嘛。"

不是听不到，是因为太专注于思考谜题了。

"是吗？"这回轮到盛气女面露话外有音的神情。这世界真是诡谲万端。

"哎哟，荷叶也长出来了！"

"是呀，您没注意到？"

"没有，这会儿才看到。"谜女说。人如果专注于思考谜题就会变得粗心大意，除了钦吾和藤尾的事情，谜女脑子里就像一片真空，哪儿会注意到荷叶。

荷叶长出，接着便是荷花绽放，再接着就可以叠起蚊帐收进库房，之后切切蛩吟、秋风秋雨、朔风怒号……在谜女绞尽脑汁试图解开谜底之际，世间却已经日没川逝，而迷女却仍打算继续端坐六席屋子里解她的谜。谜女自认是世上最聪明的人，她做梦都不会想到自己竟是个粗心大意之人。

"扑通！"鱼儿又跳跃了一记。稍嫌污浊的池中，只有靠近水面的地方微微有点暖意，一个模糊不清的红影子搅起沉淀在池底的泥土，悄悄浮上水面。本以为只是轻摇尾巴，不会打碎灿艳艳照洒在柔波上的阳光，不想它却冷不丁"啪"地用力拍打着池水一跃而起，水面泛起一团浓黑的污泥之后，朦胧幽慵的红影子随即又潜入池底，背鳍拨开微暖的池水，在水面留下一道蜿蜒波纹，使得去岁的枯寂芦苇无风而摇曳。甲野曾在日记中用楷书写下一联非律非绝的对子："鸟入云无迹，鱼行水有纹"。春光不蔽天，任意悦人心，不过对谜女来说却一点儿也不令她愉悦。

"鲤鱼为什么要那样跃起来呢？"谜女问。鱼儿之所以跳跃不停，大概正如谜女一刻不停地思考谜题一样。要说怪奇二者都怪奇。藤尾不知如何回答。

中国诗人将轻浮于水面的荷叶比作堆叠的青钱[1]。荷叶当然没有青钱那种滞重的感觉，不过看着这些昨今从池边开始萌发的稚嫩生命仰着圆圆的脸，在风中婆娑的身影，与零星散落的青钱倒真有几分相似。新荷的颜色并不完全称得上是青铜色，厚度也仅仅略厚于美浓纸[2]，也许是觉得碧透的绿色太过凝重，它们先是披一层柔莹的浅褐色，然后每天冒出一抹青绿，参差杂错，一点点换成纯绿装。鲤鱼跃起时溅起数颗水滴在荷叶上，宛似晶亮的珠子，暮春的微风拂过，即刻就令它们晶碎珠飞。——藤尾没有答话，依旧眺望着眼前的景色。鲤鱼又一次跃出水面。

母亲漠然望着池面，隔了一会儿换个话题问道：

"这几天没看见小野先生来，他是不是有什么事？"

藤尾转过脸来，眼光突然变得凶巴巴的。

"怎么？"藤尾盯视着母亲，随即若无其事地移开视线继续

1　杜甫《绝句漫兴九首·其七》："糁径杨花铺白毡，点溪荷叶叠青钱。笋根稚子无人见，沙上凫雏傍母眠。"
2　美浓纸：一种以楮树为原料手工制成的日本纸，厚而结实，被认为是日本最古老的纸，因原产美浓国（今日本岐阜县中南部）得名。

望向院子。母亲心里"咯噔"一记。先前的鲤鱼透出淡红身子从荷叶下游过，荷叶惬意地摇曳着。

"不来的话，照理会递个话告诉一声的呀，会不会病了？"

"病了？!"藤尾陡地提高了声音，尖厉得有些刺耳。

"不不……我只是随便问问，万一他病了呢？"

"他怎么可能生病？!"

犹如从清水高台纵身一跃，藤尾自高而下的语气到鼻端戛然停住，转成两声冷冷的哼哼。母亲心里又是"咯噔"一记。

"他什么时候能成为博士呢？"

"总归会成的吧。"藤尾好像跟自己没多大关系似的答道。

"你……是不是和他吵架了？"

"我怎么会和小野先生吵架？"

"那倒是，我们只不过请他来当家庭教师，再说还付了他不少钱。"

除此以外，迷女实在想不出还有什么理由。藤尾也不想接着这个话头再多说。

其实，只需将昨晚的事情照实告知母亲也就到此为止了，不至于搞得如此麻烦，母亲一定会同情女儿，拼命替女儿出主意的。虽然讲出来也不觉得有什么大不了的，但主动去求得别人同情，与迫于饥寒跑到别人家门口乞讨一钱两钱施舍的行为有什么区别？同情乃我执之大敌。直到昨天为止，小野就像一个站上舞台表演的人偶，乖悌的藤尾无须张口，只要伸出一根小指头，就能让他或站或躺或大笑或焦躁或惊慌失措，一切随我所欲，望着扬扬自得的女儿，母亲在一旁也满脸得意，翕动着鼻子啧啧称好。——谁料这一切都是假象，看看昨晚的真实情景：披靡伏地的芒草居然还会倒向别处！和陌生美女亲热地在一起喝茶！假如揭开这意想不到的盖子，让母亲知道了实情，自己在母亲面前将颜面尽失。盛气女绝不容许这样。如果猎鹰吃里爬外令主人失望至极，就可以干脆将它抛弃；如果狗只知跟在脚后跟却不懂得讨好取悦主人，就可以一脚踢开告诉它不必再回来了；但小野虽然怀有二心却还没有达到这样的程度，睁只眼闭只眼或许还会回心转意。不，一定会回头的。盛气女将小夜子与自己比较一番后演证道。一旦小野回心转意，必须让他尝尝苦头，让他尝过苦头后，再命令他或站或躺或大笑或焦躁或惊慌失措，让母亲看到自己扬扬得意的神情，只有这样才能在母亲面前保住面子。让哥哥和宗近见识一下，也可以报回一箭之仇——在这之前她不想做任何解释。所以藤尾不答话。母亲也因此失去了恍悟自己误解女儿的机会。

"刚才钦吾是不是来过？"母亲换了一个话题。

鲤鱼在跳跃，荷花在萌芽，草坪渐渐发绿，望春花已经腐朽。这些事谜女全不在意，她只是没日没夜地被钦吾的幽灵折磨得苦痛不堪——钦吾若在书房，谜女便琢磨他关在房里做什么；钦吾若是思考，谜女便琢磨他在思考什么事情；钦吾若来找藤尾，谜女便琢磨他同藤尾说了些什么……钦吾不是谜女的出腹子，对非亲生儿子万万不可麻痹大意，这是谜女与生禀受的大真理。而自领悟此真理的同时，谜女便患上了神经衰弱症。神经衰弱症是文明社会的传染病，因为对自己的神经衰弱听之任之，结果使得自己的孩子也饱受神经衰弱的折磨。可即使这样，谜女仍口口声声说钦吾的病让她很是头痛。被传染的人应该感到头痛才是。不知到底是谁令别人头痛。然而对谜女来说，却无疑是钦吾令她头痛。

"刚才钦吾是不是来过?"谜女发问道。

"嗯，来过。"

"他怎么样?"

"还是老样子。"

"他真是……"谜女微微皱起眉头，"叫人头痛啊。"说着，谜女的眉头愈锁愈紧。

"他老是挖苦人，又含含混混地不肯说透。"

"挖苦也就算了，有时候还说些让人莫名其妙的话，这才叫人头痛哪，我看他最近好像有点不正常啊。"

"那大概就是哲学家吧。"

"天知道哲学家是不是都这副德行……他刚才跟你说了些什么?"

"哦，他又提起了金表的事……"

"叫你拿出来? 那金表送不送给宗近用得着他瞎操心吗!"

"他刚才好像出门了。"

"他会去哪儿呢?"

"肯定是去宗近家。"

二人正说到这当口儿，女佣过来，双手支地通报说，小野先生来了。谜女于是往自己屋子走去。

母亲的身影折过拐角闪入外廊尽头的格子门内时，小野正自玄关经过客厅径直朝隔壁的六席屋子而去。他没有绕到外廊来。

有位和尚曾说过，弟子击磬入室相见时，禅师只需听其脚步声便能了然知悉弟子是否做好公案[1]准备，如果心中踌躇必会在脚步上有所暴露。俗谚道，猛兽入屠场，一步一逡巡。这种现象并非只参禅衲僧独有，应用到才子小野的身上也合适。小野平素为人就左顾右虑，今天举止尤其古怪。落败之士草木皆兵。小野蹑手蹑脚踏着青绿色的榻榻米进屋来，黑布袜脚尖已然透出几分惧惮。

暗处何须点睛。藤尾没有抬眼，她只瞄一下落在榻榻米上的黑布袜脚尖便了悟一切。小野还未落座就已经落在了下风。

"你好……"小野堆起笑脸打着招呼坐下来。

"您来了？"藤尾这时方才抬脸看了一眼对方，神情一本正经。小野的眼神游移不定。

"好些天没见……"小野随即接上一句权充道歉。

"不客气。"女子打断了小野的话，随即闭口不语。

男人遭当头一棒登时自信全失，思忖着如何重启话头。屋子里像平常一样静寂。

"天气转暖和了。"

"是。"

屋内滴沥掉下两句话，又恢复原来的谧静。恰好此时，"扑通！"池中的鲤鱼又跃上水面。池子位于东面，正好在小野背后。小野稍稍侧了侧头，偷偷觑了一眼女子刚想说"鲤鱼……"，却见对方正凝神望着南面的望春花——深浓的紫色自长瓶般的花

1　公案：佛教禅宗指前辈祖师的言行范例，用来判断是非迷悟。公案一般都含意隐晦，如果弟子思索出答案，说给师听，得师赞同（称为印可）即表示得道了。以这种方法发展的禅学称为公案学。

瓣上褪下，追随着暮春逝去，留下皱巴巴的残骸上还沾着些褐色污斑，有几枝更加彻底，剥脱得只剩几片光秃秃的花萼。

小野本想开口说"鲤鱼……"，见此只好作罢。女子的脸色比刚才还要峭冷，让人望而却步。——女子打算让好几天都不露面的男人主动交代不露面的理由，才勉强应一声"是"，男人则情知事情不妙便故意用"天气转暖和了"来试图转换气氛，无奈没有见效，于是才将话题转移到鲤鱼身上。男人虽心里七上八下，但是打定主意硬撑到底，女子却端坐着毫无动静。猜不透女子真意的小野只好再思索下一步该怎么办。

假如女子只是因为小野四五天没露面而生气，则一切好办；如果她昨晚在博览会会场看到小野，事情就有点棘手，不过不管怎样总有办法为自己辩解的。在黑影幢幢人潮络绎不绝的会场，藤尾真的看到自己跟小夜子在一起了吗？万一真看到，当然无话可说；可如果没看到自己却主动提起，则等于脱下衣裳硬凑到路人鼻下让对方嗅闻自己身上的肮脏疮疖。

同年轻女伴一起闲步逛景是现今的时尚，仅只逛景而已，虽算不上光荣，也绝不是什么不谨不端的事情，今宵朦胧今宵梦，原为他生之缘的男女在今宵袖连袂合，之后便各分东西消失在嘈杂的黑色人潮中，彼此变成陌路人。——假如事情果是如此，也完全没问题，甚至自己可以主动说明事由。遗憾的是，小夜子同自己的关系非同一般，犹如棋盘上的两颗棋子，绝不是毫无理由被随意摆到那儿的。在自己远走高飞的五年漫长岁月中，对方每日每夜从不间断一直扯着情真意浓的细长红线，拼命维系着两个人的关系，不肯让它断掉。

一口咬定说小夜子与自己只不过是普通关系也未尝不可。但这样的谎言不只对方痛恶，连自己也讨厌。谎言宛似河豚羹，喝下去即便当时不发作，让人觉得似乎天下没有比河豚羹更鲜美的东西了，然而一旦中毒就会口吐污血痛苦而死。何况谎言早晚会牵出真相。明明只需保持沉默就不会被察觉，自己终将撑过去，却非要刻意拉一件装束、捏一个名目，甚至编造一则与自己平素作为格格不入的故事来加以隐瞒，反而容易成为众人置疑的活靶。缮饰的东西注定会有破绽。当丑陋的真相从破绽露出时，势必招致世间耻笑，自寻的业果一辈子也无法洗尽。小野是个具有判别能力、懂得利害关系的聪明人，他不想向坐在眼前正耍脾气的盛气女透露自己被一条情丝东西两京相隔遥远却紧紧缚住长达五年的事实，至少在另一条贯通着温暖血液的爱情之脉同时脉动于两人手腕、可以光明正大向世人宣告两人是夫妻之前，他不想说出实情。既然决定不说出实情，他便不能为了一时的权宜而谎称小夜子只是普通关系的女人，而一旦决定不撒谎，有关小夜子的事情他甚至连名字都不想说出。小野不停地打量观察藤尾的脸色。

"昨晚的博览会……"小野鼓起勇气说到这里又踌躇停顿下来，他拿不准接下来该说"你去看了吗"还是说"听说你看了"。

"哦，我去看了。"

一道黑影"嗖"地掠过踌躇吞吐的男人鼻尖。就在男人暗暗吃惊的一刹那，已经被对方抢得了先机。男人只得接上一句："很好看吧？"

以诗人来说，"好看"二字实在太平凡了，连说出这两字的当事人也自觉俗不可耐。

"很好看，"女人干脆地答，接着又像当头浇盆冷水似的加上一句，"人也相当好看。"

小野情不自禁觑视藤尾的脸孔。他一点儿也料估不出藤尾此话另有什么含义，只能含含糊糊地应对道："是吗？"

模棱两可的回答通常情形下都是愚蠢的回答。但当处于劣势时，即使是诗人也只能自甘愚蠢。

"我还看到很漂亮的人了呢。"藤尾间不容息地重复了一句。此话听起来总感觉暗藏危机。看来不可能涉险过关了。男人只得缄口不语。对方也引而不发，只是盯着小野，眼神似乎在喝令："还不从实招来！"据说平宗盛[1]即使被人横刀迫胁也不肯切腹，讲究利害关系的文明人更不会轻易招供，做出让自己吃亏的事。小野必须进一步摸清敌方的动静。

"有人陪你去的吗？"小野装作若无其事地试探道。

女子这回不应声。她始终力守关隘。

"我刚才在大门口碰到甲野先生，听甲野先生说他也一起去了。"

"既然您都知道，做什么还问？"女子气哼哼地耍起性子来。

"不不，我是想兴许还有别人一起去呢。"小野巧妙地避开锋芒。

"我哥哥以外？"

"是啊。"

"那您可以去问我哥哥啊。"

1　平宗盛（1147—1185）：平清盛之子，源平争霸后期为平氏军的大将军，在源平之战最后一战坛浦之战（1185）中败于源氏军总大将源义经，被俘后遭斩杀。此役之后平氏势力彻底覆灭。

虽然仍未转嗔为霁，但若把握得好的话小野似乎还是有可能脱出旋涡，只要顺着对方的话头一来一往，慢慢就会划抵平地。迄今为止，小野每次都是用这个办法成功躲过危局的。

"我是想问甲野先生的，只是急着进门就没顾上。"

"呵呵呵呵！"藤尾突然朗声笑起来。男人吓了一跳。就在这瞬间，对方突然扔过来一句："既然您这么急着上我家来，为什么招呼都没打一声就连着四五天都不过来？"

"不是，这四五天我真的非常忙，实在抽不出时间过来。"

"白天也忙？"女子向后挺了挺身子，随之晃动的长发每一缕仿佛都在诘责一般。

"啊？"男人脸色骤变。

"我问您白天是不是也很忙？"

"白天……"

"呵呵呵呵，您还没听明白吗？"女子又笑起来，笑声几乎响彻整个院子。女人可以晏然自在地发笑，男人却茫然若失。

"小野先生，白天也有霓虹灯吗？"藤尾说着，双手娴雅地叠在膝上。耀灿灿的钻石戒指跃入小野眼帘，刺得他眼睛发痛。小野犹如被竹片狠狠抽打在脸颊上，与此同时脑子里响起一个声音："被她看到了！"

"用功过了头，反而会得不到金表哦！"女人若无其事地穷攻不舍。男人的阵脚彻底乱了。

"其实，我以前的老师一星期前从京都来了……"

"哦，是吗？我一点儿也不知道呀，难怪您这么忙。原来是这样。请原谅我不了解情况，莫名其妙说了些失礼的话。"女子拿腔作样说着低下头。浓黑的长发又晃动了几下。

"我在京都时，全都仰赖他照顾……"

"所以您也得好好待您的老师，这样很好啊……告诉您吧，我昨天晚上和我哥哥还有一先生和糸子小姐一起去看霓虹灯了。"

"噢，是吗？"

"是啊。那个池子旁不是有间龟屋搭在那儿的临时茶室吗……小野先生，您知道的吧？"

"是……我……知道。"

"您知道……您是知道的对吧？我们在那间茶室喝了会儿茶。"

男人恨不能马上起身离去。女子却始终做出很平静的样子。

"那儿的茶很好喝，您没进去过吗？"

小野默不作声。

"如果您还没去过，下次一定要带您京都的老师去坐坐，我也打算让一先生再带我去呢。"

藤尾说到"一先生"这个名字时，不知为什么声音格外响。

春影西斜。漫长的一天再漫长也不可能只为二人专享。藤尾说出这句话后，装饰在壁龛的意大利马略卡锡釉彩瓷座钟"当！"的一声打断了二人绵长的对话。半小时后，小野跨出甲野家大门。当天夜里，藤尾在梦中没有听到"有惊奇才有乐趣！女人真的很幸福！"的嘲讽铃声。

十三

两根粗大方柱竖立着便是大门了，让人甚至搞不清是否还用门板。板墙上有个圆洞，写着"夜间邮箱"，由此看来夜晚还是上门板的。大门内正面草坪特意修成馒头似的圆坟形，用以遮蔽往来路人的视线，草坪上很有章法地种植着撑开伞形翠枝的松树。绕过松树，便是翘着弧线形高度恰好齐头的玄关屋檐，屋檐有波浪形花纹浮雕。正对院子的玄关门大敞着，看得见门内安闲的白隔扇上用大雅堂流[1]笔势逸兴横飞地书写着几个舞乐[2]面具般大小的草体字，将玄关与客厅间隔开。

甲野步入玄关，将看得到屋内鞋柜的半透明格子玻璃门轻轻向右拉到头。他站在那儿，用细细的杖尖"咯咯"地击打水泥地面，却不出声唤人，里面当然无人应声。整幢宅子静得仿佛没人住，倒是驶过大门前的汽车声比较热闹。只有细杖尖"咯咯"在响。

隔了好一会儿，静寂的屋内传出纸门被拉开的声音。有人在唤女佣："阿清！阿清……"女佣好像不在。接着有脚步声向厨房走去。杖尖仍在"咯咯"响。脚步声从厨房移向玄关。格子门拉开。糸子和甲野四目相对。

家里有女佣也有寄食学生，糸子平日即使高兴动一动也很少到玄关迎客，经常是她想出去，但刚直起膝盖又坐下，继续埋

1　大雅堂流：日本江户时代文人画家池大雅（1723—1776）创始的南画流派，其书法以字体粗大、笔势豪放而著称。
2　舞乐：一种以雅乐伴奏的舞蹈，从约八世纪前后由中国或经高丽传入日本的乐舞发展而来，分为唐乐伴奏（称为左舞）和高丽乐伴奏（称为右舞）两大系统。

头于她的针线活，哪怕多缝一两针也好。怀中琵琶重[1]的长昼令人难抵慵倦而欲倒，更何堪蝇蝇营营催人入梦，于是呼唤阿清，阿清大概跑到后院去了，毫无反应。干净明亮的厨房只有茶釜[2]静静待在那里发出光亮。黑田大概像往常一样，在自己屋内将短秃的脑袋埋进双腕，像猫一样趴在书桌呼呼大睡。静得犹如人去楼空的宅子，从玄关传来"咯咯"的声音响个不停。系子心下纳闷，于是走出房间拉开门——甲野孤零零站在空阔的世界中。甲野背对着从玻璃门射入的阳光，暗憧憧的高瘦身影站在水泥地中央一动不动，只是用杖尖频频敲击地面。

"哎呀!"

与此同时杖尖停止敲击。甲野从帽檐下直直地盯着对方的脸看，仿佛久违了似的。女子慌忙移开视线，朝细长的杖尖望去，杖尖腾起一团热烘烘的东西，她两颊微微发烫。系子欠身鞠躬，头上没抹油又没顾得梳理的蓬松头发"唰"地被甩到前面。

"出去了?"甲野扬起语尾简短地问。

"刚好不巧……"系子也简短地作答，双眼皮中间漾起一波笑意，那笑意中看不到一丝忧愁。

"不在啊……伯父呢?"

"他一早去参加谣曲会了。"

"是吗?"男人半转过身，侧脸对着系子。

"您请进来坐会儿吧……我哥哥大概就快回来了。"

"谢谢。"甲野对着墙壁说。

1　此处系化用与谢芜村的俳句："春色渐逝平，怀中琵琶重。"
2　茶釜：茶道用具之一，为茶道专用的烧水锅，在茶室中常成为观赏的对象。

"请进。"糸子单脚往后退一步，好让对方跨向前。她身上穿的是阔条纹平纹粗绸和服。

"谢谢。"

"您请进来吧!"

"他去哪儿了?"甲野稍稍转动面对墙壁的脸望向女子。也许是心理作用，甲野苍白的脸在身后斜掠的阳光逆照下，糸子觉得似乎比昨天又消瘦了些许。

"大概是散步去了吧。"女子歪头道。

"我也刚散步回来，走太久走累了……"

"那正好请进来休息一下，我哥哥也差不多该回来了。"

句子越来越长。句子延长是心情放松的证明。甲野脱下粗纹木屐进了客厅。

柱子与柱子之间的横梁嵌着金属装饰片，用来掩盖上面的钉头，仿佛依旧驻留着春天气息的壁龛最里面悬挂着一幅常信[1]的云龙图。绢布上泼洒着淡淡的水墨，四周镶以蓝纹缎子边，配上素净的象牙轴头，透出一股古雅趣致。一张尺余紫檀案桌上，放着一只张着大口的青瓷狮子香炉，感觉沉甸甸的，桌面泛出紫檀木特有的油亮亮的光泽，木纹又密又深，由褐渐紫，又由紫而黑。

檐上日迟迟。总感觉世间满是凉意的人，将靠近下摆的两边衣襟往一起拉拉拢。糸子的丰满下巴压着领口下错落的含羞菊花，避开正面格子门射入的阳光，坐在了靠门口处。虽然两个人相隔老远，但八席大的客厅容下渺小的二人之后仍显得空荡荡的。两人的距离足有六尺。

1　狩野常信（1636—1713）：日本画家。

突然黑田走了进来，身上小仓裙裤[1]的褶痕早已磨得看不出。他移动着从裙裤下摆钻出的一双黑褐细足，一忽儿端来茶，一忽儿端来烟具盆，一忽儿端来点心盘。于是六尺距离被客套的形式填埋掉，用来款待客人的用具总算将二人以主客身份牵在一起。从午睡梦中突然醒来的黑田，动作机械地为两人系上情缘之线后，又将迷迷糊糊的神志收进剪得短秃秃的栗子头内，返回自己的寄食书生屋子。客厅随即恢复原来的空空荡荡。

"昨晚怎么样？玩累了吧？"

"不累。"

"不累？你比我厉害啊。"甲野露出一丝微笑。

"来回都是坐的电车嘛。"

"坐电车才叫累人呢。"

"为什么？"

"那么多的人啊，光是那些人就让人觉得累。你不觉得吗？"

糸子一边的圆脸上浮出一个酒窝，没有接话。

"你觉得好玩吗？"甲野问。

"嗯。"

"什么东西好玩？是霓虹灯吗？"

"霓虹灯也很好玩，不过……"

"除了霓虹灯，还有其他好玩的吗？"

"有啊。"

"是什么？"

---

1 小仓裙裤：用小仓布制成的和服裙裤。小仓布为原产自日本福冈县北九州市小仓町的一种粗棉布，结实耐用，现多用作工作服料。

"说出来很可笑。"糸子歪着头天真地笑起来。莫名其妙的甲野也情不自禁想笑。

"是什么让你觉得好玩呢?"

"要我说出来吗?"

"你说吧。"

"昨晚我们不是一起喝茶吗?"

"是啊——那个茶很好玩吗?"

"不是不是,我不是说茶好玩……"

"唔?"

"当时小野先生不是也在那儿吗?"

"嗯,他在。"

"还带了一位漂亮的女孩对吧?"

"漂亮? 对了,他好像是跟一个年轻女孩在一起。"

"您认识那个女孩对吧?"

"不,不认识。"

"是吗? 可我哥哥说你们认识……"

"他的意思大概是说我们见过她吧,不过我们根本没和她说过话。"

"那也可以算是认识吧?"

"哈哈哈哈,你这么说,岂不是我必须承认跟她认识? 不过说老实话,我们确实见过她好几次。"

"所以说呀。"

"所以说什么?"

"就是刚才说的还有好玩的事。"

“为什么说好玩？”

“不为什么。”

双眼皮下漾起一层流波，随即漾开，漾开又漾起，炫耀似的嬉弄着黑眸，那神情仿佛阳光穿过繁密嫩叶错落铺洒在大地上一样，风摇动枝头，青苔在阳光下若隐若现。甲野望着糸子，不再追问理由，糸子也不解释。理由淹没在笑容中，在甲野尚未领悟之前就已隐去了踪影。

金鱼在装饰得漂漂亮亮的葫芦形浅池中，吃着平底锅煎出的鸡蛋黄，朝夕过得优哉游哉，即使摇动尾巴潜入水藻下，也不必担心会被浪头冲走。鲷鱼为了冲过狭窄的危隘，年复一年因漩流冲激筋骨变得越来越强劲，汹涌的波涛之下是无底的地狱，来去都不敢掉以轻心。然而大海中的悍鱼同金鱼如果被放入水族馆一模一样的水箱中，则可以比邻而成为好友，用来隔断的透明玻璃使鱼儿看不见任何阻隔，但假如想穿过它接近对方，只会撞得鼻痛头晕。对于没见过大海的糸子，当然无法和她谈论大海，甲野只能跟她聊葫芦形的话题。

“那个姑娘真那么漂亮？”

“我觉得很漂亮呀。”

“是吗？”甲野视线转向廊外。院内那块直径二尺的天然花岗岩上沾满露水，看上去总是湿润润的，在它周围有几株不知道是鹭草还是犁头草的小野花，在暮春中悄悄地开着零星的花。

“那儿开了几朵很漂亮的花啊。”

“在哪儿？”

糸子的视线只能望见正面的赤松和丛杂在它根部的山白竹。

"在哪儿?"糸子抻长发热的下巴张望着。

"在那边……从你那儿看不到。"

糸子稍稍抻长身子。她晃荡着长袖用膝头往外廊方向移动了两三步,两人的距离缩至咫尺时,糸子终于看到了纤小的花。

"啊!"糸子止步。

"很漂亮吧?"

"很漂亮。"

"你不知道那儿有花?"

"不知道呀,一点儿都没注意到。"

"花太小了,所以注意不到。也不知道它们什么时候开,什么时候谢啊。"

"还是桃花和樱花更加漂亮。"

甲野没有接口,而是自言自语地说道:"可怜的花。"

糸子没有作声。

"很像昨晚那个姑娘。"甲野接着道。

"为什么?"女子疑惑不解地问。

男人将细长眼睛向上挑起盯着女子的脸好一会儿,然后一本正经说道:"你这样无忧无虑真好。"

"是吗?"女子也一本正经地说。

女子不明白男人到底在称赞自己抑或在挖苦自己。她不知道自己是不是真的无忧无虑,也不知道无忧无虑到底是好事还是坏事,但她信任甲野,既然信任的人一本正经如是说,她除了同样一本正经地接口"是吗"不可能有其他反应。

曲为文饰只会让人迷茫,巧言令色只会蒙蔽人的耳目,唯有蕙质兰心能让人眼明耳聪。听到"是吗"这句话，甲野情不自禁感到欣慰。当能够近距离明明白白看清对方的灵魂时，哲学家就会低下那颗善解的头颅，无憾无悔，无念无想。

"很好。这样很好。不这样可不行。不管到什么时候都得要这样。"

糸子露出漂亮的牙齿。

"我一直是这样子的，永远都是这个样子。"

"不会的。"

"可我生性就是这个样子呀，不管到什么时候都不可能变的。"

"一定会变……等你从你父亲和哥哥身边离开时，你会变的。"

"为什么？"

"离开他们，你就会变得更加聪明乖巧。"

"我正想变聪明一点儿呢，如果真能够变聪明的话当然好啦。我很想改变一下，让自己变成像藤尾小姐那样，谁叫我这么笨……"

甲野望着糸子那张天真的嘴巴，不由得为她感到心痛。

"藤尾那么让你羡慕？"

"是呀，我真的很羡慕她啊。"

"糸子小姐……"甲野的语气突然间变得很温柔。

"什么事？"糸子毫无拘束地问。

"当今这个社会像藤尾那样的女孩已经多得叫人头痛，你可要小心，不然会很危险的。"

女子依旧睁大饱满的双眼皮眼睛，大大的眸子里依旧漾着动人的清露，看不到有丝毫怯色。

"这世上只要有一个像藤尾那样的女孩，就会杀死五个像昨晚那样的女孩。"

黑眸中漾着的清露突然消失，脸上的表情也刹那间变了样，看来"杀死"这个词让她感觉很恐怖——当然，除了"死"，她并不明白其他含义。

"你现在这样子很好，要想改变的话你就会变坏的，你不要改变！"

"改变？"

"是的，如果谈了恋爱你就会改变……"

女子将差点从喉咙脱口而出的话使劲咽回去，脸孔涨得通红。

"如果嫁人的话你就会改变。"

女子垂下了头。

"现在这样就很好。嫁人太可惜了！"

可爱的双眼皮接连眨了两三次。紧闭的双唇倏地闪过雨龙[1]的影子。不知道是鹭草抑或犁头草的野花依旧在春阳下零星开着小花。

十四

电车挂着红色木牌[2]呜呜驶来，紧接着，又仿佛骑在铁轨上拼命追逐着街上风似的呼啸而去。挂杖的盲人乘隙战战兢兢穿过

1　雨龙：中国古代传说中的行雨之龙。
2　日本明治末期至大正初期，路面电车上满客后，售票员会在车厢外挂一块写有"满员"的红色小木牌告知候车乘客。

马路。茶馆店的伙计一面发笑一面转着磨子。挥舞信号旗的站台工作人员身穿粗呢制服，织眼里积满尘埃，泛出污浊的黄色。穿西服的人走出旧书店。小剧场前站着戴鸭舌帽的人，身后黑板上用白粉笔写着今晚的说唱节目。天空布满一道道荚状云。看不到一只鹰。上空很安静，下面却是个极度杂乱无章的世界。

"喂！喂！"有人在背后大声唤道。

二十四五岁的夫人回头看了一眼，继续前行。

"喂！"

这回是穿着印有商铺名号短褂的男人回过头来。

被唤的人似乎一点儿也没觉察，仍避开对面来人快步往前走。两辆人力车飞驰竞逐地来到唤者面前挡住了去路，使他与被唤者的距离越来越远。宗近甩开膀子拔腿追赶，每奔跑一步，身上宽松的和服夹衣和外褂便跟着上下舞动。

"喂！"宗近伸手从后面搭住对方肩头。肩膀停止了移动，与此同时看到了小野的细长侧脸。小野两只手上提着东西。

"喂！"宗近搭在对方肩头的手摇着，小野肩膀晃动着转过身来。

"我当是谁呢……对不起！"

小野礼貌地颔首行礼。他没摘下帽子，因为他两只手都腾不出来。

"你在想什么呢？我叫了多少遍，你怎么都听不见？"

"是吗？我一点儿也没注意到啊。"

"你好像急着赶路，可又不像走在地面，真滑稽呀。"

"哪里滑稽？"

"你走路的样子啊。"

"因为是二十世纪嘛，哈哈哈哈！"

"这是新式走法吗？好像一只脚是新式的，一只脚却还是旧式的。"

"那是因为我提着这么些东西，所以不好走……"

小野伸出双手，视线随之移往下方，意思在说：你看嘛。宗近的视线也自然而然从上移至小野的腰部以下。

"那是什么呀？"

"这个是废纸桶，这个是油灯台。"

"你穿得这么时髦，手中竟然提只大废纸桶，难怪看起来滑稽哩。"

"滑稽也没办法，是别人托我买的。"

"受人之托就不惜把自己弄得这样滑稽，真叫人感动。没想到你也有一副侠义心肠哩，竟然愿意提着只废纸桶走在大街上。"

小野没有说话，只是笑着躬了躬腰算是致意。

"你要去哪儿？"

"我要把这些……"

"拿着这些东西回家吗？"

"不是，这是帮别人买的，所以我得给人家送过去。你呢？"

"我去哪儿都无所谓。"

小野有点不知所措。宗近说他似乎急着赶路可又不像走在地面，这通评价对小野眼下的状况而言最为切当了。脚踏的大地既广阔又坚实，但不知为什么小野总感觉不踏实，但即使这样他仍急于赶路，他连和游闲公子宗近站在路边说说话都懒得应承，万一宗近提出和他一起走岂不更麻烦。

平日里若被宗近碰上，小野就会感到不安。他在隐约知道宗近与藤尾关系的前提下，同藤尾发展成了现在这种关系，表面上他并非有意抢夺别人的未婚妻，但宗近心里的感受不用问也是一清二楚的。像宗近这种不懂得掩饰自己喜怒情感的人，从平时的言行举止中便能猜出他对藤尾有意思。小野虽没有暗中去破坏宗近的好事，可事实上，因为他的缘故，宗近的希望已经永远破灭了。照人之常情来讲，宗近是值得同情的。

仅此已经颇为可怜，宗近却仍一副优哉游哉的样子，丝毫不为小野与藤尾的关系而感到苦恼，就更加让人觉得可怜。每次相遇，宗近依旧毫无隔阂地敞开心扉摆谈，逗趣，谈笑风生，慨陈男人的理想，激论东洋经纶，只不过极少谈到恋爱的话题——或许不是不愿意谈，而是没有资格谈。宗近似乎是个不解恋爱真谛的男人，他不配做藤尾的丈夫。话虽如此，宗近仍然值得可怜。

同情真是自怜自悯的好借口。因为可用以自我怜悯，所以是件好东西。小野从心底同情宗近，但这份同情中很大部分也包含了他自己。只要想象一下淘气闯祸的小孩惴惴不安面对父母时的心情便会明白，小孩并不会因自己淘气闯了祸而觉得父母值得同情，并为此悔悟，他们更多是不安，觉得可能挨骂，他们不会想到自己的淘气给别人带来什么样的麻烦，只觉得这麻烦发酵蔓延开来终会落到自己头上，从而令其感到非常恐惧。这与害怕雷声的人只要看到寄孕霹雷的奇云怪峰便逡巡不敢前行一样。小野的同情与一般意义的同情本旨截然不同，可是小野却称其为同情。

除了同情，小野似乎不愿将自己的感觉解析为其他的东西。

"你是在散步吗?"

"嗯，刚刚在那个街角下的车，所以现在往哪儿去都无所谓。"

小野觉得这个回答不合逻辑，但眼下什么逻辑不逻辑的都没心思去理它了。

"我急着赶路……"

"我也可以赶路，我陪你朝你要去的方向一起赶一程吧……把那只废纸桶给我，我帮你提。"

"不用不用，拿在手上很丢人的。"

"你就给我吧! ——原来这东西体积蛮大分量却很轻嘛。丢人的是你小野哦。"宗近手里晃荡着废纸桶朝前迈开步。

"你这样拿着，看起来倒是很轻。"

"东西嘛就看怎么拿了。哈哈哈哈! 这是在劝业场买的吗? 做工很精致，往里面丢垃圾实在可惜啊。"

"所以我才敢提着走在街上，如果里面真丢了纸屑什么的……"

"不管丢什么都照样可以提，电车不就是装满一大堆人类碎屑仍旧神气活现地跑在大街上吗?"

"哈哈哈哈，这么说你就是废纸桶的司机了。"

"那你就是废纸桶的社长，托你买废纸桶的人是大股东对吧? 那样的话乱七八糟的纸屑还不能往里丢哦。"

"丢些不要的诗稿或藏书之类如何?"

"那些东西就免了，最好是不要的纸币多丢些进来。"

"那就丢些废纸进去，再请人帮你催眠一下，可能钱来得更快。"

"就是说首先人必须成为废物？郭隗请始[1]吗？要说人类废物世上多得是，根本用不着施催眠术。为什么大家都想先从隗始？"

"其实大家都不愿意先从隗始。如果人类废物自动跳进废纸桶，那事情就简单了。"

"干脆发明个自动废纸桶好了，这样的话，所有人类废物应该都会主动跳进去吧？"

"那我也申请一个专卖权吧。"

"哈哈哈哈，好啊。你认识的人当中有没有会主动跳进去的人？"

"或许有吧。"小野赶紧往陷阱外跳。

"对了，你昨晚带了很不一般的伴儿去看霓虹灯了？"

事情彻底败露。既已如此就没必要隐瞒了。

"是的。听说你们也去了？"小野若无其事地答道。甲野是明明看见却佯装不知；藤尾表面装作不知，却想方设法非要小野自己招认；宗近则是直直落落当面质问。小野若无其事地答着，内心却暗道原来如此。

"他们是你什么人啊？"

"你这个问题问得真够横冲直撞的啊……是我以前的老师。"

"这么说，那个姑娘是你恩师的女儿？"

"嗯，是的。"

"看你们一起喝茶的样子，不像外人。"

1 郭隗请始：典出《战国策·燕策一》。燕昭王欲招贤士，以报齐仇。往见郭隗。隗曰："今王诚欲致士，请先从隗始。"后因以"郭隗请始"为贤良之士自荐的典故。

"看起来像兄妹吗?"

"像夫妇,一对很般配的夫妇。"

"不敢当。"小野笑了笑,随即将视线转开。街道对面玻璃橱窗内烫着金字的洋书亮灿灿地吸引了诗人的注意力。

"那边好像进了很多新书,过去看看吧?"

"书?你想买书吗?"

"如果有好的书当然买啊。"

"又买废纸桶又买书,实在太讽刺了。"

"怎么讲?"

宗近没有回答,手提着废纸桶趁两辆电车驶过的间隙迅速跑到街对面,小野也一溜儿小跑跟了过去。

"嚯,陈列着好多漂亮的书哩。怎么样,有想买的吗?"

"是啊,真漂亮。"小野弯下腰将金边眼镜贴着玻璃入神地看起来。

有的书以软羊皮包裹,墨绿色的封面中央用金线绘着一朵睡莲,花瓣尽头花萼化作一条直线纵贯封面,再绕封面四周一圈;有的书书脊立起摆在桌上,深红底色的封面布满如金发般的装饰线条;有的书使用黄铜装帧成硬壳封皮,沉重的金属竖在桌上将桌布织眼都压得走了形;有的书设计简朴,暗绿色小牛皮书脊分为上下两段,上下分别印着文字;还有的书扉页使用古雅的粗纸,上印朱红色书名,显得颇有格调。

"你好像都想要?"

宗近不看书,却只顾盯着小野的眼镜看。

"全是最新式的装帧,真漂亮。"

"封面弄得这么花哨，算是给内容附上一份保险吗？"

"这些书跟你们读的那些不一样，这都是文学书呀。"

"文学书就必须把外表弄得漂漂亮亮的吗？难怪文学家必须戴金丝边眼镜哩。"

"你也太尖刻了。不过从某种意义上说，文学家多少也算是件美术品吧？"小野的眼镜终于离开橱窗。

"说是美术品也可以，不过光靠一副金丝边眼镜充当保险的话未免也太难为情了吧！"

"看来都是这眼镜在作怪……宗近先生你不近视吗？"

"我不怎么用功学习，所以想近视也近视不了。"

"也不是远视吧？"

"你别捉弄我了……我们快点走吧！"

两人并肩继续前行。

"你知道一种名叫鸬鹚的鸟吧？"宗近边走边问。

"知道。鸬鹚怎么了？"

"那种鸟一会儿把鱼吞进去一会儿又吐出来，真是无聊。"

"是无聊。不过鱼最终还是进了渔夫的鱼篓里，不就得了吗？"

"所以说这就是讽刺嘛。本来是想买书来读的，一转眼却丢进了废纸桶。学者这种人就是靠呼吸着书而活的，结果书上的东西一点儿也没有变成养分，最后只是便宜了废纸桶。"

"照你这样说，学者未免太可怜了，都不知道该怎么做才好了。"

"行动！光是读书却一点儿也不肯付诸行动，就好像把盛在盘子里的牡丹饼当作是画出来的牡丹饼，只知道呆呆地欣赏一样。

尤其是那些所谓的文学家，成天说漂亮话，却从来不做漂亮事。小野你说是不是？听说西洋诗人中有很多这样的人呢。"

"这个……"小野拖宕了片刻才应声，随即反问道，"比如谁啊？"

"名字我想不起来了，不过有个诗人就曾经干过欺骗妇女、抛弃妻子的事情。"

"好像没有这样一个诗人吧？"

"有，真的有！"

"是吗？我不记得……"

"你是专家怎么能不记得呢？对了，昨晚那个姑娘……"

小野感觉腋下好像湿漉漉的。

"那个姑娘，我知道她的很多事情哦。"

弹琴的事已经听系子提过，至于其他事情宗近是不可能知道的。

"她以前住在茑屋后面对吧？"小野先发制人说道。

"她会弹琴。"

"弹得很好对吧？"小野不肯轻易认输，这与他在藤尾面前的态度截然不同。

"应该弹得很好吧，我都不知不觉快睡着了。"

"哈哈哈哈，这才叫讽刺呢！"小野情不自禁笑出来。小野的笑声不管什么场合都不离一个"静"字，同时又非常具有表现力。

"你不要取笑，我在说正经事呢。既然她是你恩师的女儿，我不可能拿她开玩笑的。"

"可是都听得昏昏欲睡了叫人怎么理解呢？"

"能让人听得想睡去才叫好嘛。人也是这样，能够让人觉得想睡去的人，一定有值得敬重的地方。"

"古老得值得敬重吧？"

"像你这种新式男人怎么也不会让人想睡去的。"

"所以不值得敬重？"

"不只是这样，说不定还会让人瞧不起那些本该值得敬重的人，认为他们跟不上时代。"

"今天不知道为什么我一路都在被你嘲笑攻击……不如我们就在这儿分手吧！"小野感觉有点难以招架，他故意堆起笑容，停住脚步，同时朝宗近伸出右手，示意拿回废纸桶。

"不，我再帮你提一会儿，反正我也没事。"

二人继续前行。二人一同走着，两颗心却始终如不相交的平行线一般，彼此心里都充满鄙视。

"你好像每天都很清闲啊。"

"我吗？我是不怎么读书。"

"你看上去好像也没有其他忙着要做的事情。"

"因为我不觉得有什么必须忙的呀。"

"真悠闲啊。"

"趁可以悠闲的时候抓住机会悠闲，否则等到没得悠闲的时候后悔也来不及了。"

"临时抱佛脚的悠闲啊，太妙了，哈哈哈哈！"

"你还去甲野家吗？"

"我刚从他家出来。"

"又要跑甲野家又要领着恩师出去玩，够你忙的吧？"

"甲野家那边停了四五天。"

"博士论文呢?"

"哈哈哈哈,不知要拖到什么时候了。"

"还是赶快完成的好,不知拖到什么时候的话,你这样忙东忙西的就变得毫无意义了。"

"等到时候再临时抱一抱佛脚赶出来吧。"

"对了,你恩师的女儿……"

"唔?"

"我想告诉你件很有趣的事情呢,是有关那个姑娘的。"

小野猛地吃了一惊,他猜不透宗近要说的是什么事情。小野透过眼镜边框斜眼偷觑宗近,宗近依旧晃着废纸桶,劲头十足地正视前方走着。

"什么事……?"小野问道,语势却让人觉得似乎有点惊怯。

"什么事? 看起来好像缘分不浅哦。"

"和谁?"

"我们和那个姑娘啊。"

小野稍稍松口气,却仍旧觉得好像无法释去重负。不管缘分深或浅,他都希望干净利落地斩断宗近与孤堂老人之间的关系。但上苍促成的缘分,即便是能人和天才也无能为力呀。京都有好几百家旅馆,为什么偏偏住到茑屋去呢?不住茑屋就不会生出这些麻烦来了。非要雇了人力车拉到三条,又非要住进茑屋,全是多出来的事嘛,简直是发疯,简直是多此一举的恶作剧,这样做对自己没有任何益处,只会给别人造成痛苦。但事已至此,再想也于事无补。小野想到这里,连应答的精神气都没了。

"那个姑娘……小野!"

"唔?"

"那个姑娘可不行啊……不可以对她……我们看到了。"

"从旅馆二楼看到的?"

"从旅馆的二楼也看到过。"

"也"字令小野心生狐疑。小野早已经知道宗近他们在春雨中探出外廊向下望见古旧院子和金黄的连翘花丛,现在以这个为例来说事小野不会感到惊讶,可是从二楼"也"看到的话,事情就很不妙,意味着他们在其他地方也看到了。要是在平时,小野肯定会主动询问,但此时他忽然想到对方可能是虚张声势唬人,于是强忍住没有问出"还在哪里见过",自顾自地往前走了两三步。

"去岚山的时候也看到过。"

"只是看到吗?"

"我们跟她不认识,不可能随便搭话,当然只是看到啦。"

"你们跟她聊聊天多好啊。"小野突然开起玩笑。气氛悄然转好。

"我们还看到她吃团子呢。"

"在哪里?"

"也是在岚山。"

"就这些吗?"

"还有哪。从京都到东京我们是和她一起回来的。"

"是吗? 我猜想你们只是搭乘同一列火车吧?"

"还看到你到火车站接他们。"

"是吗？"小野苦笑。

"她其实是东京人对吧？"

"谁……"小野刚说了一个字便停住，很奇怪地从镜片边上偷瞄了一眼宗近。

"谁？什么谁呀？"

"是谁说的？"出乎意料地小野的语气倒很镇静。

"旅馆女佣说的。"

"旅馆女佣？莴屋的？"

小野小心翼翼地叮问了一句，他的样子看上去既很想知道下文，又很想确认并无下文。

"嗯。"宗近答道。

"莴屋的女佣她……"

"你是往那边拐吗？"

"怎么样，你要不要……再散一会儿步？"

"差不多了，我得往回走了。喏，这是宝贝废纸桶，别掉了，快点给人家送去吧。"

小野恭恭谨谨地接过废纸桶。宗近飘然离去。

剩下小野一个人时，他便不由自主想赶路。快点赶路便能赶到孤堂老人家，可他并不情愿赶着去孤堂家。小野不是急着赶路去孤堂老人的家，他只是莫名其妙想赶路而已。他两手提着东西，脚在移动，恩赐的怀表在背心口袋里嘀嗒作响。街上很热闹。——小野已经忘记一切，他的大脑急不可待。必须赶快。可是不知道怎么办才能赶快。除了将一昼夜缩短为十二小时，令命运辎车朝着他希望的方向全速疾驶，实在想不出其他方法。他不想起恶念去打破大自然的法则，但大自然也该稍许谅察一下眼下这种情形，助自己一臂之力呀。假如大自然能够保证做到，他心甘情愿参拜观音菩萨一百次，或者焚护摩木为不动明王祈愿[1]，成为耶稣教的信徒也不在话下。小野一路走一面深切地感到，自己多么需要神祇的帮助。

宗近这家伙没学问又不用功，也不解诗趣。小野实在想象不出，就他那德行将来究竟打算干什么。小野鄙视宗近，料定他一事无成，甚至有时毫不掩饰对他的厌嫌。然而此时细想起来，宗近那种生活态度自己无论如何学不会。不会不等于自己不如他。人有不会做的事，也有不想做的事，小野觉得不会用筷尖转动盘子的人比会此等杂耍的人更高雅，自己很难做出宗近那种言行举止，但是做不出反倒是自己的荣耀。小野在宗近面前总有一种压抑感，感觉很不痛快。作为人，首要的义务就是带给别人愉快。宗近连社交第一要义都不懂，那种家伙即使在满是凡庸之辈的社会里也不会成功，考不上外交官是理所当然的事。

但是自己在宗近面前每每所感受的那种压抑实在有点不可思议。是因为宗近直直落落的性格？还是因为他近乎天真的单纯？抑或因为其所谓旧式的诚笃做派？小野迄今没有剖析过这种感觉究竟是何根由，但总之叫人不可思议。对方似乎并非故意强势压人，自己却莫名其妙总有这种感觉，宗近无须体谅别人的感受，只是自顾自随性而为，便油然而生一副令人卑抑的样子。小野在宗近面前总感觉心虚。他一直以为是因为自己做了对不起宗近的

1　佛教密宗修法之一，以不动明王和爱染明王为本尊，设护摩坛，焚烧护摩木祈愿消除灾难、降临幸福等。

事，由于这种心理作怪，所以让自己承受情分义理的惩罚，但看起来似乎绝非仅此。无惧天地、满不在乎巍然耸立的高山，与其说无趣，毋宁说它太缺乏美感了；从星际坠下的露华落在花蕊，令人生怜的花瓣一片片摇落在清溪，化作风信流波——对小野来说，后一种景色才令他赏心悦目。假如借此譬喻，宗近与自己一个如长满扁柏的野山，一个似遍植琪草瑶蕊的花圃，二人品性相差甚远，所以才会有这种不可思议的感觉吧。

对于品性不合之人，小野有时会视若无睹，有时会觉得对方可怜，有时会鄙视对方低俗，却从未像今天这样心生羡慕。他压根儿不是因为觉得对方人格高尚，或品性高雅，或与自己志同道合而羡慕，仅仅是因同眼下的苦境相较而不由得突然羡慕起对方，心想如果能像宗近那样悠闲自在想必会很惬意。

他已经向藤尾和盘道出自己与小夜子的关系——当然不会承认有那种关系。他只是道出恩人往昔曾照顾过自己，如今恩人无依无助，只有那个弱小影子相伴膝下，自己与他们父女俩云树遥隔已整整五年，此次总算重逢。仅此而已。滴水之恩亦当涌泉相报，况且反哺师恩是弟子的本分，除此以外彼此间再没有一丝一毫的关系。一直以来，小野竭力约束自己尽可能不说谎，但这回小野说谎了。原本无意将谎言伪装成事实，可一旦说出，他就负有了义务，他必须对谎言负责，谁叫他终于说了谎呢，现在即使是谎言也必须全力维持。挑明了讲，由谎言引起的得失利害将伴随他此后一生，他不能再说谎。据说神也不会宽宥双重谎言。从今天起，他必须让谎言成为事实。

这件事令小野很痛苦。现在他赶往孤堂老人的家，老人抛出的话题肯定会让他不得不说出双重谎言。摆脱困境的蹊路倒是有几条，但如果老人紧逼不舍，小野没有勇气断然拒绝。假如他生性冷酷一点儿，便不至于觉得犯难，因为他并无触犯法律的不端行径，若能够断然拒绝的话麻烦就会不攻自克。只是那样会愧对恩人。在恩人逼自己入彀之前，在谎言没有败露之前，他必须设法让命运轺车加速疾驰，让自己同藤尾堂而皇之地结婚。——然后呢？之后的事情之后再考虑。事实是最强有力的武器，只要结婚的事实得以成立，万事都必须基于这个新的事实重新考量、重新选择。只要世间认可这个新的事实，小野愿意做出牺牲承受任何可能的不利后果，愿意做出任何艰难痛苦的选择。

然而当此千钧一发的危迫之际，小野却烦闷不已，因为一筹莫展而心急如焚，既害怕前进，又不愿后退，既祈盼事情加速向前发展，又惴惴不安于事情的发展，所以成天优哉游哉的宗近很令他钦羡。万事思前虑后想个不停的人往往羡慕那种碰到任何事情都不加深虑的人。

春在凋逝。凋逝的春已近穷暮。丝绸般的暗黄帷幕一层又一层飘然而落，笼罩大地，街上空漠漠的一丝风也没有，拂不去黄丝罩子，只得一任夕暮降临，寂静的大地逐渐披覆了一层苍茫之色，只有西方天边徒剩几抹淡淡的晚霞，也渐次染成紫色。

荞麦面馆招牌上的胖女人在昏暗中鼓着双颊，满脸醉红地在期盼身后的街灯亮起。面馆对面是条宽不足十尺的狭窄小巷。黄昏在密匝匝的陋屋之间射下一缕缕余晖，钻入一扇扇不上锁的户门。屋内似乎比屋外更昏暗。

小野拐个弯来到左首第三家门前。房子根本没有所谓的大

221

门，只在临巷子一面用小格子门隔成住家而已。小野轻轻拉开格子门，屋内的光景让人只觉得屋子里的夜幕似乎降临得更快。

"有人吗?"小野问。

平静的声音温和得仿佛不忍打乱春天的节奏。小野望着连贯外廊一尺宽木板路前面的菱形黑洞，耐心地等候应答。隔了一会儿听到屋内传出应声，却是含混不清，分辨不出究竟是说"嗯"或"啊"抑或"在"。小野站着没动，依旧望着黑乎乎的洞在等待。又隔一会儿，隔扇后传出有人吃惊跳起的动静，看来房子极为简陋，连地板下面木格栅的"咯吱"声都听得见。糊着洋纸的隔扇拉开。小野刚思忖着屋内人应该马上出来了，顷刻间，孤堂老人那张垂着长须的消瘦脸庞果然出现在两席见方的玄关，站在隔扇前的阴影中。

老人平日看上去就不太健壮。骨骼瘦削，身子也枯瘦，脸庞更是干瘦，由于饱经风雨，茹苦含辛，以至那颗仍顽强地苟存于艰难尘世的心似乎也在日渐憔瘦。老人今天的脸色更加显得劬瘁，那缕引以自豪的胡须也失去了风采，黑须间疵杂着白须，白须间穿透着细风。旧时代的人连下颌也无精打采，假如一根根仔细观察孤堂老人的胡须，便发现每根胡须都摇摇欲坠。

小野很有礼貌地脱下帽子，无言地鞠躬致礼，梳着最新潮的英吉利发式的脑袋在渺远的过去面前低垂下来。

造个直径数十尺的大圈，在四周悬垂无数个铁格栅笼子。命运的弄儿争先恐后钻进笼子。大圈开始回转。当某个笼子升上碧空蓝天时，另一个笼子便缓缓沉落于将一切尽揽入怀的大地。发明摩天轮的人实在是个幽默的哲学家。

英式发型的脑袋在这边笼子内正欲升往云端。将斑驳杂花的愁寂胡须爱如珍宝的孤堂老人则在那边笼子内即将沉落至黑暗中。命运已然被决定：一方上升一尺，另一方必得沉落一尺。上升的人清楚地意识到自己正步步上升的命运，因此在渐渐向黑暗沉落的人面前才毫不吝啬郑重地低下头。这便是神的讽刺。

"哦，是你呀。"老人心情很好。搭乘着命运之车降落的人遇到上升的人时，自然心情会好。

"进来吧。"老人说罢旋即转身进了屋。小野弯腰解鞋带。还未解完，老人又走出来："快进来吧！"

老人已将白天也铺在屋子中央的被褥推至墙边，搁上了新买来的坐垫。

"您怎么样？"

"早上起来就觉得不舒服，上午还能忍着，挨到中午吃不消了只好躺下。你来的时候我刚巧正睡得迷迷糊糊，让你久等了，真是抱歉。"

"哪里，我刚拉开门进来。"

"是吗？我迷迷糊糊的好像听到有人来，吓一跳，所以出去看看。"

"是吗？都怪我打搅了您，本来您可以继续躺着休息的。"

"哪里，反正我也没什么大碍……再说小夜子和大婶都不在。"

"她们去哪儿了……"

"去澡堂了，顺便买点东西。"

被推到一边的被褥高高隆起，老人爬起后腾出的空洞正对着格子门。昏暗阴影中隐约看得见棉睡衣的花纹，扔在一旁的外袢里子反射着微弱的光亮。外袢里子是青灰色的甲斐绢[1]。

"我好像觉得有点发冷。我去披上外袢。"老人站起身。

"您就躺着好了。"

"不用，我还是得起来一会儿。"

"到底怎么回事?"

"不像是感冒……不过没什么大不了的。"

"是不是昨晚出门累坏了?"

"不是……对了，昨晚太麻烦你了。"

"哪里。"

"小夜子也很高兴。托你的福，我们玩得很开心。"

"要是我稍稍空一点儿的话，还可以陪你们到各处玩玩……"

"知道你忙得很，忙是好事呀。"

"可是对不住你们了……"

"没关系，你千万不要那样想。你忙，就是我们的幸福呀。"

小野没有接答。屋内愈加暗了。

"对了，你吃过饭了吗?"老人问。

"吃过了。"

"吃过了……如果还没吃就在这儿随便吃点吧，其他没有，不过汤泡饭还是有的。"老人摇摇晃晃地起身，关闭的格子门上映出一条长长的黑影。

"先生，真的不用了，我吃过才来的。"

"真的? 你可不要跟我客气啊。"

"我没有客气。"

1　甲斐绢：日本山梨县郡内地区（今都留郡）出产的丝绸。

黑影弯折下来，像先前一样继续坐下。

老人咳嗽了两三声，似乎嗓子又涩又辣很难受的样子。

"您在咳嗽？"

"是干……干咳……"老人说到一半又咳了几声。小野沮丧地等他咳完。

"您还是躺下暖暖身子吧，受了凉对身体不好啊。"

"没事，现在好了。唉，一咳起来就停不下来……人一老就不中用喽……所以做什么事情都要趁着年轻啊……"

做事要趁年轻这句话，小野已经听过无数遍，从孤堂老人口中听到今天却是第一次，至少就小野而言，他是第一次听到这个几乎只剩一把骨头残存在这世上，寄稀疏苍鬐于风尘，残喘中交错着往昔、更往昔旧时代呼吸的人说出这种话。报时钟在黑暗中"当"地敲响。小野在昏暗的屋内听昏暗的人说出这句话，更加痛切地感觉到做事一定要趁年轻。人生只能年轻一次，年轻时若不好好干一番，将是一生最大的损失。

背负一生最大损失活到老人这般老朽的年纪，心境一定很凄凉。这样的人生一定无聊至极。可是，如果对恩人做出忘恩负义的事情以至到死都寝食难安，恐怕比追思年轻时的损失更加令人怅恨凄悒。无论如何，人生只能年轻一次，在仅有一次的年轻时所决定的事，将决定一个人的一生。眼下自己就不得不做出会影响终生的决定。假如今天在见藤尾之前先来老人家，自己或许就不必说谎了，但谎言既已说出，后悔也无济于事，可以说自己未来的命运已经交到了藤尾手上——小野在心里拼命为自己辩解。

"东京变了好多啊。"老人说。

"现在正是变化激荡的时代，简直就是日新月异哩。"

"但变得让人害怕，昨天晚上我就吓了一大跳哪。"

"那是因为人太多了。"

"太多了！不过就算有那么多人，大概也很难遇到认识的人吧？"

"是啊。"小野模棱两可地应着。

"会遇到吗？"

"唔……"小野本打算敷衍过去，却转而断然改口道，"嗯，应该不会遇到。"

"不会遇到？东京果然是很大啊。"老人大为感慨，那口气仿佛乡巴佬似的。小野的视线从几无血色的老人脸上移至自己膝头。袖口洁白；滑泽的浅红色七宝烧袖扣在绿色底座上闪着浮光，四周围裹着豪华的细金边；西服质地是高级英国料子。小野觑看着自己，猛然领悟自己究竟应该生活在什么世界。霎时间，他感觉自己差一点儿被老人的鱼钩钓住，幸好千钧一发之际记起几乎遗忘的东西。老人当然不知道小野的心思。

"我们很久没一起逛街了。今年是第五年了吧？"老人怀旧地问。

"是的，是第五年。"

"不管是第五年还是第十年，能这样住在一个城市就好……小夜子也很高兴。"老人说完前半句，又补上半句。小野一时答不上话来，他只觉得这昏暗的屋子令人悚惧。

"刚才小姐来找过我。"最后，小野不得已只好转入另一个话题。

"嗯……也没什么事，我只是想如果你有空，麻烦你带她上街买点东西。"

"真不凑巧，我刚好有事要出门。"

"是吗？冒冒失失跑过去打搅你了吧？你正好有急事要出门吧？"

"不……也不是什么急事。"

见对方有些吞吞吐吐，老人也不穷追，含糊其词地接口道："噢，是吗？那就好。"随着含糊的对话，屋内也一下子变得朦胧不清。

今宵是月夜。虽是月夜，但月亮尚未升起。太阳倒先已西落。六尺宽的壁龛壁上敷衍性地用糨糊涂着深蓝色细沙，靠里面墙上挂着孤堂老人珍藏的义董[1]画轴。画中人身着唐代衣冠，步履蹒跚，跌跌撞撞，长袖随意卷起，手臂搭在童子肩头的醉态，俨然一个四月惬适的乐天派，与屋内的冷清极不协调。方才还能清晰地看到口中像是念念有词的画中人头上戴的乌帽，此刻小野再不经意地望去，连画轴顶端向左右披落下来的两条宽幅绢饰带也变得朦胧不清，几乎隐没于即将垂盖下来的夜幕。小野暗忖如果和老人继续磨蹭下去，两人都会掉入同一个黑洞，如影子一般消失。

"先生，您吩咐我买的油灯台我买来了。"

"太好了，让我看看。"

小野摸黑走到昏暗的玄关拿来油灯台和废纸桶。

"噢……太暗了看不清楚，先点上灯火再慢慢看。"

---

1 柴田义董（1780—1819）：日本江户后期著名画家，师从四条派画师松村月溪，擅画人物，代表画作有《莲台寺障壁画》《西园雅集图》《鹿图屏风》等。

"我来点。油灯在哪儿？"

"那真不好意思……小夜子照理也该回来了……收在外廊右面的窗套夹层里了，麻烦你拿过来，应该已经擦干净了。"

一条昏暗黑影起身拉开格子门。黑影罩住房间，登时仿佛黑夜袭来，留在屋内的另一个影子悄悄将手塞入袖口一动不敢动，六席大小的屋子阴惨惨地封锢住凄寂的人。凄寂的人"吭吭"地又咳嗽起来。

隔了一会儿，外廊一角传来擦火柴的声音，咳嗽声同时停止。明亮的灯火移至屋内。小野弯下西式长裤的膝盖，将灯芯长约半寸的油灯放在簇新的灯台上。

"刚好相配，灯座很稳。是紫檀木的吗？"

"应该是仿紫檀木的吧。"

"仿紫檀木的也很好啊。多少钱？"

"瞧您客气什么啊。"

"不行不行！多少钱？"

"一共四圆多点。"

"四圆？东京的东西太贵了……要靠我那少得可怜的养老金过日子，看来在京都要比在这儿好多了。"

不同于两三年前，眼下老人只能依靠少许养老金和一点点储蓄利息过日子，与当年收养小野的时候更是无法同日而语，看起来老人好像在期待小野给予些许接济。小野恭谨地等着老人说下去。

"假如没有小夜子，我待在京都也无所谓的，可有个年轻女孩就不得不让人操心啊……"老人说到一半停顿了片刻。小野依旧恭谨地听着没有搭话。

"像我这号人死在哪儿都一样，可是丢下小夜子一个人无依无靠的太可怜了，所以这把年纪还特意跑来东京……东京虽说是我故乡，不过毕竟离开都已经二十年了，没有熟人，跟别人也没什么往来，简直跟在国外一个样。还有，来到这儿一看，又是刮细沙，又是刮尘土，人又多，东西又贵，在这儿生活实在不舒服……"

"确实不适合生活。"

"其实以前在东京也有两三家亲戚，可是长远没通音信，现在都不晓得他们住在哪儿了。平时倒还不觉得什么，像今天这样人不舒服躺了半天，就难免东想西想的，心里总觉得有点不安。"

"说得也是。"

"有你在身边的话，就是我们最能依靠的支柱了。"

"可我什么忙也帮不上……"

"不，你已经帮了我们很多忙，真的要谢谢你啊，你那么忙……"

"要不是为了写论文，我还能抽出更多时间。"

"论文啊，是博士论文吧？"

"嗯，是的。"

"什么时候提交呢？"

小野也不知道何时能提交，但他明白必须尽早提交论文。他心中暗忖，假如没有这档子麻烦事，自己肯定早就该写完了，不过嘴上却道："现在正拼命赶着写呢。"

老人从贴身单衣袖内抽出双手，连同整只手肘一起揣进怀中贴住胸口，肩膀晃动了两三下说道："我怎么老觉得冷得发抖哩。"说罢，将细长的苍髯也埋进领子里。

"您快躺下吧，这样坐着对身体不好。我也该告辞了。"

"别走呀，我们再聊一会儿，小夜子就快回来了。想躺时我会不客气地躺下的，而且我还有话要跟你说哩。"

老人突然从怀中伸出手搁在膝上，双手同时在膝头拍了一下。

"你不要急着走，天才刚刚擦黑嘛。"

小野虽然有点不耐烦，但同时又情不自禁替老人觉得可怜。老人如此执意挽留他，并不是纯粹出于感怀当年，或者仅仅因为今宵孤寂无聊，而是仔仔细细把将来的事情都考虑透了，担心有什么三长两短，想趁自己一息尚存时尽早将安心抓到手心。

小野其实没吃晚饭。继续待下去迟早会冒出自己不想听的话题。小野早就坐不稳了，只是看老人那副模样，实在不忍伸直西式长裤的膝头。老人强撑病体，为了自己才打起精神。先前焐暖的被褥推到一边，隆起变成一个空洞，早已不剩一毫温暖了。

"呃那个……关于小夜子……"老人盯着油灯的光亮开口道。

圆筒形玻璃灯罩内，半寸长的灯芯无声地吸着油壶内的油，吐着柔和的焰舌，静静守着夕暮中的春日。在清冷孤寂的夜晚，只有微弱的一点亮光堪成慰藉。灯光能带来希望。

"呃那个……关于小夜子……你也晓得她性格内向，又不像现代女学生那样受过时髦教育，你无论如何看不上的……"说到此，老人的视线离开油灯转向小野。小野不得不接话。

"哪里……我怎么会……"小野敷衍着说，随即停住。老人依然盯视着他，眼珠一动不动，也不开口，像在期待什么。

"看不上……哪儿有的事……怎么可能呢?"小野断断续续地应着。老人总算称了心，于是接下去说道:

"那孩子很可怜。"

小野不好答是，也不好答不是，只得默不作声。他双手搁在膝上，眼睛瞄着自己的手。

"现在我这样好歹还撑得住的话当然没什么问题，但我这个身体真不好说什么时候就会出毛病，到那时候就麻烦了。我们之前曾有过约定，况且你也不是那种毁约的轻薄男人，所以我想我死后你一定会继续照顾小夜子的……"

"那当然。"小野不得不这样回答。

"这我就放心了。不过女孩儿家就是心眼小，呵呵呵，真没办法。"

老人的笑声听起来有点勉强，脸上的笑容反而令他看上去更添了几分凄寂。

"其实您也不用这么操心。"小野含含糊糊地说，话中似乎透着一丝迟疑不定。

"我无所谓，可小夜子她……"

小野右手开始在西式长裤的膝头不停摩挲起来。有一阵子两人都默然无语。不解事的灯火一半映照着老人，一半映照着小野。

"我晓得你有很多事等着要做，不过，做完一件又会有一件，事情是做不完的。"

"不会的，再过一阵子就好了。"

"你毕业已经有两年了吧?"

"是的，不过再等一阵子……"

"一阵子？那到底是到什么时候？如果明确知道是什么时候，我们当然可以等，小夜子那边我也会跟她好好解释的，可是你只说再等一阵子，这让我很难办啊。我是做父亲的，我对孩子总得负起几分责任啊……你说的一阵子，是指等你写完博士论文吗？"

"是的，应该就是这样。"

"你好像已经写了很久，你打算什么时候写完？大概什么时候？"

"我也想早一点儿写完，所以现在已经非常努力了，不过这个问题实在不好回答。"

"总有个大概的估计吧？"

"再过一阵子吧。"

"下个月吗？"

"不可能那么快……"

"下下个月怎么样？"

"这个……"

"等结婚后再写也可以吧？没有理由说结了婚就写不成论文啊。"

"可是，结婚后会加重负担的呀。"

"那有什么？你只要和现在一样继续工作就没有问题嘛，至少暂时我们在经济上不会给你增加负担。"

小野无言以对。

"你现在有多少收入啊？"

"不多。"

"不多是多少?"

"全部算起来大约六十圆,一个人过还勉勉强强。"

"寄宿在人家家里?"

"是的。"

"太荒唐了!一个人用六十圆太过分了,六十圆自己买个房子都可以过得舒舒服服啦。"

小野又无话可说了。

老人嘴上说东京物价贵,但其实他并不清楚东京同京都的差异。腰系鸣海扎染[1]腰带喝着番薯粥御寒的年代,和大学毕业后必须花费相当支出在衣着上以赢得别人尊敬的现在,今与昔的社会环境早已不可相提并论了。此外,对学者来说书籍犹如第二生命,好比盲人的拐杖一样,是不可或缺的谋生道具,离了它便无法立足于世间。自己眼下正在发奋地搜罗书籍,书桌上的书多到让人吃惊,这些究竟会花掉多少开销老人是完全没有概念的,所以小野几句话也说不清楚。

小野不知想到了什么,他左手撑住榻榻米,伸长右手触向油灯霍地转出灯芯。六席小地球好像突然偏向东方,登时明亮许多,老人的世界观似乎也一瞬霍地明亮起来。小野的手仍捏着旋钮没有松开。

"好了,这样就可以了,抽太长会有危险。"老人说。

小野松开手。收回手来时,小野瞄了一下袖口下方和手腕,

---

1 鸣海扎染:日本鸣海地区(今爱知县名古屋市)所产的一种使用扎染法制成的棉布,一般用来做浴衣、整幅腰带等。

随后从西服内袋抽出雪白的手帕，仔细擦拭沾在指尖的灯油。

"灯芯有点歪……"小野擦完指尖，又将指尖伸至鼻前嗅了两三遍。

"那个大婶剪灯花每次都会剪歪。"老人望着灯芯分了叉的油灯说。

"对了，那个大婶怎么样？用着还应手吗？"

"哦，我还没向你道谢呢，方方面面都要让你费心……"

"哪里。老实说，我只是担心她年纪大了，不知能不能做好呢。"

"可以，那样就不错了，她好像也慢慢习惯了。"

"是吗？那太好了，我本来还真有点不放心哩，不过她人倒很可靠，是浅井介绍来的。"

"噢……对了，说到浅井他怎么打算？还没回来吗？"

"应该快回来了，说不定今明两天里就会乘火车回来。"

"前天收到他的信，信中他说过两三天就会回来。"

"哦，是吗？"小野说完这句话，凝视着抽长灯芯的油灯罩，双眸专注地集中于一点，似乎在思索浅井归京与油灯两者之间的关联。

"先生。"小野将脸转向老人，嘴角破例地显露出一丝决意。

"什么事？"

"刚才说的事……"

"唔？"

"能不能给我两三天时间？"

"两三天时间？"

"我必须方方面面考虑过之后，再给您一个明确的答复。"

"当然可以。三天、四天……一星期也行啊，只要有明确的说法，我们就可以安心等待了。我会转告小夜子的。"

"哎，那就麻烦您了。"说着小野掏出恩赐的银表。迎向夏日的悠长日影落山后，夜晚的时针似乎走得特别快。

"我告辞了。"

"再坐一会儿吧，小夜子快回来了。"

"我改天还会再来的。"

"好吧……慢待了。"

小野利落地站起身。老人手里举着油灯。

"谢谢，不用送了，我认得路。"小野说着已经走到玄关。

"呀，今晚有月亮呢。"老人将油灯举到肩头的高度说道。

"是，是个恬静的夜晚。"小野屈着腰在脱鞋处一面系鞋带一面望着门外的小巷。

"京都更恬静。"

小野总算直起身，他拉开门，修长的身子半边跨出门站到了小巷上。

"清三！"老人在灯影下招呼小野。

"哎……"小野从月光照洒的方向转过脸来。

"没什么事……我之所以特意搬来东京，主要是想让小夜子早点嫁出去，你能明白吧？"

小野恭恭敬敬摘下帽子。老人的影子和油灯同时消失。

外面是朦胧月夜。月亮高悬天空，一半照亮世界一半又封锁住世界。天幕不高不低、游移不定地浮在初宵更未阑的夜空。高悬的月亮更是袅袅飘曳，黄边圆轮向四外膨大，以至轮廓变得模糊难辨，靠近月轮外围的黄边已失去颜色，渐渐淹没于一片乌蓝中，似乎朦胧的天幕只要轻轻漾动一下，月亮就会消失。这是个月亮与天空、人与大地皆难以辨清的夜晚。

小野似乎深恐自己的鞋子惊动润湿的月光，踩在大地上的鞋跟隐在西服裤脚内，小心翼翼地穿出小巷走到荞麦面馆，走过门前的座式灯笼店招后向左拐去。街上弥漫着人的气味。人影拖在地面并不长，忽而蜷成一团摇来，忽而胀成一团摇去，木屐声被裹在朦胧夜色中，像挨了霜打似的一点儿也不清脆。擦肩而过的电线杆上有一团白森森的东西，借着晦暗的光亮疑惑地细细看去，原来是男女合打一把黑白相间的伞映在上面。黑夜才启，白昼苟延下来的雾霭依旧笼盖，来来去去的行人都看不分明。往后退是雾霭世界，向前行是月光世界。小野如处梦境般缓缓往前移步，恰如"踽踽独行"一词所形容的样子。

小野其实还没吃饭。若是在平常，只要出了小巷一来到大街上，他便会甩着西裤上两道挺括的褶痕，意气扬扬地走进西洋餐馆，但今晚老也不觉饿，连牛奶都不想喝。天气暖得过头。胃沉甸甸的。一步一拖的步履虽不至趔趄，脚底下却没有脚踏实地的感觉，或许是脚步太轻的缘故，但即使这样，他也无意抖擞精神用力踏向大地。如果能像巡警那样走路，这世上便不需要朦胧夜色，其次也不会有担忧了。因为是巡警，才能那样走路，小野——尤其是今晚的小野——无法像巡警那样走路。

为什么如此怯懦——小野边想边蹒跚而行。为什么如此怯懦呢？才智绝不输任何人，学识也高出学友一头，言行举止乃至装束仪容自忖都完美无缺，唯独生性怯懦。怯懦会吃亏，假如只是吃亏倒也罢了，更要命的是陷入了毫无退路的绝境。书本上写道，溺水的人会情不自禁踢水。遇到眼下这种万不得已的情况，其实满可以狠下心来舍车保帅，兴许难题就迎刃而解了，可是……

街上响起女人的说话声。两个人影从前面沿着街道渐渐朝这里移近。薄板木屐和低齿木屐合着拍子安闲地踱拉在温暾的夜色中，"咯哒咯哒"声中清楚地听得到她们说话的内容：

"不晓得油灯台有没有帮我们买来？"一人道。"是啊。"另一人应和。"也许现在已经送来了吧。"第一个声音又说。"谁知道呢。"第二个声音又接着道。"可是他答应去买的是吗？"第一个声音追问。"呃……今晚好像暖和得很呢。"第二个声音避而不答。"因为我们泡了澡，药浴会暖到身子里面的。"第一个声音解释道。

二人谈说至此从小野面前横穿到街对面。小野目送二人背影离去，望着一排屋檐下只斜斜露出的两个头影朝荞麦面馆方向移去。小野驻足扭头看了一会儿，然后继续迈开脚步。

换作浅井那种人情寡淡的不德之徒，轻而易举便能解决问题；宗近那种凡事满不在乎的人大概也不会觉得麻烦；甲野的话，即使夹在两难之中左支右绌，恐怕依旧会超然处之。可是自己却不行。朝此方一脚是深深陷溺，往彼方一步也是深深陷溺，因为顾及两方，结果被两方各捉住一只脚。归根结底一涉及人情，自己便没了主见，丢了坚定意志。利害？所谓利害考量只是事后套在人情躯干上的虚假外皮。假如有人问，促使自己行动的最大动力是什么？自己会脱口而答"人情"，即使将利害考量排在第三或第四的位置，甚至完全摈弃利害考量，自己依然会陷入同样的绝境。——小野这样思索着慢慢往前走。

再怎么顾虑人情，如此优柔寡断绝对不行。如果束手旁观顺其自然的话，根本预料不到事情会怎样发展，想想就会寒意陡生。越是顾虑人情，越有可能眼睁睁看着事情朝可怕的方向发展。所以必须立刻有所行动。所幸尚有两三天时间的周旋余地，仔细审酌两三天再下决断亦不迟，如果两三天后仍想不出善策，那便一筹莫展了，到那时只能拜托浅井去跟孤堂老人摊牌。其实刚才就因为想到这一点，才将浅井归京的时日算在内，向老人要求宽限两三天。这种事情只能拜托毫不拘守人情的浅井处理，像自己这种拘碍于人情的人绝对没法子拒绝。——小野这样思索着慢慢往前走。

月亮仍高悬天空。看似飘飘漾漾却纹丝不动。洒落大地的月光来不及投下润朗清晖，即被沉重的湿温空气裹住，将无尽的大梦延滞在半空中游弋。稀疏的星星似乎要刺透云幕飞向天外，但终究也只能发出依稀漫糊的光亮，犹如枪弹射进棉花一般。这是个宁静又沉重的夜晚。小野在安静又沉重的夜晚边思考边向前行。今夜望火楼的警钟也没有响起。

十五

房间朝南。法兰西式窗子距地板仅五寸便是大块的玻璃。打开窗子，阳光便任情射入，温煦的风也任情吹入，阳光驻留在椅脚，风却不肯停住，毫不客气地吹向天花板，再绕至窗帘背后。这是间明亮舒爽的书房。

窗子右边搁着一张书桌，如果阖上圆弧形拉门，可以上锁；打开时，中央铺着绿色绒布的桌面自远向近逐渐倾斜，便于摊开书放平了书脊阅读。桌面下左右两侧是配有银制拉手的抽屉，至地板共有四层抽屉。樟木的拼条地板涂着透明的清漆，又亮又滑，外人穿着鞋直接进来的话一不小心就会滑倒。

屋内还有一张大木桌。木桌占据了书房中央的位置，齐本德尔[1]风格与新艺术风格结合，于时髦中又大胆融入了奢华的古雅之趣。周围四把椅子自然也是同样风格，缎子纹样想必也与之相匹配，只是为防日晒罩上了白套子，结果安心倒是可以安心，省事亦省事了，椅面和椅背却无由一饱眼福。

书橱靠墙而立，高约一米八，宽近三米，一直森然列至门口。这是甲野死去的父亲以前从西洋订购的，他喜欢这种既能组合一体也能分开单独摆放的样式。书橱内插得满满的蓝、黄和其他各种颜色争奇斗妍的书籍，上印镶金书名，无论是横排的花体罗马字或竖排的方形汉字看上去都很漂亮。

小野每次看到钦吾的书房总是难抑羡慕之情。钦吾自然也不厌嫌。这房间原本是父亲的起居室，打开一扇门可直通客厅，从另一扇门则可以经内走廊进入铺着榻榻米的和式起居室。这两间西式房间是父亲因住房狭仄于二十世纪加盖出来的，并非为了追逐时髦，实在是迫于实际情况请人盖的，结果盖出来的样式参照当时风潮而牺牲了自己的喜好。换言之，并不是家人特别满意的房间，然而小野对其羡慕不已。

1　托马斯·齐本德尔（Thomas Chippendale，1717—1779）：英国著名家具大师。

小野觉得倘能在这种书房逍遥自在地阅读自己喜欢的书籍，读累了与喜欢的人聊些喜欢的话题，称得上是极乐世界，博士论文也立马能写出来，博士论文完成后再写一两部轰动后世的大作。那必是极为惬快的日子。而像现在这样寄宿于人家的屋子，脑子被左邻右舍乱糟糟的生活搅扰得一塌糊涂，如何能实现？眼下还被过去穷追不舍，日思夜虑，陷入事理人情的纷惑，又如何能实现？不是骄狂自大，小野自认为自己拥有一颗聪明头脑，拥有聪明头脑者发挥才智为世间做贡献是其天职，为了尽天职，须具备得尽天职的条件，这样的书房正是条件之一。——小野非常期望拥有一间这样的书房。

　　甲野和小野高中不同校，大学时是同校同级，一个读哲学，一个读文学，因为学科不同，所以小野不清楚甲野的能力如何，他只听说甲野以一篇题为"哲世与现世"的论文毕业，没有拜读过的他当然无法判断哲学世界与现实世界的价值，但不管怎样，甲野没有得到银表，小野却得到了银表。恩赐银表不只可以计时，从中也能推测出头脑的优劣，以及估量出未来成长和在学界的成功前景。没有得到特殊嘉赐的甲野注定不是一个杰出人物，何况毕业后似乎也未像模像样地钻研学问，或许甲野是深思熟虑厚积于胸，但如果真有东西的话也该有所阐发显扬，一味引而不发便可以认定其实胸中并无所藏。不管怎样，小野认为自己跟甲野相比更称得上有用之才。然而有用之才不得不为了每月六十圆的盘费、为了衣食住行而奔走，甲野却可以无所事事天天过着无聊的日子。让甲野占据这间书房实在不值。如果自己能代替甲野的身份成为这间书房的主人，这两年中就可以做许多事情。但事实是，他不得不因为贫寒的出身而忍气吞声过着上天给予的骐骥伏枥般的不公平日子。常言道，不幸之人终究也有一阳来复[1]之时。小野日日夜夜都在祈盼这一天早点到来。——毫不知情的甲野此刻正独自一人坐在书桌前。

推开正面窗门，只要跨下一级石阶，不仅可以一览无遗地将旷阔的草坪尽收眼底，还能让清朗的空气顺着地面趋入屋内，甲野却紧闭窗门，将自己静静地关在屋子里。

右首小窗不但拉下玻璃，悬垂左右的窗帘还遮住了半扇窗户，只剩屑细的光线幽幽落在地板上。酱紫色毛织窗帘上积满尘埃，看来大概有二十天没有动过，颜色也几乎褪尽。与屋子颇不协调的装饰，在新旧过渡时期的日本无疑是被广泛使用的。将脸贴住窗帘缝隙间的玻璃朝窗外望去，透过石楠树丛可以看到院里的池子，纵直的枝条缝隙间，池面的横波纹时断时续映入视界。池子斜对面是藤尾的房间。甲野不看树，也不看池子，也不看草坪，只是一动不动凭桌而坐。暖炉中有一块去年没烧尽的炭，在冷眼观望春天。

隔了小半晌，"啪嗒"一记响起搁下书本的声音。甲野取出那本沾满手垢的日记本开始写起来：

众人欲对吾施恶。同时不许吾视他们为凶徒，亦不

许吾与他们的凶暴对抗。他们曰：不屈服，即嫉汝。

<hr>

1　一阳来复：中国古人认为天地间有阴阳二气，每年至夏至日，阳气尽而阴气始生，至冬至日，则阴气尽而阳气开始复生，谓之"一阳来复"（见《易·复》孔颖达疏）。宋王安石《回贺冬启》之二："四序密移，一阳来复。"此处比喻时来运转。

甲野用纤细的笔触写完这段文字，又在最后用片假名加上莱奥帕尔迪[1]的名字。随后将日记本搁在右手边。他拿过刚才看的书，重新安静地读起来。一不留神，细长螺钿杆钢笔从桌面滚落地板，脚下溅出一滩黑汁。甲野双手撑住书桌角，身体微微后仰，低头俯视地上洇开的黑汁。圆形墨迹向外四溅。螺钿笔杆滚动着，在昏暗中闪着一道细长幽冷的光。甲野移开椅子，伸手摸索着从地上拾起钢笔。钢笔是数年前父亲从国外买回的纪念品。

甲野用指尖夹住钢笔，将手反转，夹起的钢笔自手指间滑入掌心。翻转掌心朝上后，细长钢笔杆在掌心上前后滚动，闪闪发光。这是父亲留下的小小遗物。

甲野一面让钢笔杆在掌心滚动，一面继续阅读。掀过一页，只见如此写道：

> 剑客舞剑时，倘双方技力相若，则剑术等同于无术。倘不能一筹制胜于彼，等于和不学无术者对阵为敌。人与人之间的欺罔行为亦与此相类。被欺者与欺人者同样聪明诡谲时，二者所处境地相当于开诚布公，互相洞察其奸，故此倘非内心之伪与恶竞短争长占据优势以为奥援，或倘非遇上一个不够诈伪、不够奸恶之人，又倘非与至善之人为敌——倘不是如此则绝难决出什么结果。第三种例子本来就罕有，第二种例子亦不多见，于是便只有凶徒与败德者匹敌成为常态。试想，人们本来只需互相行善施德便能达成之事，却逼迫人们必须费尽千辛

1　贾科莫·莱奥帕尔迪（Giacomo Leopardi, 1798—1837）：意大利浪漫主义诗人。

万苦方始达成，或者彼此勾心斗角互相伤害才能达成，
岂不悲哉？

　　甲野又拿起日记本。他将钢笔插入墨水瓶，看着墨水迟迟
吸不上来，干脆松开手。莱奥帕尔迪诗集摊开着，甲野将黄封面
日记本搁在诗集上面，两脚撑着地板，双手交叉抱住后脖颈，靠
在椅背。一仰头便恰好与父亲的半身肖像画相对而视。

　　画不大。说是半身，其实只到背心第二粒扣子。身上穿的
似是大礼服，不过湮沉于昏暗的背景辨识不清，清晰可见的只有
稍稍露出的白衬衫和那张额头宽宽的脸庞。

　　据说这是一位名家所画。三年前归国时，父亲带着这幅画
渡过千里大洋从横滨港登陆，之后便一直挂在钦吾每次仰头都能
望见的墙壁上。即使钦吾不仰头，肖像也在墙壁上俯视钦吾，执
笔时，或托腮时，或头趴在桌上小憩时，一刻不间断地俯视着钦
吾。钦吾离开时，画中人仍时时刻刻在俯视书房。

　　因为在俯视，所以画中人仍活在这块天地。双目炯炯有神。
不是花费时日与耐性精描细绘画就的眼眸，而是一笔画出轮廓，
眉毛与睫毛间形成自然痕影。眼下挂着眼袋，堆叠的岁月聚成条
条细纹牵扯着眼角往下低垂，一双眼眸便灵动其间，并不转动却
栩栩如生。能够瞬间捕捉住一刹那的表情将其在画布上表现出来
的人，不能不说具有非凡的才技。甲野每次看到这双眼眸，总觉
得画中人仍活着。

　　在理念世界点漾一波漪澜，便有千波漪澜追随而至。每当甲
野缱绻于澜澜相拥的思索中，陷于忘我之境时，偶然抬起烦恼的

头颅与这双眼眸相对，便会蓦然想起，原来这幅画还在，甚至有时暗暗吃惊，觉得他怎么还在。——此刻，甲野的视线离开莱奥帕尔迪的诗集，带着千思万绪靠在椅背时，比平常更加地惊讶。

遗物实在是一种残忍之物。它能勾起人的缅怀和痛苦，却无法使亡者复生，譬如贴身藏着数根亡者的头发，任如何思念，任如何哭泣，尘世的日月只会往前转动。遗物只应烧毁。父亲去世后，甲野不知不觉讨厌再看到这幅画。让他安守方寸相信父亲虽离他远去但平安无事，依稀想起仿佛近在咫尺的慈颜，是仅仅为了在记忆之纸上化出父亲容貌，还是为了晓示他静待重逢之春的到来？可是，甲野想重逢的人已经死了，只有眼眸活着，并且只是活着却纹丝不动。——甲野茫然地望着壁上的眼眸胡思乱想起来。

老爸也真可怜。他还未到寿终正寝的年龄。胡子仍未白。气色仍丰润。他肯定也不想死。真可怜。既然非死不可，干吗不回日本后再死。他肯定还有许多事情未及交代。想听想说的话也肯定一大堆。太遗憾了。一把年纪还数次三番被派往国外，并在国外任所罹患急疾骤然去世……

活着的双眸在壁上凝望着甲野。甲野靠着椅背凝望壁上的眼眸。每次抬头望向墙壁，二人的眼眸都会对视。二人纹丝不动地对视，当时间一秒一秒重叠为分时，便觉得对方的眼眸开始转动，这不是甲野视线移动所产生的错觉，而是对方凝视的目光越来越锋锐，灵魂脱出眼眸直直地逼向甲野而来。甲野不觉惊疑，抬起头来，当头发离开椅背往前凑去两寸时，灵魂却已消失，不知什么时候又回到了眼眸中，眼前的画框依旧只是画框。甲野重新将头靠在椅背。

真荒唐。但最近时常发生这种事。大概是身体太虚弱的缘故，又或者神经出了点问题。不管怎样，甲野讨厌这幅画，尤其是与死去的父亲太神肖了，这更令他心神难安。他知道一味将心思留在死者身上于事无补，但死者偏偏悬在你鼻尖不时提醒你要忆想死者，就如同被人用木剑逼迫着切腹一样，不只让人心烦，还会让人极不痛快。

如果只是一般的忆想倒也罢了。每次甲野想起父亲，总觉得父亲可怜。以目前的健康和精神状态而言，他甚至觉得自己也可怜。虽说活在现实世界，但是徒有其名，自己只享用物质上的衣、住、食，大脑却生活在其他国度，将母亲和妹妹的事彻底抛在脑后，所以才能活到今天。在计较利害得失的人看来，这种脚踵离开现实地面的活法实在难以理解，肯定会认为甲野愚蠢透顶。虽然甲野已决定放弃一切，但他不想让父亲看到自己这副样子。父亲只是个凡人，倘使父亲在九泉下看到儿子这副模样，一定认为他是个不孝子。不孝子不想忆起父亲，只要一想起来就觉得父亲可怜。——甲野总觉得这幅画不好，等有空时将它收起来放进库房吧……

十人有十人的因果。惩羹吹齑也好守株待兔也罢，无一例外都要受大自然根本规律的支配。有人白日中天听着午炮[1]煮饭，桀跖之徒却夜半躲在褥子下筹谋太平之计。甲野独自一人在书房胡思乱想的时候，母亲和藤尾也在和式屋子内说着悄悄话。

"这么说，还没有提起？"藤尾问。浅褐色的夹衫满是丝节，看上去非常俭朴，但敞开的长袖口露出一条鲜艳的红绸里子尽显

1　日本明治时代的东京于每天正午鸣炮报时，1929 年起改用汽笛。

婀娜。腰带上有赭石色古色古香纹样，不知是什么料子。

"你是说跟钦吾？"母亲反问道。母亲穿的是与其年龄极为相称的素色条纹和服，只有腰上缠的黑色腰带格外显眼。

"是呀，"藤尾一本正经叮问，"哥哥还不知道吧？"

"我还没对他说呢。"母亲慢条斯理地答道，随后掀开坐垫一角问，"咦，我的烟管呢？"

旱烟管在火盆对面。藤尾用拇指和食指夹住细长的烟管，隔着铁壶递过去："给，在这儿。"

"跟他提了，不知道他会说什么？"伸出的手收了回来。

"如果他说什么，你打算作罢吗？"母亲揶揄一句，随即低下头往旱烟袋里装云井烟丝。女儿没有答话。如果答话，反显得怯弱无力，想要予对方以最强硬的回答，莫过于沉默不语。沉默是金。

母亲凑近火盆架，满满吸入一大口，随即从鼻中喷出两股烟云，同时开口说道："要对他说随时都可以，假如觉得还是说的好，我会对他说。跟他也没什么好商量的，只要告诉他准备这样做就行了。"

"我也这么想，只要我拿定主意，不管哥哥说什么，我都不会理会的……"

"他能有什么好说的！假如他是个商量得通的人，我们一开始根本不用这么做，其他办法多得是呢。"

"不过万一哥哥有其他想法，我们也很难办啊。"

"可不是，要不是顾虑这点，我们根本没必要对他说什么。不管怎么说，名义上他是这个家的法定继承人，所以他要不答应，我们就会变得一贫如洗，走投无路。”

“可每次想跟他说什么，他总是说所有家产全都给你，你就安心好了什么的。”

“光嘴上说有什么用？”

“可我们也不能催他呀。”

“他如果真打算把家产让给我们，催促他快点让出来也无所谓……只是这样做会面子上很不好看，就算他是个书呆子，我们也不方便主动开口。”

“可是，就直接跟他说有什么不好的？”

“说什么？”

“说什么？说那件事啊！”

“小野的事？”

“是啊。”藤尾这回回答得很明确。

“跟他说也行，反正总有一天要跟他说清楚的。”

“这样的话，他应该会有所行动吧？假如他真打算把全部家产让给我们，应该就会让出；假如他只打算分一点儿家产给我们，也应该会分；不想待在这个家的话，也会主动离开这个家的，对吧？”

“话是没有错，但我也不能直截了当地跟他说：我不想靠你过晚年，你赶快给藤尾想个办法呀。”

“可他不是说过不想照顾您吗？既然不想照顾，又不给我们家产，那他到底想让您怎么办呀？”

“他根本就不想怎么办，他只会那样磨磨蹭蹭犹豫不决的，真让人头痛。”

"他大概少许知道我们的想法了吧?"

母亲不吭声。

"前些日子他叫我把金表送给宗近时……"

"你告诉他说你打算给小野吗?"

"我没说打算给小野,但也没答应给宗近。"

"他真是莫名其妙。他让我给你招赘,要你照顾我的晚年,那意思还不是打算把金表送给一先生?可一先生不是家里的独子吗?怎么可能入赘我们家呢?"

"是啊。"藤尾应了一声,转过细长的脖颈向院子望去。院子里的浅葱樱看上去仿佛一个劲在催促傍晚到来,梢头的花瓣已经一瓣不剩,重又长出泛着淡褐色的嫩叶;透过左边三四棵修剪成圆形的石楠树的树丛间隙隐约看得见书房的窗口;樱花树的枝干执拗地偏向一边伸展着,在它右手是池子,池子尽头突出于水边的便是藤尾自己的房间。

藤尾环视了静谧的院子一圈,侧转头来,眼睛直直地看着母亲。母亲方才便一直盯视着藤尾,此时面面相对,藤尾不知突然想起什么,漂亮的脸颊一边瞤动了数记,不过不等浮出笑容便已自然而然消失了。

"宗近家那边没问题吧?"

"有问题也没办法呀。"

"可是您回绝了是吧?"

"当然回绝了!前几天我去宗近家时,跟他父亲详细解释了理由……就像我回来后跟你说的那样。"

"嗯,我还记得您说的。不过,我总觉得好像还是不够透快。"

"不透快那就是对方的事了，你也知道宗近的父亲是个慢性子。"

"可我们也没有非常明确地回绝是吧？"

"毕竟有这段情分在，我总不能做得让人一看就是专门替孩子跑腿的，直截了当地跟对方说我们家藤尾不乐意，所以这门亲事作罢呀。"

"那有什么？讨厌就是讨厌，无论怎么也不可能喜欢的，您不如就直截了当说就好了嘛。"

"可世间不是这样的。你还年轻，或许你觉得这么露骨地说出来也无所谓，但关系到世人会怎么看所以不能这样做呀。同样是退亲，但假使不想法子把话说得婉转含蓄一点儿，只会惹对方生气，什么问题也解决不了啊。"

"反正您是回绝了对吧？"

"我说钦吾无论如何也不愿意娶媳妇，我年纪也大了，总觉得没着没落。"母亲一口气说完，端起茶碗喝了一口。

"年纪大了觉得没着没落……怎么样呢？"

"因为觉得没着落，所以假如钦吾还那样坚持己见，我只能让藤尾招赘，但一先生是宗近家唯一的继承人，我们不可能让一先生入赘我们家，而藤尾也不可能嫁到宗近家……"

"您这样说，万一哥哥答应娶媳妇，那我们岂不是很被动？"

"没事的。"母亲浅黑额头蹙起一个八字。八字形随即散开，母亲接着说道："他想娶就让他娶，糸子也好别人也好他想娶谁就娶谁，我们这边尽快让小野先生入赘行了。"

"可宗近家那边呢？"

"不要紧，你不用担心。"母亲稍显不耐烦，接着又补充一句，"反正在一先生考上外交官之前，他家不会娶媳妇的。"

"万一考上了，马上就会来提亲吧？"

"那个人能考上？你自己想想……就算我们跟他家约定如果一先生考上了，我就让你嫁过去，真这样说了也不用往心里去。"

"您真这样说了？"

"我当然没这样说。不过，就是说了也无所谓，反正那个人绝对考不上。"

藤尾歪着头笑出来。隔了一会儿，她坐直身子，打算结束这个话题："那么，宗近伯父真的认为我们已经退亲了吧？"

"应该是……怎么样，那以后一先生的态度有什么变化？"

"还不是老样子，前几天去看博览会的时候，他的态度跟之前毫无两样。"

"你们什么时候去博览会的？"

"今天是……"藤尾想了想回答，"前天……是大前天晚上去的。"

"照这样说来，那时候他应该已经知道了……不过宗近父亲那样性格的人，说不定没明白我们的暗示呢。"母亲有点心急气躁起来。

"也可能是一先生的问题，也许他听伯父说了，只是不在乎而已。"

"是啊，两边都有可能。反正，我们就这么办，总之先对钦吾说清楚……我们这边不说的话，这事情一直拖下去都不会解决。"

"他现在应该在书房吧?"

母亲起身,刚踏上外廊一步又退了回来,弯下腰悄声问:"你还会和一先生碰面吧?"

"也许会的。"

"下次见面时,你最好暗示他一下。你不是说和小野约好要去大森吗?是明天吧?"

"是的,约好了明天去。"

"干脆让一先生看看你们约会时的光景好了。"

"呵呵呵呵!"

母亲走向书房。

穿过亮堂的外廊,将整面磨出清晰木纹的西式房间房门推开一半,只见关闭得死死的屋内暗黝黝的。母亲松开门把手,将身子靠在推开的门上,双脚无声地落在拼花地板上,身后的门锁舌回弹发出"啪嗒"一声响。被窗帘遮住春光的书房,将二人从人世隔在这一方昏暗的天地间。

"真暗呀。"母亲说着来到屋子中央的木桌前停住。从背面只能看到钦吾倚靠在椅背上的头。钦吾朝声音响起方向缓缓转过头,现出约三分之一斜垂的眉毛。黑髭顺着上唇自然坠降,将近尽头时突然又向上翘起。双唇紧闭,同时乌黑的眼眸转至眼角。母子二人用这种姿势互相对望着。

"屋里太阴暗了。"母亲站着重复道。

甲野无声地站起身,拖鞋踩在地板上发出两三下声响,走到木桌角时,才慢吞吞地开口说道:"要不要打开窗子?"

"随你便……我是无所谓,只不过觉得你大概会闷得难受吧。"

甲野隔着桌子摊开右掌向前伸出。母亲接受示意坐到椅子上，钦吾随后也坐下。

"你身体怎么样？"

"谢谢您关心。"

"是不是稍稍好一点儿？"

"嗯……是……"甲野含糊地答着，缩回上半身叉手抱住双肘，同时在桌下翘起左脚的外踝叠在右脚背上。从母亲这边只能看到他正面袖口缩掉一截的淡黄衬衣袖子。

"如果你不调养好身子，我会很担心……"

不等母亲说完，甲野将下巴顶住喉咙，眼睛朝桌底扫去。两只黑布袜叠在一起。看不到母亲的脚。

母亲继续说道："身体不好，心情也会变烦闷的，你自己也会觉得很不好受……"

甲野若无其事地抬起眼。

母亲突然掉转话题："不过你去过京都之后，看起来像要好一些了。"

"是吗？"

"呵呵呵呵，什么'是吗'，说得好像跟自己无关似的……你气色看上去健康多了，大概是晒太阳的关系吧？"

"也许吧。"甲野抬头望向窗子。左右窗帘打着深深的褶子朝两边垂落，从中间看得见石楠树的嫩叶映在玻璃上，红得像要燃起来似的。

"你可以到我的和式屋子里来坐坐聊聊天，那边很亮堂，比起书房感觉舒服多了。偶尔像一先生那样陪我们这些无聊女人聊聊家常，换换心情也不错嘛。"

"谢谢。"

"当然，你可能会觉得跟我们聊天实在没劲……不过就算没劲说说话也好的啊……"

甲野的视线从石楠树移开，他感觉眼睛眩晃得厉害。

"石楠树长出嫩叶了，真漂亮啊。"

"是很漂亮，倒是比一些白惨惨的花要好看。你这边只能看到一棵，转去那边的话可以看到整排的修剪成圆形的，才漂亮呢。"

"从您的房间看得最清楚了。"

"是啊，你也从那边看过？"

甲野没有回答看过或没看过。

母亲接着说道："还有啊，最近大概因为太阳晒得池水变暖和的关系，池子里的鲤鱼常常蹦出水面哩……你这儿听得到吗？"

"鲤鱼跳起的声音？"

"是啊。"

"听不到。"

"听不到？也是啊，像你这样门窗全关得死死的。我房间也听不到，前几天藤尾还拿我取笑了一通，说我耳朵不中用了……不过我也到了耳朵不中用的年纪了，没办法。"

"藤尾在吗？"

"在啊。小野先生应该已经来给她辅导……你有事找她？"

"哦不，也没什么事。"

"那孩子也是，她性格太好强，想必得罪你了吧？你就忍让她一点儿，当她是亲妹妹，好好照顾她。"

甲野依旧抱着手肘，深邃的眼眸一动不动地凝视着母亲，母亲的视线却不知为何始终落在桌上。

"我打算照顾她的。"甲野缓缓道。

"你这样说，我就放心了。"

"我不只是打算照顾她，我是真心想照顾她。"

"你这样想，她要听到了不知道会有多高兴呢。"

"可是……"甲野欲言又止。母亲期待着下文。钦吾松开交叉在胸前的胳膊，挺起背脊，将倚靠在椅背的身体向前倾，胸紧抵桌角，尽量挨近母亲。

"可是……妈，藤尾她不打算让我照顾她。"

"怎么可能？"这回轮到母亲将身子向后仰去，倚住椅背。

甲野连眉毛都没动一下，用跟母亲同样低的声音继续说：

"如果要照顾，受照顾的人必须信仰对方——说信仰好像在说神……"

甲野说到这里停住了。母亲似乎明白还不到自己说话，于是镇静地保持沉默。

"总之受照顾的人必须信赖对方，觉得受对方照顾是件愉快的事情，否则怎么照顾？"

"假如你真这样失望而放任不管她，我也没话可说……"母亲不动声色说到这里，突然口气一转急促地道："藤尾真的很可怜。你不要这样说，无论如何再想想什么办法吧！"

甲野抬起胳膊，手掌贴在额头上。

"可是她根本看不起我，要是照顾她，她只会跟我吵个没完。"

"藤尾怎么可能看不起你呢……"温静娴雅的母亲用比平常

高许多的声音竭力否定，"如果她这样，那首先我会感到于心不安的。"母亲接下来说这句话时，声音已经恢复原样。

甲野没有接茬，手肘支在桌面上。

"藤尾对你做什么没规矩的事了？"

甲野依旧将手掌贴在额头上，从手掌下看着母亲。

"如果她对你没规没矩，我会好好教训她的，你不要有什么顾忌，统统告诉我好了。兄妹之间如果弄得不融洽，会很伤感情的呀。"

贴在额头的五根手指既细又长，指甲形状甚至秀气得像女子一般。

"藤尾应该有二十四了吧？"

"转年就二十四了。"

"得抓紧时间赶快定下来了吧？"

"你是说嫁人吗？"母亲单刀直入地叮问道。甲野没有明说到底是嫁人还是招赘，于是母亲接着道：

"关于藤尾的事，其实我正想和你商量呢，不过先得商量下另一件事……"

"什么事？"

甲野的右眉依旧掩在手掌下。他目光很深邃，但眼神中一点儿也没有锋锐之势。

"怎么样？我希望你再好好考虑一下。"

"考虑什么？"

"考虑你自己的事呀。虽然藤尾那边也得尽快拿定主意，可是如果你不先定下来，我很为难啊。"

甲野的半边脸颊在手掌影下露着笑容。笑容很凄寂。

"你也许会说身体不好啦什么的，但像你这样的身体情况娶媳妇的人多得很。"

"嗯，应该有吧。"

"所以你也再考虑考虑吧，有的人娶了媳妇后身体反而很健康呢。"

甲野此时终于松开贴在额头的手。桌上有一张印有横线的格纸，旁边还有支铅笔。他漫无目的地夹起格纸翻过来扫了一眼，上面写着三四行英文，读了几个词才想起这是昨天从翻读的书中抄录下来的，抄下后便随手搁在桌上了。甲野将纸片反过来字面朝下放在桌上。

母亲额头中央蹙着八字，静静地等待甲野应答。甲野拿起铅笔在纸上涂了个"乌"字。

"你到底怎么想啊?"

"乌"字变成"鸟"字。

"假如你同意娶媳妇的话事情就好办了。"

"鸟"字变成"鴃"字，再在后面添一个"舌"字[1]。写完后，甲野抬起头来，说道："还是先考虑藤尾的事吧!"

"既然怎么说你都不打算娶媳妇，那就只能这么办了。"

母亲说完沮丧地低下头。与此同时儿子又在纸上画起三角形来，画了三个三角形，重叠成鱼鳞似的图案。

"妈，我会把这房子让给藤尾。"

"那你……"母亲意欲阻止。

1　鴃舌：鴃，伯劳鸟。伯劳弄舌啼聒，形容语言难懂，此处隐喻母子间无法沟通。

"家产也全部让给藤尾，我什么都不要。"

"你这样做只会让我们很为难的。"

"有什么为难的?"甲野平静地问。母子俩双目对视了一眼。

"什么叫'有什么为难的'……你叫我怎么对得起你死去的父亲啊?"

"哦? 那我应该怎么办?"甲野将暗黄色的铅笔"啪"地搁在桌上。

"你应该怎么办? 像我这种没学问的人我不知道到底应该怎么办好。不过我虽然没学问，但也清楚假如这样做会对不起你父亲。"

"您不想要吗?"

"不是想不想要的问题，到今天为止，我向你提出过这种过分的要求吗?"

"没有。"

"我想也没有过。每次你这样说,我不是都谢谢你的好意吗?"

"是，您确实每次都向我表示感谢。"

母亲拿起滚动在桌面的铅笔，端详着铅笔尖，端详着笔头的圆橡皮，心里暗忖道，他可真是让人无从下手啊。稍稍隔了片刻，母亲用力将橡皮头在桌上划着，同时问道:

"这么说，无论如何你都不想继承这个家?"

"我已经继承了这个家呀，在法律上我是继承人嘛。"

"甲野家你是继承的，但是不愿意照顾我，是不是?"

甲野开口回答之前，将眼眸转到狭长眼睛的中央凝视着母亲，停顿一会儿才恳切地说道:"所以我才想把房子和家产都让给藤尾啊。"

"既然你这么说，我也拿你没办法。"

母亲叹了一口气，朝桌上掷出这么一句。甲野一副满不在乎的神情。

"没办法，你自己的事情就随你便吧，你想怎么做就怎么做……但是藤尾那边……"

"嗯?"

"我觉得那个小野先生不错，你觉得怎样?"

"小野吗?"甲野只说了半句便默不作声。

"不行吗?"

"也不是不行。"甲野慢吞吞地道。

"如果你觉得可以，我打算这么决定……"

"可以。"

"你觉得可以?"

"是的。"

"这样我总算安心了。"

甲野定睛望着前方，似乎在凝视某样东西，好像眼前母亲并不存在一样。

"这样我总算……你打算怎么办?"

"妈，藤尾知道这件事吗?"

"她当然知道。为什么想起问这个?"

甲野仍然望着远处。隔了一会儿，他眨了下眼睛，视线收回到眼前。

"宗近不行吗?"甲野问。

"一先生？本来一先生是最好不过了……你父亲和宗近家那样一层交情……"

"两家不是有过约定的吗？"

"没有约定过啊。"

"可我明明记得爸爸说过要把那块表送给宗近的。"

"表？"母亲歪着头。

"就是爸爸的金表，那块上面镶着石榴石的表。"

"啊，对、对，好像是说过这话。"母亲恍然想起似的说。

"宗近好像还满怀期待哩。"

"是吗？"母亲若无其事地道。

"既然说好的，怎么能不给人家呢？否则于情于理都亏欠人家啊。"

"表现在在藤尾那里，我会好好劝说她的。"

"表当然是一回事，不过我主要是在说藤尾。"

"可我们根本没有说定让藤尾嫁给对方啊！"

"是吗……那就算了。"

"我这样说，可能你听着会觉得不舒服，那也没办法……但我真的不记得有过这样的约定！"

"哦，那就是没有过喽？"

"当然没有。其实不管有没有过约定，我是觉得藤尾嫁给一先生也没什么，可他还没有考上外交官，还要接着学习，怎么能娶媳妇呢？"

"那倒无所谓。"

"再说一先生是长子，不管怎样他都得继承宗近家的家业。"

"您打算让藤尾招赘?"

"我并不想这样，可是我说的话你又听不进……"

"就算藤尾嫁出去，我也会将家产让给藤尾的。"

"家产……你可千万不要误会我的意思……我从来没有想过家产的事，我心里绝对没搀夹着一点点杂念，唉，我真想把它剖开来让你看一看，难道你看还不明白?"

"我明白。"甲野应道。口气极认真，连母亲都不认为是在嘲弄。

"我只是年纪大了，心里感觉有点没着没落……就藤尾这么一个亲生女儿，如果让她嫁出去，就怕老了没人照顾。"

"原来如此。"

"否则的话嫁给一先生我觉得也不错，他和你关系这么亲近……"

"妈，您了解小野这个人吗?"

"我想我还是很了解的。他这个人有礼貌，待人亲切，学问也出众，不是很好吗……你为什么这么问?"

"既然那样就没问题了。"

"你不要这么一副不在乎的样子，有什么想法说出来听听，我就是特意来跟你商量的嘛。"

甲野望着格纸上乱涂的画，隔了一会儿抬起眼睛平静地说道:"宗近会比小野更孝敬您。"

"这个……"母亲脱口而出，随即以平静的语气说道，"也许是这样……你应该不会看错的。不过这事和其他事情不一样，这件事不能任由母亲或哥哥来决定。"

"藤尾说了她非小野不嫁吗?"

"嗯,是的……当然她不会这么直白地说出来……"

"这个我知道,知道是知道……藤尾在吗?"

"要叫她过来吗?"

母亲起身。她走到绘着蔓藤纹样的浅红色壁纸旁,伸手按下白色按铃,还未回到座位,屋外便有反应,有人轻轻推开房门约五寸。母亲回头朝门缝吩咐道:

"叫藤尾过来一下,有事跟她说。"轻轻推开的房门又轻轻阖上。

母子隔着桌子相对而坐。二人都默不作声。钦吾重又拿起铅笔,沿着三角鳞纹外围画了个大圆圈,然后在圆圈和鳞纹间涂满黑线。他仔细地并排画着一根根黑线条。母亲闲坐无事,也起劲地看着儿子涂画。

二人内心想什么自然无由知晓,但仅从表面看,似乎非常平静。假如一举手一投足便可以如实地将人的内心活动转为有形符号,世上大概很难找出如此安闲静笃的母子,在鳞纹外工整地涂满数十根线条打发无聊的儿子,一如平常双手交叠在膝上安详地看着儿子用一根根线条涂满圆圈的母亲,绝对是一对雍睦和合的母子,和怡安乐的母子。窗帘遮住了春光,窗帘内隔着木桌正面相对的二人,仿佛忘却了世间,忘却了他人,忘却了所有纷争。亡人的肖像画一如既往从墙上照临着这对安闲的母子。

工整的线条越来越密,涂黑的部分越来越大,画到只剩右边一块弓形空白的时候,传来转动门把的声音。两人等待的藤尾出现在门口,白色的身姿融进春天,昏暗背景中浮出肩膀以上部分的轮廓。甲野铅笔下的线条画到途中突然顿住，藤尾的脸也同时自背景颖脱现出。

"烤墨纸[1]怎么样了？"藤尾边问边走到母亲身边，在侧旁坐下，刚坐下又迫不及待地向母亲追问道，"有答案了？"

母亲只是看着藤尾，眼神中似有暗示。而这瞬间甲野又在纸上添了四根黑线。

"你哥哥说有事跟你谈。"

"是吗？"藤尾说着扭头看着甲野。黑线条仍在不停增加。

"哥哥，什么事啊？"

"嗯……"甲野终于抬起头 ——抬起头来却一时什么话也说不出。

藤尾于是又转脸看着母亲，漂亮的脸颊上同时浮出淡淡的笑容。

哥哥这时总算开口说道："藤尾，这栋房子，还有我从父亲那儿继承的所有家产，全部让给你。"

"什么时候？"

"就今天起……但是，你必须照顾妈妈。"

"谢谢。"藤尾说着又看了一眼母亲，脸上依旧挂着笑容。

"你不想嫁给宗近吗？"

"不想。"

"不想？不管说什么你都不愿意？"

"不愿意！"

---

1 烤墨纸：日本大众游戏的一种，用蜜柑汁、蔬菜汁、砂糖水等在纸或明信片上书写文字或绘出图案，干后在火上烤，字或画即显现出来，江户时代流行于正月玩这种游戏。此处比喻揭开某个原本掩藏的答案。

"是吗……小野真的就那么好?"

藤尾的脸色遽然变得峻厉起来。

"你问这个做什么?"她从椅子上挺直背脊。

"不做什么。这件事对我没有任何益处,我只是为你好才问。"

"为我好?"藤尾高高扬起语尾,接着又轻蔑地降低声调说道,"是吗?"

这时母亲插进来说道:"你哥哥觉得,比起小野先生来,一先生更加合适。"

"哥哥是哥哥,我是我。"

"你哥哥的意思是说,一先生会比小野先生更加孝敬我。"

"哥哥,"藤尾向钦吾尖声问道,"你了解小野先生的品性吗?"

"了解。"甲野平静地答。

"你怎么可能了解?"藤尾站起身,"小野先生是诗人,他是高尚的诗人。"

"是吗?"

"他有品位,懂得爱情,是个温文尔雅的君子……他的品性不是哲学家能够理解的。你也许了解一先生,但你不明白小野先生的价值,绝对不会明白的!欣赏一先生的人怎么可能明白小野先生的价值……"

"那你就选择小野吧。"

"我当然会这么做!"

丢下这句话,紫色蝴蝶结朝门口飘然而往,细长的手指转动门把,眨眼间藤尾的身影便消失在昏暗背景后。

十六

描叙之笔暂且离开甲野的书房，转入宗近家。这是同一天，且是同一时刻。

宗近的父亲像往常一样坐在檀木书桌前的粗棉印花洋布坐垫上。他不喜欢穿西式衬衫，黑八丈[1]和式单衣的领子敞开着，露出胸前的蓬乱胸毛。伊部烧[2]的布袋和尚摆饰中常可以看到类似形象。布袋和尚面前搁着一只稀奇古怪的烟具盆，刻有"吴祥瑞造"[3]底款的蓝釉陶盆上，有山，有柳，有人物，人物画得与山差不多大小，中央有一道金粉蜿蜒爬至盆沿；盆的形状似瓮，顶上开着圆口，收口骤急；两边盆耳上缠绕着苍虬古拙的藤蔓，延伸至顶上交合而成提手。

宗近父亲昨天不知从哪家旧货店淘得这只打有补丁的烟具盆，早上起来便"祥瑞""祥瑞"叽叽呱呱的兴奋不已，末了又是往盆里敲烟灰又是往盆里扔火柴头，"吧嗒吧嗒"抽起烟来。

这时纸门被轻轻拉开，宗近像往常一样活泼泼地走进来。父亲的视线从烟具盆移开去，只见儿子身穿一套松松垮垮的西服，这还是父亲转给他的，唯独脚上的山羊绒袜子倒显得很入时。

"你要出门吗?"

"不是要出门，是刚回来……哎呀，真热，今天好像特别热。"

---

1 黑八丈：一种平纹厚地黑绢织物，以日本东京都藏五日市出产的最为著名，因原产自八丈岛故得名。
2 伊部烧：日本冈山县出产的不上釉的古朴陶器，属于备前烧的一种。
3 吴祥瑞造：正式铭款是"五良大甫吴祥瑞造"，一般说法是日本陶艺家五良大甫于十六世纪初从中国景德镇（饶州烧）带回烧制方法，后在日本流传。

"在家倒没什么感觉。你急三急四的所以才会感觉那么热，就不能从容一点儿走路吗？"

"我已经很从容了，难道您没觉得？唉，真是的……哎哟，烟具盆终于用来弹烟灰了。"

"这个祥瑞怎么样？"

"怎么感觉像个酒瓮呢。"

"是烟具盆！你们笑话了我半天，你看，烟灰弹进去之后再看不就像个烟具盆了吗？"

老人握住藤蔓提手，将祥瑞提起拎在半空。

"怎么样？"

"嗯，不错。"

"不错吧？祥瑞的赝品不少，能淘到一件真货不容易啊。"

"花了多少钱？"

"你猜猜看多少钱。"

"我猜不出来。说不中的话，又会像上次那棵松树一样没头没脑挨您骂了。"

"一圆八十钱。便宜吧？"

"这还便宜？"

"绝对是捡到了一件好东西。"

"是吗？咦，外廊上又放了新的盆栽？"

"刚刚把朱砂根移走换上了这棵蔷薇。那个盆是萨摩烧的，也是老货。"

"样子好像十六世纪葡萄牙人戴的帽子……这棵蔷薇怎么这么红？"

"这个叫佛见笑，是蔷薇的一种。"

"佛见笑？这名字真奇怪。"

"《华严经》里有一句：外面如菩萨，内心如夜叉，你知道吧？"

"我只是听到过这句话。"

"据说这蔷薇的名字就是从这儿来的。花很漂亮，但是有很多刺，不信你触触看。"

"那还是不要触的好。"

"啊哈哈哈！外面如菩萨，内心如夜叉。女人真可怕呀。"老人边说边将烟管头伸至祥瑞内来回拨弄。

"世上竟然还有这么难伺弄的蔷薇。"宗近望着佛见笑似有所感。

"是啊。"老人拍一下膝盖好像突然想起什么，"一，你见过那种花吗？就是插在壁龛前面那个。"

老人边说边回头。脖颈一转动，赘肉便无处可躲，于是堆叠成三段被挤向肩头。

略带茶褐色的壁龛墙上闲静地挂着一幅用疏淡线条勾画出肩扛钓竿的蚬子和尚的画轴[1]，画轴前立着一只青铜古瓶，从仙鹤般细长的瓶颈中伸出两株连茎，叶子向四方散成十字形，茎上各有两穗串成念珠般的露珠小花，相对绽放。

"这花怎么这么小……我没见过。这是什么花？"

"这就是人们经常提到的'二人静'。"

"'二人静'？经常提到也好什么的也好，反正我是从来没有

---

1 据此描述，似为可翁所作《蚬子和尚图》，现为日本重要文化遗产。可翁，生卒年不详，活跃于镰仓幕府末期的画家，与默庵同为日本早期水墨画的代表人物。

听说过。"

"那你就记住了。这花很有意思，必定是两株两株白色的花穗开在一起，所以叫'二人静'。谣曲中描写静御前[1]的灵魂化为两个人一起舞蹈，你知道吗？"

"不知道。"

"'二人静'……啊哈哈哈，很有意思的花呢。"

"好像还是很有说道的花嘛。"

"只要仔细考查，可以找到许多说道哩。你知道梅花有多少种类吗？"老人又端起烟具盆，用烟管头在灰中拨弄着。宗近趁此隙机岔开话题：

"老爸，我今天去理发铺子理了发……很久没理发了。"说着，举起手在乌黑的头顶上不停抚摩。

"理了发？"老人将烟管中间部位搁在祥瑞边缘笃笃敲着，倒出烟灰，然后回过头来望着宗近道，"好像理得不太干净利落嘛。"

"不太干净利落？老爸，我理的这不是平头呀！"

"那你理的什么头？"

"分头。"

"可是根本没有分嘛！"

"过些时候马上就分开了。您看中间不是留得稍长一些吗？"

"你这样一说，好像是感觉稍稍长那么一点点——你干吗理这么个头？真难看。"

"难看吗？"

1 　静御前：日本平安末期至镰仓初期的女性，镰仓幕府开创者源赖朝的同父异母弟弟源义经之妾。谣曲作品《二人静》讲述的是静御前的灵魂附体到摘菜女身上的传奇故事。

267

"再说马上就到夏天了，这种发型会感觉很热……"

"再热也没办法，我必须理这种发型啊。"

"为什么?"

"不管为什么，都必须这样。"

"莫名其妙!"

"哈哈哈哈，老爸，老实告诉您吧……"

"嗯?"

"我考上外交官了!"

"考上了? 哎呀! 哎呀呀呀! 是吗? 那你怎么不早点说呀?!"

"我本来打算等头发长起来再告诉您的。"

"头发根本不是问题。"

"可我听说理平头的人到了外国会被当成囚犯的。"

"国外……你要出国? 什么时候?"

"大概等头发留长到像小野清三那样的时候吧。"

"那么，大概还要一个月?"

"是，差不多一个月。"

"既然还有一个月，我就安心了，在你出发前可以和你慢慢
商量。"

"是啊，还有的是时间。虽然还有很多时间，不过我想今天
得把这套西服还给您。"

"啊哈哈哈，不好吗? 很配你嘛。"

"就因为您说很配,我才一直穿到今天……整个松松垮垮的。"

"是吗? 那你就别穿，还是我自己穿。"

"哈哈哈哈，这可太让人吃惊了，还是不要了吧。"

"那我也不穿了。要不送给黑田吧？"

"这不是叫黑田为难吗？"

"有那么可笑吗？"

"不是可笑，是太不合身了。"

"是吗，那不还是可笑吗？"

"那倒是，说到底确实可笑。"

"啊哈哈哈。对了，你告诉糸子了？"

"考试的事？"

"是啊。"

"还没对她说哩。"

"还没说？为什么……你到底什么时候知道消息的？"

"通知是两三天前刚接到的，因为太忙，所以还没对任何人提起。"

"你也太笃定泰山了，这样可不行啊。"

"我会记住的，您放心。"

"啊哈哈哈，忘记了可就不得了喽，还是留神点好。"

"明白了，我正打算现在去跟糸子说……她很替我在乎哩……我得告诉她考上的事，再跟她解释一下这个发型。"

"发型说不说的倒无所谓……你到底要去哪儿？英国？还是法国？"

"这个嘛目前还不清楚，反正终归是西洋吧。"

"啊哈哈哈，你想得真美。其实不管去哪儿都不错啊。"

"虽然我不想去西洋……不过这是按顺序排的，没办法。"

"嗯，能去想去的地方当然最好。"

"如果去中国或朝鲜，我就还是理原来的平头，穿这套松松垮垮的西服去。"

"西洋人很严谨，像你这种不守礼法的人去正好可以学习学习，这倒是好事。"

"哈哈哈哈，我觉得我到了西洋可能会堕落。"

"为什么?"

"因为去西洋的话，必须具备两种人格，要不然会很不适应。"

"怎么叫两种人格?"

"一种是不守礼法的内面，还有一种是文明的外表，烦死人了。"

"日本不是一样吗? 因为文明社会压力大嘛，外表不假装得很有教养的话就没法在这个社会生存。"

"可这样子导致生存竞争更加激烈，所以内心就更加不循规蹈矩了。"

"说得没错，表里都在朝着反方向发展，往后的人活在世上却好比受刑被碎尸万段一样，肯定越活越辛苦。"

"人类越是进化，越是造就一大堆把猪睾丸安在上帝脸上似的家伙，大概只有那样才能活得心安理得吧。唉，想到要去外国学习那种本事，实在讨厌!"

"那干脆放弃吧? 在家里穿着老爸的旧西服，哼唱哼唱太平乐多自在呀。啊哈哈哈!"

"尤其是英国人最让我讨厌了，他们老是一副英国在方方面面都是最佳楷模的嘴脸，任何事情都固执地非得要按照他们的那一套做不可。"

"不过现在好像是言必称英国绅士，都异口同声赞赏哩。"

"其实根本不值得那样赞赏，英日同盟[1]也是一样的道理。那些跟着起哄的人明明没有去过英国，就知道摇旗呐喊，这不是等于自己把日本不知丢到哪里去了吗？"

"嗯，任何国家都存在这个问题，表面发达了之后，内面也要跟着发达起来……其实不光是国家，个人也一样。"

"有朝一日日本强大了，一定要让英国人反过来好好学一学日本。"

"你会让日本强大起来的，啊哈哈哈！"

宗近没有回答会不会让日本强大起来。他无意中伸手往胸前，这才发现印花领带从白衬衣的衣领中央钻了出来，领带结歪在一旁。

"这个领带老是滑来滑去，真难伺候。"宗近摸索着将领带重新正了正，站起身说，"我去告诉糸子。"

"你先等一下，我有个事想和你商量。"

"什么事？"宗近刚抬起的屁股又落下，坐下时趁势打个近似盘腿的坐姿。

"说实话，之前因为你的事情一直没定下来，所以我才不怎么提……"

"媳妇的事？"

"没错。反正你也定下来要出国了，到底是出国前把事情定

1　英日同盟（Anglo-Japanese Alliance）：明治三十五年（1902）1月，日本与英国为维护其在中国和朝鲜半岛各自的利益而结束军事互助同盟，日本正是基于这个同盟条约而参加第一次世界大战。大正十二年（1923）8月条约废止，被美英法日《四国条约》取代。

了，还是干脆把婚结掉，还有要不要一起带出国……"

"我不可能带媳妇一起出国的，哪儿有那么多钱啊。"

"不带出国也可以，但你先得把事情定下来然后再走，你出国期间我会好好照顾她的。"

"其实我也打算这么做。"

"那好。怎么样，你有没有中意的人？"

"我打算娶甲野的妹妹，您觉得怎么样？"

"藤尾？唔……"

"不行吗？"

"不是不行……"

"外交官夫人就应该找像她那样的人。"

"可问题就在这儿。甲野他父亲还在世时，我和他父亲曾经提过这事，你大概不知道吧？"

"伯父说过要把那块金表送给我。"

"那块金表吗？就是藤尾当作玩具的那块名牌表？"

"是啊，就是那块老古董表。"

"啊哈哈哈，那块表针还能走吗？先不说表，其实我想要说的是事情的关键——人。前几天甲野的母亲来我们家时，我顺便试着跟她提了这件事。"

"哦，她怎么说？"

"她说这桩亲事门当户对再好不过了，只是你自己的事情还没有确定下来，所以很遗憾……"

"我自己的事情还没定下来，是指我外交官考试还没考上？"

"大概是吧。"

"'大概是吧'？大概可不好办啊。"

"呃……我的意思是那个女人嘴皮子特别厉害，但说出来的话又让人听不懂，真头痛，滔滔不绝地说了一大堆，可到最后还是弄不清楚她到底想表达什么意思，反正不是个省油的灯。"

父亲神色稍显不痛快，他将烟管在膝头敲了一记，视线也移向了外廊。刚刚换种上的佛见笑在春夏之交的时节炫耀地绽着鲜艳的红花。

"只是，她到底是想退亲还是不想退亲，这点不弄清楚实在很麻烦。"

"当然麻烦。迄今为止，只要跟那个女人扯上关系，不知道发生过多少麻烦事哪。老是嗲声嗲气的废话一大堆……我讨厌她。"

"哈哈哈哈，先不管这个……你们没有谈出结果吗？"

"对方的意思是等你考上了外交官，才能把藤尾嫁给你。"

"那就好办，我现在已经考上了呀。"

"还有问题哩，这可是件麻烦的事情，真的非常麻烦。"父亲边说边用两只手掌使劲地擦拭眼睛，擦得眼睛都泛红了。

"考上了还不行吗？"

"不是这个意思……听说钦吾要离开那个家。"

"荒唐！"

"她说，假如钦吾离家的话，就没人照顾她这个老人啦，所以她必须让藤尾招赘。这样一来，不管是宗近家也好或其他任何人家也好，她都不可能让藤尾嫁出去的。"

"这话说得太过分了吧?！首先，甲野是不可能离开那个家的!"

"就算要离开那个家，他也不可能去当和尚。大概是不愿意娶媳妇，留在家里照顾他那个母亲吧?"

"甲野是因为神经衰弱，才会说出那种荒唐话的。这里边肯定有名堂……不会是伯母希望他离开，然后好招赘吧?"

"可她说是她很担心，生怕事情会变成这样。"

"既然这么说，那让藤尾嫁出去不是一个很好的解决办法吗?"

"当然是个好办法。好是好，可她说一想到万一有点什么事情，就觉得心里着没落。"

"她到底想说什么一点儿也搞不明白，简直就跟在迷宫里转悠一样!"

"是啊……不知道她究竟什么打算，真是让人头痛。"

父亲额上挤出几道皱纹抬眼看着儿子，同时搔了搔头皮。

"对了，这是什么时候的事?"

"就前几天，大概有一星期了吧。"

"哈哈哈哈，我只不过晚两三天向您报告我合格的事，您却晚了一星期，真不愧是老爸，比我还笃定泰山一倍哪!"

"啊哈哈哈，这是因为她说的话让我毫无头绪嘛。"

"确实毫无头绪，那我就去理出个头绪来。"

"怎么个理法?"

"我想先说服甲野娶媳妇，让他不要去当和尚，再向他问问清楚，到底愿不愿意藤尾嫁给我。"

"你一个人去办这件事?"

"是啊，我一个人就够了。毕业后一直无所事事，如果连这种事情都不做，那真是无聊透顶了。"

"嗯，自己的事自己解决，很好，你去试试看吧！"

"不过，假如甲野同意娶媳妇，我想让糸子嫁给他，您看可以吗？"

"可以啊，我没意见。"

"我先去问问她本人的意思……"

"不用问了吧？"

"不问怎么行啊，这种事情可不像其他事。"

"那你就问问看。要不要叫她到这儿来？"

"哈哈哈哈，怎么能在父亲和哥哥面前直接说这种事呢？我过去问她，要是她愿意，我就照此去跟甲野说。"

"嗯，好吧。"

宗近起身，折断的圆筒裤腿恢复成两条直线。他撇下佛见笑和二人静、蚬子和尚、活的布袋和尚等摆设，穿过连廊跨上中楼楼梯。

"嗵嗵"跨上两级便望见妹妹漂亮的鼓形和服腰结，跨上第三级时看到了斜向一边的浅蓝色蝴蝶结，妹妹丰润的半边脸颊正对着楼梯口。

"你今天在读书啊？真难得。是什么书？"宗近一屁股坐到书桌旁。糸子"啪嗒"一声阖上书，并且将肉乎乎的手压在阖起来的封面上。

"什么也不是。"

"你在读什么也不是的书？真是天下第一的高人逸士啊。"

"反正你说是就是吧。"

"你把手拿开好不好？简直跟抢到一手好牌似的。"

"你别管我是牌还是别的什么，拜托你到那边去。"

"呵呵，嫌我碍事了？我告诉你糸子，爸爸说了……"

"说什么？"

"说你规规矩矩读点《女大学》[1]多好，可你老是读一些最近流行的恋爱小说，真伤脑筋。"

"胡说！我什么时候读那种小说了？"

"哥哥不知道啊，是爸爸说的。"

"乱讲，爸爸怎么会说这种话？"

"是吗？可是你看到人来就阖上读到一半的书，还像看见老鼠笼子一样趴着压住，这样看起来，爸爸说的似乎也不全是胡说啊。"

"胡说！我说过了是乱讲，你真是个卑鄙的人。"

"卑鄙也骂得太狠了点吧，那我不成了危险的卖国贼了？哈哈哈哈！"

"谁叫你不相信人家说话的。既然你这样说，我拿证据给你看吧？喏，你等一下。"

糸子用袖子遮住压在手下的书，将书拿在手里，一转手藏到哥哥看不到的腰带后面。

"你可不能把书调包呀。"

"别说话，等一下。"

---

1 《女大学》：日本江户中期开始普及的戒谕女性修身齐家的读物。此处"大学"不是指作为教育机构的大学，而是"四书五经"中的《大学》。

糸子背着哥哥的视线在袖子下面鼓捣了小半会儿，然后拿出书说道："你看！"

她两手紧紧压在页面上，只露出一寸见大的空处，中间赫然盖着一方朱印。

"这不是手戳吗？咦……是甲野！"

"明白了吧？"

"你问甲野借来的？"

"是的，这不是恋爱小说吧？"

"不看内容谁知道是不是？算了算了，就放过你吧。对了糸子，你今年多大了？"

"你猜猜看。"

"我只要去一趟区公所立刻就真相大白了，我不过问你一下做个参考，你用不着瞒我吧？不如直截了当说出来省呢。"

"瞒你……好像我做了什么坏事似的，我最讨厌别人这样强迫我。"

"哈哈哈哈，不愧是哲学家的弟子，不肯轻易向权威低头，佩服佩服！那我换一种方式问：请教芳龄？"

"你这样油腔滑调的，谁愿意告诉你？"

"哎呀这就难办了，正儿八经问你你又生气了……到底是二十一还是二十二？"

"反正差不多吧。"

"你也不清楚？你自己都不清楚自己的年龄，那哥哥更搞不清楚了。反正，你已经超过二十了吧？"

"你这样问人家年龄算不算多管闲事啊？你问我几岁到底想

做什么?"

"不做什么,只是打算让你嫁人。"

本来还任哥哥半开玩笑半戏弄的妹妹倏地脸色一变,好像一颗烫手的石子放到冰块上,登时冷下来。糸子霎时间变得垂头丧气,活泼的眼睛也同时阴郁起来,她垂下头开始默数起榻榻米上的条纹来。

"你怎么想啊,嫁人的事?你不会说不想嫁人吧?"

"不知道。"糸子低声答,依旧低垂着头。

"不知道怎么行?这可不是哥哥嫁人,是你要嫁人啊!"

"我又没说想嫁人。"

"那你是不想嫁人?"

糸子上下点了点头。

"不嫁人?真的吗?"

糸子没有回答。这回连头也不动了。

"你要真不嫁人的话,哥哥就只好剖腹自杀了,这下可怎么办?!"

宗近看不见低垂的眼神,但妹妹丰润的脸颊分明掠过一丝笑影。

"你不要笑,我真的剖哦,你愿意我剖腹自杀?"

"你想剖就剖嘛。"糸子突然抬起头,脸上露着微笑。

"我当然可以剖,不过这样也太残忍了吧?假如可以的话,我还是想照现在这样活下去,这对我们彼此来说都是好事对吧?再说你就我这么一个哥哥,真让我剖腹,你也会觉得很舍不得对吧?"

"我也没说舍得呀。"

"所以嘛，你就当是救哥哥一命，答应了吧!"

"你又不说明缘由，没头没脑的叫人家答应什么啊?"

"只要你发问，随便什么问题我都可以回答你。"

"说得真好听。我也用不着问，因为我根本没想嫁人。"

"糸子，你说话简直跟地老鼠花炮[1]一样，兜过来又兜回去的，陈述错乱。"

"什么意思?"

"哦，没什么，算是法律术语吧……糸子，我们这样一直绕下去也不会有结果的，我还是明明白白告诉你吧，其实是这样……"

"就算你告诉我缘由，我也不嫁人。"

"你打算跟我提条件? 太狡猾了……实话跟你讲，哥哥打算娶藤尾小姐。"

"还是没告诉缘由啊。"

"还是没告诉缘由? 我现在不是正在告诉你嘛。"

"可是，藤尾小姐的话还是算了吧，藤尾小姐不想嫁到我们家来。"

"上次你好像也这样说过。"

"是啊，既然她不想嫁到我们家来，又何必非她不娶呢? 外面女孩有的是啊。"

"你说得太有道理了。哥哥不是那种不知羞耻的人，对方明

---

1 地老鼠花炮：焰火的一种，在纸捻里塞入火药，做成环形，在端部点火后即像老鼠一样在地上转圈，最后爆裂。

明不愿意还硬逼人家嫁来我们家，再说这事也关系到糸子的威信呀。只要明确知道对方真的不愿意，哥哥就另找别人。"

"最好另找别人。"

"可是现在还不明确啊。"

"所以你想去问问清楚?"内向的妹妹露出一丝惊讶的神情，视线垂落在桌子上。

"前些天甲野家的伯母不是来我们家，在楼下和爸爸密谈吗?当时就谈到了这件事。听老爸讲，甲野家伯母当时表示，眼下暂时还不能让藤尾嫁过来，只要我考上外交官，身份定下来了，随时可以再商量。"

"那又怎么样呢?"

"这不就行了? 因为哥哥考上外交官了嘛。"

"哎哟，什么时候会考上?"

"什么什么时候，哥哥已经考上了!"

"啊，是真的? 简直不敢相信!"

"你居然不相信哥哥考上了外交官? 太打击我的自尊心了。"

"你为什么不早说? 害得我替你担心了好久。"

"都是仰仗着你给我鼓劲，所以我感激涕零呢，但光顾着感激涕零了，就忘记向你报告了，这可不能怪我呀!"

兄妹二人对视着，随后同时笑起来，眼眸与眼眸之间毫无隔阂。

收起笑容后，哥哥说道："所以哥哥才理了这个头，因为过段时间我就要出国去了。老爸教训我说，得先娶个媳妇成为法律意义上具有权利义务主体资格的人之后再出国，于是哥哥就告诉他，如果要娶媳妇那就娶藤尾小姐，因为外交官夫人假如不是那种时髦女人的话以后很难出头的。"

"既然你那么喜欢藤尾小姐，那就娶她吧……不过，还是女人看女人会看得比较准。"

"才女糸子说的话当然不会错，哥哥绝对会把你的话当作参考意见的，不过我想最主要的还是应该跟对方谈谈清楚。假如对方不愿意，应该会直说不愿意，总不至于听说我考上了外交官就突然改变主意答应嫁给我了，我想应该不会那么没有诚意吧。"

糸子的鼻孔哼哼发出两三声轻笑。

"会吗?"

"谁知道呢，不去问的话怎么知道呢? 不过……如果要问，最好去问钦吾先生，不然会很丢人的。"

"哈哈哈哈，不愿意的话肯定会拒绝，这是人之常情，被拒绝也算不上什么耻辱……"

"可是……"

"……不过我还是去问甲野——问当然得去问甲野，可是问题也随之而来了。"

"什么问题?"

"有个先决问题……是先决问题，糸子。"

"所以我在问你嘛，到底是什么问题?"

"你知道吗，听说甲野现在吵着闹着要去当和尚呢。"

"瞎说，怎么可能会有这种荒唐事!"

"什么呀，眼下这种社会假如能够下得了决心去当和尚，先不管荒唐不荒唐，分明是件很值得庆贺的事情哪。"

"太过分了……他不会是心血来潮才说去当和尚的吧？"

"这很难说，最近烦闷都成了一种流行病了。"

"那哥哥先当和尚看看吧。"

"心血来潮一把？"

"心血来潮也好，其他什么的也好。"

"理个平头就会被误以为是囚犯，万一我理个光头跑进外国的公使馆，人家肯定认为我是个疯子。我就你这么一个妹妹，你让我做其他任何事情我都可以答应，唯独叫我当和尚这事就免了吧，我从小就讨厌和尚和油炸豆腐。"

"那钦吾先生干吗非要去当和尚呢？"

"就是啊，从逻辑上讲是有点滑稽，不过，应该用不着去当和尚。"

"哥哥说的话，我实在弄不明白哪些是正经话哪些是在开玩笑，你这样子能当外交官吗？"

"不这样说话才不适合当外交官哩。"

"你……钦吾先生到底发生了什么事？你快说正经的。"

"好，我说正经的。甲野他说要把房子和家产全部让给藤尾，自己离开那个家。"

"为什么？"

"听说因为身体不好，他无法照顾伯母。"

"是吗？太可怜了，像他那种人应该不在乎房子和钱财，或许这样做对他倒是件好事。"

"连你都赞成他这样做，先决问题就更难解决啦。"

"即使钱多得像山一样，对钦吾先生来说也根本没有用啊，倒不如让给藤尾小姐的好。"

"你真慷慨大方，一点儿也不像女人……反正不是自己的钱。"

"我也不需要什么钱，有钱反倒是累赘。"

"事实上是我们家钱还没多到成为累赘的地步，哈哈哈哈！不过我很佩服你这种想法，你有资格当尼姑。"

"讨厌！什么和尚尼姑的，讨厌！"

"关于这点，哥哥也赞同你的意见。但是甲野偏偏糊涂到打算放弃所有家产离家出走，先不说家产……因为伯母说，要是甲野离开那个家，她就无依无靠了，所以就得让藤尾招赘，这样藤尾也没办法嫁给我了。伯母说得有道理。换句话说，因为甲野的任性，你哥哥的亲事要泡汤了！"

"这么说，哥哥是为了娶藤尾小姐才打算劝钦吾先生留下？"

"从另一方面来说是这样。"

"这样说的话，哥哥岂不是比钦吾先生还要任性吗？"

"这回你倒说得很合逻辑。难道你不觉得很愚蠢吗？竟然要放弃理所当然继承来的全部家产。"

"他不想要那也没办法呀。"

"那是因为他神经衰弱才会说不想要的。"

"他不是神经衰弱。"

"反正是有病吧？"

"他没有病。"

"糸子，你今天跟往常完全不一样哩，说话这么决断。"

"钦吾先生本来就是那样的人，大家都说他有病，那是大家错了。"

"可是他也不能算健康啊，竟然想得出这种念头。"

"他是想舍弃自己的东西吧？"

"那当然……"

"因为没用，所以打算舍弃对吧？"

"怎么能说没用……"

"对钦吾先生来说真是没用啊，他这样做既不是逞强，也不是故意为难别人。"

"糸子，你真是甲野的知己，你比哥哥更理解甲野。我没想到你这么尊敬他。"

"是不是知己倒罢了，我只是说出心里想的，而且我说的也是事实。如果伯母和藤尾小姐认为不是这样的，那是伯母和藤尾小姐弄错了。我最讨厌说谎！"

"佩服佩服！想不到读的书不多，却也能拥有这样一份充满真诚的自信，真令人佩服。哥哥非常赞同你的意见。所以糸子，哥哥想和你商量一下，你不要管甲野会不会离开那个家，也不要管他会不会把家产让给藤尾，你说，你愿意嫁给甲野吗？"

"这根本是两回事嘛！我刚刚说的只不过是事实而已，我觉得钦吾先生很可怜才忍不住说的。"

"好！你是个明事理的人，虽然你是我妹妹，但我还是钦佩你。我问的是另一个问题呀，怎么样，你不愿意？"

"什么愿意不愿意……"糸子说到半途突然垂下头，似乎在凝视衣裳前襟的图案。隔了一会儿，糸子眨了眨眼，挂在睫毛上的一颗泪珠滴落到膝上。

"怎么了糸子？你今天好像天气骤变啊，让哥哥不知如何是好了。"

糸子紧闭嘴唇抽噎了一下，瞬间又滴下两颗眼泪。宗近从父亲给他的西服口袋里抽出皱巴巴的手帕。

"来，擦擦吧。"宗近将手帕递到糸子跟前。妹妹却像具人偶似的一动不动。宗近向前伸着右手，稍稍蹲下身，从下往上觑视妹妹的脸。

"糸子，你不愿意？"

糸子默然不语，摇了摇头。

"那么，你愿意嫁给他？"

这回头没有动。

宗近将手帕搁在妹妹膝上，直起身子。

"你不要哭嘛。"宗近望着糸子说道。好一会儿，两人都默不作声。

总算，糸子拿起手帕。平纹粗绸的膝上沾了些许泪痕。糸子在膝上仔细抻平手帕的皱褶，再对折两次折成小方块摊在膝上，手紧紧压住手帕四角，随后抬起眼睛。两眼如海一般汪漾。

"我不嫁人！"糸子道。

"你不嫁人？"宗近下意识地重复着妹妹的话，随即提高声音道，"别开玩笑了！你刚刚不是说好愿意的吗？"

"可是，钦吾先生不打算娶媳妇。"

"这个不问他怎么知道……所以哥哥打算去问问他。"

"你不要问他！"

"为什么？"

"不为什么，反正你不要问他。"

"那怎么办呢?"

"不管怎么办,反正你不要问他。我现在这样子没有什么不好的,我就这样子下去,嫁了人反倒不好。"

"真叫人头痛,你什么时候变得这么固执?糸子……哥哥不是出于自私,为了想娶藤尾才叫你嫁给甲野,哥哥现在和你商量真的全是在为你着想啊。"

"我知道。"

"你知道就好,接下来就好说了。我问你,你不讨厌甲野吧?……行,反正哥哥心里有数,这个应该完全不是问题。没问题吧?接下来是你不想让哥哥问甲野愿不愿意娶你,是吧?就是这点让哥哥想不通,不过这个也可以不去管它……你不想问没问题,但是假如甲野说想娶你,你愿意嫁给他是吧?……你不是说没钱没房子都无所谓吗?假如你愿意嫁给身无分文的甲野,反倒是你的荣耀,这样做才是真正的糸子!老爸和哥哥保证都不会唱反调……"

"嫁了人,人会变坏吗?"

"哈哈哈哈,怎么会突然问这种严肃的问题?你怎么了?"

"没怎么……如果变坏了,只会让人讨厌,遭人唾弃,所以还不如终生都像现在这样陪在爸爸和哥哥身边的好。"

"爸爸和哥哥身边……爸爸和哥哥当然也希望终生和你在一起,可是糸子,这样不行啊。你嫁人后,只会变得比现在更完美,让丈夫终身都疼爱你,这样不更好吗?哎,最重要的是眼下的事情……总之,这件事情就交给哥哥来办好不好?"

"什么事情?"

"你不想问甲野，可是要等甲野主动来向你求婚的话，不知会等到什么时候……"

"无论等到什么时候，他都不会来求婚，我理解钦吾先生心里是怎么想的。"

"所以说交给哥哥来办嘛，哥哥一定让甲野答应娶你。"

"可是……"

"你不要说了，哥哥一定承担起这个责任帮你把事情办妥，你放心吧。等哥哥头发长长了，就得去外国，到时候哥哥会好长时间见不到糸子，为了报答你平日对哥哥的照顾，哥哥去帮你办——就当作狐皮背心的谢礼，好不好？"

糸子没有出声。

楼下传来父亲哼唱谣曲的声音。

"又唱起来了……那我走啦。"宗近走下楼梯。

十七

小野同浅井来到桥上。身后的来时路从青色麦田中钻出，前路没入青色麦田中。一条铁轨从深邃谷底穿过，高耸的防护堤上被春天笼绊的绿意迫不及待地恣意吐绽着生机，贴着壮观的峭壁形成一道弧形屏风，向视界尽头延伸。断桥南北横跨于铁轨上方，距离谷底约十丈。凭栏俯视，首先映入眼帘的是旷阔两岸满满的绿色，其后才是石墙，朝石墙底部望去，可以看到一条细长的褐色道路，铁轨在细长路上闪着细长的亮光。——二人来到断桥上停下了脚步。

"景色真美。"

"嗯，好风景。"

两人倚在栏杆上。就在他们纵目眺览的当口，麦田里的青麦似乎仍在一点一点不停生长。今天天气暖和得近乎炎热。

无边无涯的麦田仿佛一张巨大的青色草席，在它尽头是景色迥然不同、黑黢黢的森林。暗黑的大片常青树林中，有一簇簇明艳艳的、绿中含黄、袅袅升腾弥散至天空的粉末状物，大概是樟树的嫩芽。

"好久没来郊外了，感觉真舒服。"

"偶尔来这种地方真是不错。不过我刚从乡下回来，这种景色一点儿都不觉得稀奇。"

"你肯定不稀奇了，拖着你来这种地方真有点不好意思啊。"

"没关系，反正我每天都晃来晃去没事做。不过，人每天闲着没事做也不行，哎，你有没有挣钱的路子？"

"挣钱我可没什么路子，倒是你应该有很多吧？"

"没有。如今法律系也不吃香了，跟文学系一样，没有银表根本不行。"

小野倚着栏杆，从西服口袋取出那只银制烟盒，"啪嗒"一声打开，盒子里整整齐齐并排着带金色滤嘴的埃及香烟。

"要不要来一根？"

"哦，谢谢。你这烟盒真漂亮。"

"别人送的。"小野也取出一根香烟，随后将烟盒塞进内侧暗袋里。

二人吐出的烟圈断断续续朝上盘绕，飘入闲静的天空。

"你平常都抽这种高级香烟吗？看来你手头很宽裕啊。能不能借我一点儿钱？"

"哈哈哈哈，我还想问你借哩。"

"怎么可能？借我一点儿吧，我这次回老家花掉不少钱，现在手头紧得很哪。"

看来对方不像在装腔作态。小野微微侧一侧头，一口烟飘向旁边。

"你需要多少？"

"三十圆或二十圆都可以。"

"我哪有那么多钱？"

"那十圆也行……五圆也行啊！"

浅井不断降价。小野将双肘搁在身后铁栏杆上，小羊皮鞋尖稍稍向前伸出些许，嘴上叼着香烟，透过眼镜片望着鞋尖上的装饰。迟日影长不解惜寸阴。阳光照洒着擦拭得铮亮的细密羊皮，鞋面蒙了一层几乎看不见的尘埃。小野举起手中的细长拐杖在鞋帮上"砰砰"敲击几下，尘埃离开鞋面翻舞起一寸高，拐杖击中之处出现几道黑斑。站在他身旁的浅井的鞋子则笨重得像军靴似的。

"十圆的话应该可以想办法凑凑……你打算借到什么时候？"

"这个月底一定还你，行吧？"浅井将脸凑近。小野取下口中的香烟，用手指根夹着香烟轻弹一下，约半寸长的烟灰掉落鞋面。

小野身姿不动，脖颈从白领子上划过斜向一旁望去，浅井托着腮胳膊架在栏杆上，脸孔就凑在小野眼睛五寸许的下方。

"这个月底还也行，再晚些时候还也行……不过我想拜托你一件事情，你能答应吗？"

"没问题啊，你说吧。"

浅井不假思索地答应，同时松开托腮的手，挺直了背脊。两张脸孔几乎贴到一块儿。

"其实，是有关井上先生的事。"

"哦，井上先生怎么样？我回来后一直还没抽出时间去看望他哩，真是罪过。你见到先生时，代我向他问个好，顺便也向小姐问候一声。"

浅井扬声哈哈大笑，顺势从栏杆上探出胸膛，往桥下吐了一口口水。

"就是关于那个小姐的事……"

"你要和她结婚了？"

"你怎么这样性急啊，先别急着下结论……"小野停住，望着麦田凝视了一会儿，突然向前抛出手中的烟头，白色袖口和七宝烧袖扣轻擦在一起发出"玲玲"的声响，一段寸余的金色掠过半空落至桥下，落下的烟头在地面反弹了一下。

"你真浪费。"浅井说。

"你到底愿不愿意帮我去办这件事？"

"当然愿意啊……然后呢？"

"什么然后？我还什么都没跟你说哩……钱我会帮你想办法的，但我真的想请你帮我办这件事。"

"那你就赶快说吧。我们在京都那时起就是知心朋友了，不管什么事情，我都愿意帮你的。"

浅井的口吻非常热情。小野放下一只胳膊，转身直直地盯着浅井。

"我猜想你肯定会帮我的，所以就等着你回来哩。"

"那我回来得正是时候……是不是要跟谁交涉？谈结婚条件？这年头如果娶个身无分文的媳妇日子很难过的。"

"不是那回事。"

"不管怎么样，先把条件讲清楚了，对你的将来有好处啊。你听我的，就这样吧，我帮你去谈条件。"

"假如我真要娶对方的话，你去帮我谈条件倒也罢了……"

"但终归要娶的吧？大家都这么想哦。"

"谁这么想？"

"还会有谁？我们大家啊。"

"这叫我怎么说呢？我怎么可能娶井上先生家小姐……我和他们根本没正式约定什么呀。"

"是吗？不对哦，你们是不是……"浅井说。

小野心中暗忖，浅井果然是个卑劣男人，正因为他是这种男人，小野觉得他肯定能够毫不在乎地向对方提出退亲的事。

"你这样要笑我，我不跟你说了啊。"小野用他惯常的一本正经的口气说道。

"哈哈哈哈！你不要当真嘛，像你这样太规矩了会吃亏的，做人脸皮要厚点才行啊。"

"也许要过一阵子才做得到，我现在仍在学呢。"

"要不我带你出去练习练习？"

"到时就请你多关照啦……"

"你嘴上这样说，搞不好早就悄悄在拼命练习了。"

"哪有的事。"

"你最近打扮得这么时髦，就冲这一点我看完全有可能！特别是你那个烟盒，来路实在太可疑了……对了，说起来这香烟好像也有一股说不出的怪味哩。"

浅井举起快烧到手指的烟头，拿在鼻尖下"嘶嘶"地嗅了两三记。小野越发觉得浅井的玩笑一点儿都不好笑。

"我们边走边说吧！"

为了不让浅井继续谑嘲，小野跨前一步走到桥中央。浅井的手肘也离开了栏杆。阳光自上空朗照着左右两边的麦田，温暖的绿意掠过麦穗在田埂升腾，整片原野笼罩着一股氤氲的暑气，两人被裹在里面快要头昏脑涨了。

"热不热？"浅井跟在小野后面。

"很热。"小野等着浅井跟上来，待两人并肩时，再度迈出脚步。小野边走边进入正题。

"刚才说的那件事……实话跟你讲，两三天前我去井上先生家时，先生突然提起结婚的事……"

"你难道不正等着……"见浅井还想往下发挥，小野赶紧提高声调加快速度，一口气说下去。

"当时先生情绪很激动，加上我以前受过先生多年照顾，不好意思伤他的感情，所以请他给我三两天时间好好考虑，然后告辞了……"

"你这样做很慎重……"

"你先听我把话说完，等下我再仔仔细细听你的评论好了……我这个人你也知道的，因为曾经受过井上先生的恩惠，所以无论他说什么，我都会觉得假使不遵照他说的去做，于情于理都好像有愧……"

"那是。"

"话是这么讲，可结婚毕竟不同于其他的事情，是关系到一个人终身幸福的大事啊，哪怕是恩人下命令，我也不能不管三七二十一就答应啊。"

"嗯，是不行。"

小野目光锐利地看了对方一眼，出乎意料的是对方一本正经。于是话题接着往下——

"假如我跟先生有过什么正式承诺，或者做过对不起小姐的事情，那我肯定会负责任的，根本不用先生催促，我会主动把这件事情处理好，但事实是，在这件事情上我完全是清白无辜的!"

"嗯，清白。这世上没人比你更高尚更清白，这点我可以保证。"

小野又目光犀利地打量了浅井一眼。浅井一点儿也没有察觉。话题继续向前——

"可是先生却好像认定了我必须负这个责任，然后再从这一点演绎出种种事情来。"

"唔。"

"我总不能再把先生拉回原点，指出他的谬误，告诉他说您这种想法出发点就错了……"

"你这人就是太老实了。你应该学会世故一点儿，要不然真的会吃亏的。"

"我也知道我会吃亏，可我就是这样的性格呀，我实在做不到锣对锣鼓对鼓地当面去反驳别人，何况对方是于我有恩的井上先生啊。"

"是啊，对方是有恩于你的人。"

"再者从我的角度来说，我现在正忙着写博士论文，这种时候跟我提亲事什么的就更加让我为难。"

"你还在写博士论文？太厉害了！"

"没什么厉害的。"

"当然厉害！要不是拿到银表嘉奖的聪明头脑，根本做不到啊！"

"先不说那个……总之，事情就是这样。我很感谢井上先生的一片好意，但这件事情我打算先回绝掉再说，可是以我的性格，每次一见到先生就忍不住心生同情，实在说不出这种狠心的话，所以我才想到拜托你替我办这件事。怎么样？你愿不愿意帮我？"

"原来是这样，没问题！我去见井上先生，好好跟他说。"

浅井如同扒拉一碗汤泡饭似的不假思索便应承下来。如愿以偿的小野稍稍停顿片刻，往前走了两步继续说道：

"不过，我愿意终生照顾井上先生，在这一点上我绝不会像平时一样含含糊糊不爽气……说句老实话，先生的经济状况已大不如前，所以我很同情他。这次他跟我提起亲事，我感觉也并非只是单纯结婚的问题，好像是拿这个当借口，好从我这儿得到些资助。既然这样，我肯定会帮助他，为了先生我愿意尽力。不过结了婚才帮，不结婚就不帮，我可绝对不是这种寡情的人……既然受了恩惠，再怎么说也是一份恩情，永远不会消失的，我只有尽力报恩。"

"你真让我钦佩啊，井上先生要是听到这番话也会很高兴的。"

"你要原原本本把我的心意转告给先生，万一他误解了我的意思，事情就麻烦了！"

"你放心吧，我会好好转达的，而且绝对不伤害他的感情……不过你别忘了借我十圆钱哦。"

"会借给你的。"小野笑着答。

锥子是用来凿洞的工具，绳子是用来捆扎东西的手段，浅井则是跟对方提出退亲的道具。若非锥子就无法在松木上凿洞，若非绳子就无法拴住海螺，而这世上只有浅井才能以去澡堂洗澡般的心情轻松答应代办这件差事。小野真是多才多艺，他深知如何正确使用道具。

然而，单单提出退亲和提出退亲后完满地处理好一切后事，则是两种不同的才能。抖落树叶的人不一定会打扫院子。浅井是个毫无顾忌的家伙，哪怕进到皇宫里参观也敢抖落树叶，同时他又是个毫无责任心的家伙，即使进皇宫参观也不愿抬手拂拭任何纤尘。浅井是个不懂潜水却敢于潜入深海的七头八胆之徒——不，应该说是个潜下去的时候根本不考虑还得掌握上浮技术的愣头小子。他只知道应承，无论什么事情都敢应承下来，至于成不成则完全是走一步看一步。他就是这样的人。假如不考虑善恶、是非、轻重以及结果，单纯来看问题的话，浅井其实是个毫无恶意的好人。

小野当然知道这些。明明知道仍拜托浅井帮他做这件事情，是因为小野觉得只需浅井代他提出退亲的要求便可以了，之后的事情怎么都无所谓，如果对方挟怨责问，小野打算装聋作哑当个避乖龙[1]，实在躲避不掉，他也做好了令对方不得不忍气吞声接受现实的安排：小野已同藤尾约好明天去大森游玩，只要去一趟大森事情肯定会大白于世，那样一来，他也不可能与藤尾断绝关系了，到时候只要按照答应过的给予井上家经济资助就行了。

打定如此算盘的小野，听浅井爽快地答应下来，感觉心头一块大石终于卸下。

"阳光这么照着，感觉麦子的香味都飘到鼻尖了。"小野的话题终于转到了郊外景致上。

"你闻到香味了？我完全闻不到嘛。"浅井翕动着肉滚滚的鼻子嗅了几下，随即问道，"你现在还去那个哈姆雷特家吗？"

"甲野家吗？去啊，我等一下正要过去呢。"小野若无其事地答。

"听说甲野前些天去了一趟京都，不知他回来了没有？大概也闻了一鼻子麦子味回来吧……那种人真没劲，好像成天挂着一张阴沉沉的脸是吧？"

"是啊。"

"那种人还是早点死的好。听说他家有很多财产是吗？"

"好像很多。"

"他那个亲戚怎么样？我在学校有时候碰到过他哩。"

"你说宗近？"

"对、对，我正打算着这两三天里去找他一趟。"

1　避乖龙：神话传说中的一种龙，苦于行雨而到处藏避，后用来比喻躲避、避难。

小野突然停住了。

"找他什么事?"

"托他帮我找条挣钱的路子呀,不拼命奔走不行啊。"

"可是宗近现在自己还因为考不上外交官而烦着哩,你去拜托他也没用。"

"没关系,我就是去说说看嘛。"

小野的视线垂落地面,默默地走了四五米。

"你打算什么时候去?"

"今晚或明天早上就去。"

"噢。"

在麦田折了个弯,前面是一个杉树树荫夹道的长缓坡。两人一前一后往坡下走,彼此都没有工夫张口。下坡后,两人并肩走过稀疏的杉树篱笆时,小野开口道:

"如果你到宗近那儿,不要跟他提起有关井上先生的事。"

"不会说的。"

"我是认真的。"

"哈哈哈哈,你难为情啦。跟他说了又有什么关系?"

"有点小麻烦,所以你千万……"

"好,我不说。"

小野很不放心,他甚至有点想取消刚才拜托浅井的事。

小野在十字路口与浅井分手,惴惴不安地来到甲野宅邸。

在他进入藤尾房间约十五分钟后,宗近出现在甲野的书房门口。

"喂!"

甲野仍旧坐在刚才坐的椅子上，仍旧保持着刚才的姿势，仍旧画着刚才的几何图案，圆周内的三角鳞纹已经完成。

听到有人唤一声"喂"，甲野抬起头。说吃惊，说兴奋，说惊慌，说装模作样——都不是，甲野只是极其平常地抬起头来。换言之，是一种极富哲理的抬头方式。

"是你呀？"甲野道。

宗近大模大样走到屋子中央的木桌旁，突然浓眉拧成八字。

"哎呀，空气真差，这样对身体不好！把窗子打开一点儿吧！"宗近松开上下栓子，握住中央的圆把手，将正面法式窗子像扫地一般地直直推开，春风随宽阔院子里刚刚绽芽的草坪绿色一起涌进屋内。

"这样多明亮啊，嘿，真舒服！院子的草坪差不多都发绿了。"

宗近回到桌前，这才一屁股落座，坐在刚才谜女坐过的椅子上。

"你在做什么？"

"嗯？"甲野停下手中的铅笔，将涂满图案的纸片顺着桌面推到宗近面前说道，"怎么样？画得不错吧？"

"这是什么玩意儿？居然画了这么多？"

"我已经画了一个多钟头。"

"如果我不来找你，你恐怕会一直画到晚上吧？真无聊！"

甲野不吱声。

"这跟哲学有什么关系吗？"

"也可以说有关系。"

"你大概会说这是万有世界的哲学象征吧？一个人的脑子里

竟能装下这么多乱七八糟的东西，莫非你打算写一篇《染坊画师与哲学家》的论文？"

甲野没有吱声。

"我看你还是跟以前一样老是闷恹恹的，每次见到你都这么没精打采。"

"今天特别没精打采。"

"是天气的关系吧？哈哈哈哈！"

"不是天气的关系，是因为我还活着。"

"是啊，这世上活得心悦神怡、生龙活虎的人本来就少得可怜，我们两个不也这样子活了将近三十年了吗？憋憋屈屈地……"

"永远没精打采地活在浮世这口大锅里。"

说到这里，甲野终于笑出来。

"对了甲野，我今天来向你报告一件事，顺便想和你商量一件事。"

"看来你今天这趟来不轻松啊。"

"我过些日子要出国了。"

"出国？"

"嗯，去欧洲。"

"出国去好是好，不过别像我老爸那样干干脆脆走掉哦。"

"那很难说，不过只要渡过印度洋应该就没事。"

甲野哈哈大笑。

"其实是我最近交上好运考上了外交官，所以赶快去理了这个头，打算趁着眼下这股好运赶快出国。尘事匆匆得闲少啊，我根本没工夫画这种圆呀三角之类的东西。"

"那要恭喜你了。"甲野隔着木桌细细打量对方的脑袋，但未加任何评价，也没有提任何问题。宗近也没有主动进一步详细说明。关于脑袋的话题便到此结束。

"甲野，以上算是报告。"宗近说。

"你见到我母亲了吗？"甲野问。

"还没有，我今天从这边的玄关直接进来的，没有从那边的和式屋子那儿走。"

没错，宗近脚上仍穿着鞋子。甲野倚住椅背，目不转睛地盯着眼前这个乐天派，从脑袋、印花领带——领带照例歪向一边——到身上那套他父亲的旧西服。

"你在看什么？"

"没什么。"甲野答，眼睛却仍然盯着。

"我去向伯母问候一声吧？"

甲野没说不，也没说其他，依旧盯着宗近看。宗近从椅子上半抬起腰。

"最好不要去。"

桌子对面清晰地传来这样一句。

长发人缓缓从椅子起身，抬起右手拢一拢额头的前发，左手撑住椅背，转头望向亡父的肖像画。

"你要和我母亲说话，还不如和这幅肖像说话。"

穿着父亲旧西服的人瞪圆了眼睛，望着有一头如漆黑发、伫立在屋内的主人，随后圆瞪着眼，朝壁上的故人肖像望去，最后交互望着漆黑头发的主人和故人的画像，反复比较。正在反复比较时，伫立的人转动瘦削肩膀，在宗近脑袋上方说道：

"父亲已经死了，可是他比活着的母亲更实在，更实在。"

倚在椅子上的人随着这句话脸庞庞再度转向画像。他望了画像好一会儿。一双活着的眼眸从壁上俯视着他。

隔了一会儿，背靠椅子的人才开口道："伯父也太可怜了。"

伫立的人答："那双眼睛还活着，还活着。"说罢，在屋内走来走去。

"我们到院子里去，这房间太阴森，不好！"

宗近从椅子上站起身，走到甲野旁边拉起甲野的手，迅速穿过敞开的法式落地窗子，走下两级台阶来到草坪上。脚底踏到柔软地面时，宗近问："到底怎么回事？"

往南约二十米，草坪尽头是高大的栎树绿篱。绿篱宽度不足树高一半，但繁密的绿篱遮住了视线，绿篱后面隔着五坪大的池子，突出于池子对面的新和式房间内，摆放着藤尾的书桌。

二人缓步走到草坪尽头。返回时多绕了四五米从树荫下往书房走。彼此默默不语，两人的步伐却极偶然地一致。树丛中央断开一个口子，铺着两三枚踏脚石，将人引往池子。二人走到拐角时，新和式房间那边突然传来雏雉啼鸣般的尖厉笑声。二人不约而同停住脚步，视线霎时望向同一个方向。

四尺余的细长空地延伸至池边，池子对面从斜旁伸展而来的浅葱樱长枝刚好遮着外廊，小野和藤尾站在外廊边上正望向这边开怀笑着。

左右两侧是高低错落的春天杂树，上方是樱树丫枝，下方是根茎在温暖水中抽芽然后攀出水面的荷叶 —— 围成中央一幅活的静物画。画框集大自然景物之精华，形状既端正得不损佳趣，又错落有致不至搅乱视线，踏脚石、水池、外廊的间隔皆恰到好处；两个画中人的位置也不高不低；最妙的是，这一切宛似天外神来之笔于瞬息间一吐而成，才造就这幻影般的画面。二人的视线一齐聚集在池子对面两个人身上，与此同时，池子对面两人的视线也落在池子这边二人身上。互相对视的四人彼此像被钉子钉住一般呆立不动了。这是几欲令人窒息的瞬间，谁先从失惊震愕中回过神来，谁才称得上是胜者。

女子倏地抽回一只白布袜。她从染着赭石色古色古香纹样、颜色鲜艳得令春色也凋摧的腰带中，"哧溜"地用力抽出一样蜿蜒的东西，将细蛇的膨大头部握在手心，一道细长金光在半空画了一圈，从蛇尾射出一道暗红的光。接下来的瞬间，一条如静止闪电般的灿烂金链子已经挂在小野的胸前。

"呵呵呵，你戴这个最合适了！"

藤尾的尖笑声击打着静缓的水面，再尖厉地折返到池子对面二人的耳朵里。

"藤……"宗近刚打算跨出脚步，甲野却朝宗近侧腹撞了一记将他往前推去，活人画面自宗近的视野中消失。随即甲野的脸从后面凑过来，像要遮住活人画似的，在好友耳畔低声说道："别出声……"继而将莫名其妙的好友拖到了树荫下。

甲野的手搭在好友肩上，将好友拥上石阶回到书房，随后默不作声阖上门扉似的法式落地窗子左右窗门，再习惯性地锁紧上下栓子，之后走向门口，"咔嗒"转动原本就插在门把上的钥匙，门重重地落了锁。

"你做什么呀？"

"锁上门，不让别人进来！"

"为什么？"

"不为什么。"

"到底是怎么回事？你的脸色很糟糕啊。"

"我没事。你坐吧。"甲野将刚才坐过的椅子拉到桌旁，宗近像个小孩似的乖乖服从甲野的命令。等对方坐下，甲野才悄然坐到平日坐惯了的安乐椅上，面孔朝着书桌。

"宗近，"甲野对着墙壁唤了一声，随后转动脖颈，正面对着宗近说道，"藤尾不行啊。"

平静的语气中充满了温暖。春脉为了让所有枝柯都染上绿意，悄然不为人知地穿行在萧寂中，一如甲野的同情之心。

"原来如此，"宗近抱着手肘简短地应着，随即无精打采加上一句，"糸子也这么说。"

"你妹妹比你有眼光。藤尾真的不行，她是个轻佻的女人。"

有人在门外转动门把。门打不开，门外人于是用力"嗵嗵"拍门。宗近回头望向门口，甲野却连眼皮都懒得动一下。

"不要理她！"甲野冷冷地说。

门外人将嘴贴在门上"呵呵呵"尖笑了一阵，接着传来急促的脚步声，是奔向和式房间的。屋里二人对视着。

"是藤尾。"甲野说。

"是吗？"宗近说。

之后一片静寂。桌上的座钟嘀嗒嘀嗒作响。

"那块金表就不要惦念了。"

"嗯，不惦念了。"

甲野面对着墙壁。宗近抱着手肘。时钟在嘀嗒嘀嗒作响。和式房间那边传来一阵哄笑声。

　　"宗近，"甲野又转过头来面对宗近，"藤尾不喜欢你，你最好什么都不要说。"

　　"嗯，我什么都不说。"

　　"藤尾是无法理解你这种人的，她是个浅薄的疯丫头，把她让给小野好了。"

　　"反正我已经理了头。"宗近从胸前抽出骨节粗大的手，"咚"地敲了一下自己的脑门心。

　　甲野眼尾聚起若有若无的笑意，重重点了点头，接着说："有了这个头，藤尾什么的就不需要了吧？"

　　宗近轻轻应了声："嗯哼。"

　　"这样我总算可以放心了。"甲野轻松地跷起一条腿搁在另一条腿的膝头。宗近抽着纸烟，他吐出一口烟，仿佛自言自语似的道：

　　"从头开始。"

　　"你从头开始，我也要从头开始。"甲野也仿佛自言自语似的说。

　　"你也要从头开始？怎么开始？"宗近挥开眼前的烟雾，重新打起精神，凑过脸来问道。

　　"我要像原先身无分文那样重新起步，所以也是从头开始。"

　　宗近手指夹着敷岛牌纸烟愣怔在那里，以至忘记将香烟送到嘴边。"像原先身无分文那样重新起步是什么意思？"宗近反问道，似乎在怀疑自己的脑筋出了毛病。

甲野用跟平常毫无两样的口气平静地回答："我把这栋房子和所有家产统统让给藤尾了。"

"让给藤尾了?! 什么时候?"

"就刚才，在我画这些线条的时候。"

"那……"

"就在这个圆圈内画三角形鳞纹的时候……这是我画得最好的。"

"你就这样轻易让给她……"

"我统统不需要，有了它们反倒是一种负累。"

"伯母同意了?"

"她不同意。"

"既然她不同意……那伯母岂不是很为难吗?"

"不让给藤尾，她才会为难。"

"可伯母不是经常担心你会不会做出什么傻事来吗?"

"我母亲是个伪善者，你们都被她欺骗了。她不是母亲，她是个谜，是这个浇薄之世[1]特有的文明怪物。"

"你这样说是不是太……"

"你大概认为她不是我生身母亲，所以我对她怀有偏见对吧? 你如果那样想那我也没办法。"

"可是……"

"你不相信我?"

"我当然相信你。"

"我比我母亲崇高，比我母亲聪明，我知道她这么做的理由，

---

1 浇薄之世：指道德败坏、社会风气浮薄的时世。

305

况且我比我母亲更善良。"

宗近默然不语。

甲野继续道："我母亲叫我不要离开这个家，意思是要我主动离开这个家；她叫我继承家产，意思是要我放弃家产；她说希望我照顾她，意思是不愿意让我照顾……所以表面看好像我违背了她的意愿，其实所有事情我都是按照她的意愿做的……你看着吧，我离开这个家之后，我母亲一定会到处张扬说这是我的错，是我自己要离开的，世人也会相信她说的话……我不惜做出这样的牺牲，完全是为我母亲和妹妹着想啊。"

宗近突然从椅子上站起身，走到书桌角上，将一只手肘支在桌上向下觑视着，几乎要将甲野的脸庞遮掉。他盯着甲野的眼睛问了句："你是不是疯了？"

"我知道别人会以为我疯了……反正之前大家也都在背后说我是个疯子。"

宗近那双又大又圆的眼睛滚出两行眼泪，"吧嗒吧嗒"滴落在书桌上的《罗塞蒂诗集》上。

"你为什么不反抗？你可以让她们出去啊……"

"赶她们出去，只会让她们人格更加堕落。"

"即使不赶她们出去，也轮不到你自己离开呀。"

"如果我不离开，也只会让我的人格更加堕落。"

"可为什么要让出全部家产？"

"我不需要。"

"你应该事先跟我商量一下呀！"

"把自己不需要的东西让给别人，完全没必要跟你商量。"

宗近从鼻腔里哼出一声。

"为了自己不需要的家产，让同是一家人的母亲和妹妹堕落，这对我没有任何好处啊。"

"这么说你真打算离开这个家？"

"是的。我继续待下去，只会让双方都堕落。"

"离开了你想去哪儿？"

"我也不知道去哪儿。"

宗近下意识地拿起桌上的《罗塞蒂诗集》，将书脊在倾斜的榉木桌角轻轻敲击着，似乎在考虑什么，隔了一会儿道：

"你愿不愿意来我家？"

"去你家也没用。"

"你不愿意？"

"不是不愿意，是去了也没用啊。"

宗近凝神盯着甲野："甲野，我拜托你，你就来我家吧。不光是为了我和老爸，更是为了糸子，你来我家吧！"

"为了糸子？"

"糸子是你的知己。哪怕伯母和藤尾小姐都无法理解你，我也错看了你，全日本的人都想迫害你，糸子也绝对是你最可靠的人！糸子虽然没什么学问也没有才气，但她理解你的价值，你心里想什么她非常清楚。糸子虽然是我妹妹，可她是个了不起的姑娘，是值得人尊敬的姑娘，就算你身无分文，也不用担心她会堕落……甲野我求求你，你娶了她吧！你离开这个家也好，遁入深山也好，你想去哪里流浪都无所谓，总之你想做什么都可以，但拜托你带着糸子一起走……我现在身负重任来帮糸子谈这件事情，假如你不答应，我没脸回去见我妹妹，我不得不杀死我唯一的亲妹妹了。糸子是个值得尊敬的姑娘，她是个真诚的姑娘，真的，为了你不管什么事情她都愿意做的，杀死她太可惜了！"

宗近使劲摇着倚在椅背上的甲野瘦削的肩膀。

十八

小夜子从大婶手中接过点心袋子。她倒出点心在出云烧[1]盘子里，国产饼干盖住了盘子中央的青色凤凰图案，盘子的黄色边缘留出一大片空白。盘子上搁着两根竹筷，小夜子小心翼翼端着盘子不让筷子掉落，从起居间走向客房。浅井正在客房同孤堂老人缅怀京都时代的旧谊。现在是早上，日头渐渐逼近外廊。

"小姐对东京还熟悉吧？"浅井问。

小夜子将盘子搁在主客之间，向后抽回纤柔的肩膀时顺口小声回了一句"是"，便礼貌地起身站立在一边。

"她是在东京长大的。"老人补充道。

"哦对呀……没想到长这么大了。"浅井突然跳到了别的话题上。

小夜子垂下凄寂的笑脸，没应声。浅井放肆地看着小夜子。他一边毫无顾忌地看着对方，一边心中暗忖，眼前这个女子的婚姻大事等一会儿就要被毁掉了。浅井对于婚姻的看法如同街头算

1　出云烧：日本出云（今岛根县东半部）一带出产的陶器的总称，有藩窑的乐山烧、民窑的布志名烧及意东烧、母里烧等数个品种。

命先生一般轻率，他对于女子的未来及终身幸福等不抱什么同情，觉得既然受人之托，只管将别人托付的事情完成就可以了。他认为这样才是最法学式的做法，法学式的做法是最现实的做法，而现实的做法便是最佳方法。浅井毫无想象力，他也从未觉得缺乏想象力有什么缺憾，他深信想象力与理智思考各具完全不同的作用，而想象力常常会阻碍理智思考。他从来没在法学系课堂上听任何一位老师讲过，除了纯粹的理智思考之外，有些场合亦存在唯有靠想象力才能使人恢复健全人性的有效方式，所以浅井完全不懂得这个道理。他只是单纯地认为，只要提出退亲便完事，至于夫子一言到底会令小夜子的凄寂命运产生何种变化，浅井做梦也不会去考虑的。

浅井漠然望着小夜子的当口儿，孤堂老人发出几声不寻常的干咳。小夜子担心地看着父亲："药吃过了吗？"

"早上那份已经吃了。"

"是不是觉得冷？"

"冷倒不冷，只是有点……"

老人举起左手将三根手指按在右手腕上。小夜子忘记了浅井的存在，专注地望着把脉的父亲的脸，父亲的脸跟胡子一样，一日比一日细长。

"怎么样？"小夜子忧心忡忡地问。

"好像稍稍有点快，看来烧还没退。"老人额头微微蹙起皱纹。每次看到老人量体温，焦急得一脸不耐烦时，小夜子总感到伤心。为了躲避骤雨，趟行荒野的父女二人躲到唯一可庇赖的杉树底下，不料仰头一看，闪电正击中树梢。小夜子并不害怕，而是觉得老人可怜。假如老人发怒是因自己照料不周而引起，她还有办法让老人快活起来，但如果是光靠精神撑不过去的病，即使想孝顺也莫可奈何。这几日咳嗽不断，开始老人还以为是一时性感冒，小夜子也没太往心里去，谁知偷偷问了医生，却被告知不容乐观，因为这并不只是发烧两三天不退的小毛病。如果照实告诉老人，只会让老人更担忧；假如瞒着他，则老人会靠精神力量继续撑着，只是动不动易发怒。照此下去，一年后只恐老人的神经就会赤裸裸地暴露在外，哪怕触到一点儿空气也会暴跳如雷。——昨晚小夜子整夜没有合眼。

"给您把外衣披上吧?"

老人没回答，只是问："体温计呢? 我来量量看。"

小夜子起身到起居室。

"您怎么了?"浅井满不在乎地问道。

"没什么，只是有点感冒。"

"哦，是吗……树上长出好多新叶来了哩。"浅井说。他对老人的病情全无同情也丝毫不关心。孤堂老人本来期待浅井会仔细询问发病的原因、经过及病状等等，没想到落了空。

"喂! 没有吗? 怎么回事!"老人对着邻屋发问，声音比平常大许多，紧接着又咳了两下。

"哎，我马上拿过去。"小夜子小声答道，却迟迟没有拿着体温计出来。老人转头看着浅井，有气无力地附和道："哦,是吗?"

浅井觉得很无聊，他打算赶快办完事一走了之。

"先生，小野这家伙一点儿也靠不住啊。他现在变得很时髦，他不想和小姐结婚哪!"浅井叽叽哝哝语无伦次地乱说一通。

孤堂老人凹陷的眼睛倏地变得异常锐利，随后锐利之色渐渐扩散，整张脸都严肃起来。

"依我看这件事还是算了吧……"

小夜子正在隔壁屋内寻找体温计，她忘记收在哪儿了。她抽出长火盆的第二个抽屉，刚抽出两寸，听到这句话情不自禁停住了手。

老人的表情益发严肃。缺乏想象力的浅井根本无法预测事情的结果。

"小野最近时髦得不得了，小姐嫁给那种人只会吃亏啊。"

严肃的表情终于绷不住了。

"你是来说小野坏话的吗？"

"哈哈哈哈，先生，我说的是事实。"浅井竟然不合时宜地放声大笑起来。

"你这叫多管闲事，真是个轻薄小子！"老人厉声反驳，声调也一反常态。浅井这才发觉情形不妙，他沉默了一阵。

"喂！还没找到体温计啊？你到底在磨蹭什么呀?!"

隔壁屋子没有应答。"咯哒"，拉开一半的纸隔扇上映出一个人影，随即一声不响地将一根细长的白木筒推过隔扇下面的凹槽递出来。老人坐在榻榻米上拿过木筒拔开筒帽，取出体温计举到亮光下用力甩了两三记，边甩边问道："你为什么要多管闲事啊？"然后就着亮光看体温计上的刻度。老人的注意力一半集中在体温计上。

浅井此时打起精神答道："其实我也是受人之托。"

"受人之托？受谁之托啊？"

"是小野拜托我的。"

"小野拜托你的?"

老人茫然若失，竟忘了将体温计塞到腋下。

"可就他那种性格，实在不好意思亲自来先生家提退亲的事，所以就拜托我代他来说。"

"是吗? 你再讲明白点。"

"他说两三天内必须要给您答复，所以我这就代表他来了。"

"可是到底因为什么理由才退亲? 我是要你把这个讲讲明白!"

小夜子在隔扇另一边擤鼻涕，声音虽然很小，但只隔一道纸隔扇外面的人还是能够清楚地听到。声音来自隔扇附近，大概小夜子就在隔扇背后。这声音传至浅井耳朵里，不知他是何种感受。

"理由嘛，他说他必须成为博士，所以实在没法子考虑婚姻的事情。"

"也就是说，博士称号比小夜子还重要?"

"不能这样理解吧。但如果拿不到博士称号，对他的将来真的会非常不利。"

"我明白了。就这个理由?"

"他还说，他没有和先生订下任何明确的约定。"

"他说的约定是指具有法律效力的契约是吧? 意思是双方互换字据对吧?"

"也不一定非得字据……他说，他过去长期受您的恩惠，所以他打算给予你们物质上的资助作为报恩。"

"他的意思是每月给我们一笔钱?"

"是的。"

"喂！小夜子，你出来一下！小夜子……小夜子！"老人的声音越来越高，却始终没有回应。

小夜子跪坐在隔扇背后，一动不动。老人无奈，只得再转头望着浅井。

"你有媳妇吗？"

"没有。我是想娶媳妇的，可我必须先养活我自己。"

"如果你还没有娶媳妇，你就仔细听我说，留作参考吧……我告诉你，人家的女儿可不是一件玩具啊，他想用个博士称号来代替小夜子，这怎么可以啊?! 你好好想想，再怎么贫穷的人家，女儿终究是个大活人呀！对我来讲，女儿就是我的宝贝。你去问问小野，他会不会为了当上博士而不惜杀死一个人？还有，你告诉他，比起法律上的契约，井上孤堂是个更看重道义契约的人……每月给我们一笔钱？谁求他给我们钱了？我从前之所以照顾小野，是因为他眼泪鼻涕的来找我，我觉得他可怜，完全出于好意才照顾他的。什么物质上的资助？太侮辱人了！……小夜子啊，我有话对你说，你出来一下。喂！你在吗？"

小夜子在隔扇背后啜泣。老人一个劲地咳嗽。浅井不知所措。

浅井没料到老人会发这么大的火。但他认为老人没有理由发火，自己所说的通情达理。任谁看来，要想在世上功成名就，博士称号当然很重要，要求对方取消模棱两可的约定也算不上忘恩负义。假如受人恩惠却漠然置之，或许可以说没良心，但既然小野表示要用经济补偿来报答，老人理应高兴地接受，让小野一偿报恩之愿才是，但老人竟突然如此光火——为此浅井不知所措。

"先生，您不要生这么大气啊。如果您不满意，我再去和小野说说看。"浅井说。看来事情有点棘手。

老人沉默了一会儿，口气稍稍缓和下来，但仍十分遗憾地说道：

"你好像把婚姻看得太简单了，实际上可不是这样的！"

浅井虽然不甚明了老人一番话的要点，但老人的样子着实令他有点动摇了。只是浅井深信婚姻是一种权宜手段，双方出于权宜考虑而订定婚约，或双方出于权宜考虑而取消婚约悉皆无妨，因而他没有应声。

"你不明白女人心，所以才会替他做说客来办这件事吧？"

浅井依旧不作声。

"你根本不懂什么是人情，才会满不在乎地说出这种话是吧？你以为小野退亲后，小夜子明天起就可以随便嫁人了，才会说出这种话是吧？五年来死心塌地把对方当作自己的丈夫，结果没有任何说得过去的理由，突然被对方退掉亲事，然后好像什么事情都没发生过一样再嫁给别人——世上有这样的女人吗？或许会有，但小夜子绝不是那种轻薄女人，我也从没想过把她培养成那个样子……你这样轻率地代别人来退亲，毁了小夜子的终身大事，你难道就能心安理得吗？！"

老人凹陷的眼睛渐渐湿润，同时不停地咳嗽。浅井此时方才如梦初醒，心想如果老人说的是事实，可不就是这个道理吗？浅井总算同情起小夜子来。

"先生，那请您再等一阵子，我回去和小野说说看。我今天只是受小野之托而来，这里面的事情我也不清楚啊。"

"不！你不用和他说了。既然他不愿意，我也不会非逼女儿嫁给他不可。不过，最好叫他本人亲自来讲清楚。"

"可是，小姐的想法……"

"小野应该很清楚小夜子的心意！"老人毫不客气地打断浅井的话，犹如一记耳光狠狠扇在对方脸上。

"不过，这样子小野也会很为难，我再和他说说……"

"你回去对小野说，井上孤堂再怎么宠爱女儿，也绝不是那种明知对方不情愿还要低三下四哀求对方娶自己女儿的无耻男人……小夜子啊，喂，你在吗？"

隔扇背后传出像是衣袖划拉在纸隔扇上的声音。

"这样子回复可以吧？"

没有应答。隔了一会儿，传来将脸蒙在长袖中"哇"的一声大哭。

"先生，我再和小野说说看吧。"

"不用说了，你就叫他亲自来退亲！"

"那……总之我就这样转告小野。"

浅井"嗖"地站起身，走到玄关转身向出来送客的老人鞠躬告辞时，老人忽然说了句："真是不该生女儿啊！"

到了门外浅井总算松了口气。他从未体验过刚才这种感受。走出巷子，在荞麦面馆门前的座式灯笼店招前往右拐弯来到大街上，走到半路恰好有电车停下，浅井腾地便跃上了电车。

一个多小时后，突然跳上电车的浅井晃晃悠悠从宗近家大门走出。接着，两辆人力车从门内出来，一辆前往小野的寄宿处，一辆前往孤堂老人的家。隔了大约五十分钟，宗近家玄关前的松树下，又有一辆黑篷低垂的人力车抬起车辕，往甲野家方向飞奔而去。

小说必须按顺序说明这三辆车的使命。

宗近搭乘的人力车在小野的寄宿屋前车轮声停息时，小野刚吃完午饭。托盘仍摆着，饭桶也未收拾起。主人公移座至书桌前，望着自口中吐出的烟圈陷入沉思。和藤尾约好了今天去大森。既然约定了就不能失约。然而这个无法失约的约定令小野莫名地心中歉疚，同时觉得不安。假如没有跟对方约好，或许他的心情会稍许平静些，或许还可多吃一碗饭。但自己已经将骰子掷出，骰盅已经昭然揭开，现在无论如何他都不得不渡过卢比孔河[1]。可是，镇定自若渡过大河的恺撒是英雄，而普通人到了这样的关键时刻谁都难免反反复复地思前度后。小野每每在关键时刻思前度后时必定心生后悔。每次一只脚跨进小船，当船夫操起篙说一声"开船喽"的时候，小野总想大声喊停，同时期冀有人从岸边赶来将他拉回岸上，因为只有一只脚跨上小船，就仍有回到岸上的机会。约定尚未履行之前，就如尚未离岸的小船一样，还称不上到了无路可退的境地。梅瑞狄斯[2]小说中便有这样的情节——男人和女人约好在车站见面，假如事情依照计划进行，汽笛一响，这对男女便会名誉顿失。就在两人命运千钧一发之刻，女人最终失约没有出现在车站，空等一场的男人坐进马车，怅憾而归。事后才听说原来是某友人扣留住女人，故意不让她赴约。——和藤尾约

1　卢比孔河（Rubikone）：位于意大利北部。公元前49年，恺撒破除将领不得带兵渡过卢比孔河的禁忌，挥师进军罗马与格奈乌斯·庞培展开内战并最终获胜。故在英俚语中，"渡过卢比孔河"有破釜沉舟之意。
2　乔治·梅瑞狄斯（George Meredith，1828—1909）：英国诗人、小说家。

好去大森的小野望着烟圈暗忖，假如就这样失约，或许反倒值得庆幸了。浅井那边还没有回音。孤堂老人如果答应退亲，无论结果怎样都是好事；如果不答应，那就得赶快前往大森赴约，因为和藤尾的约定原本就是为应付被逼到走投无路的绝境时临机应变渡过难关而想出来的计划。当然，小野没必要非得等对方否决之后再赴约。尽管这样，但在计划即将付诸实施的最后时刻，他仍情不自禁忧心忡忡起来，人情在一点点瓦解小野脑中构筑好的计划，想象力在挽掣小野要他不要实施计划。因为小野是诗人，他有的是想象力。

因为富于想象力，他才不敢自己去退亲。假如亲眼看到孤堂老人和小夜子的面孔，看到屋内的模样，看到他们父女的生活状况，再将看到的一切延长至未来，放到想象的镜子中，呈现出来会有两种结果：当小野也身在其中时，镜中是春天，是富庶的生活，有的只是幸福；如果将自己的影子从镜中抹去，镜中就将变成黄昏，变成暗夜，一切都是悲惨的。明明意识到这一点，仍昧着良心登门去退亲，无异于明知小小炉灶本可以升腾起一缕轻烟，却故意抽走灶下的柴火。小野不忍这样做。人可以闭着眼睛吞下苦涩的东西，却无法睁着想象的眼睛一刀斩断这种剪不断理还乱的缘分，所以小野才拜托能够做到视若无睹的浅井去，而自己只要将想象杀死便可心静无虞了。虽说没有十分的把握，但小野决心已下。然而，即使杀死一条狗也不是件容易的事情，想在与生俱来的意识世界中，只将对自己不利的部分涂黑，甚或将其摈除，是自古以来千千万万人已经尝试过的穷极之策，也是千千万万人同样以失败告终的愚极之策。人心不是一枚白纸。小野在下定决心的当晚，想象力即复活了。

瘦削的脸颊；凹陷的眼睛；蓬乱的头发；微若游丝的气息——描画至此，想象倏然一转。

腥血；风雨交加的凄凉夜晚；清冷的灯火；白纸灯笼[1]——描画到这里，不禁毛骨悚然，想象骤然停止。

想象停止之时，他猛地想起约定，也想起赴约之后可能发生的痛苦结果，最终想象力搅得他大脑中影像叠错波澜不止——良心进了当铺，终生都赎不回来了。利上滚利。感觉背脊沉重，感觉疼痛，直至最后将他彻底压垮。他寝食难安。世人在背后朝向他指指戳戳……

小野呆愣愣地凝望着烟圈。恩赐的银表每一秒钟都在催促他赶快赴约。小野感觉自己就仿佛乘坐雪橇一样，只需将乏力之躯托付给雪橇，然后只要拱手端肘，雪橇自然会滑向约定的深渊。世上没有任何东西能像时间雪橇那样正确无误地往前滑行。

——还是去吧。只要不做亏心事，去赴约也无所谓，只要谨慎行事，事情应该不至于糟糕到不可收拾的地步。小夜子那边，等浅井带回消息后再做打算吧。

正当浓密的烟雾摇摇曳曳，朦朦胧胧地罩住未来的影子时，宗近健壮的身躯拂去小野所有想象，出现在现实世界中。

小野还没想明白女佣是什么时候、怎样把宗近带进来的，宗近突如其来地就闯入了屋子。

"怎么搞得这么乱七八糟！"

宗近说着将红漆托盘端到走廊，将黑漆饭桶端出去，连茶

1　白纸灯笼：白纸糊的灯笼，在日本用于丧事。

壶也一并端走了，然后在屋子中央坐下，问小野："怎么样？"

"对不起，实在是失礼了。"主人转过身来望着客人，显得很是过意不去。恰好此时女佣前来，将茶壶和碗筷之类统统收走。

将理智交给时间，连举手之劳也不屑动弹的人，最终势必不得不乘坐上时间雪橇。时间一分一秒逝去，小野心中的不安也在加重，将他一点点逼向可怕的境地。而突然从旁蹿出的宗近，将身不由己往前滑去的人挡在了半途，被挡的人虽然计划被打乱，却总算能够止住滑行停留在原地，因而得以享受片刻的平静。

约定当然必须履践，但夺走履约条件的人并非自己，主动爽约和妨碍自天而降使得约定无法履践，带来的感受截然不同。眼看约定难以履践，为了开脱自己的责任，此时如果有人来妨碍履约正是求之不得，假如遭到良心谴责为何爽约，即可辩解道，自己是打算履行义务的，无奈被宗近阻碍了。

因此小野是怀着好意欢迎宗近前来的。不幸的是，这一丁点儿好意却因为某种尴尬的关系而只能被禁锢在内心深处。

宗近同藤尾是远亲。不管是自己诱使藤尾陷入泥沼，还是藤尾害自己城破池陷，两人间已装聋作哑订下约定，计划将生米煮成熟饭，而且眼下正准备付诸实行，恰在这当口儿，突然有个人闯入，算不算添乱子姑且不说，总之让小野感到极度不安，因为突然闯入的不是别人，偏偏是藤尾的亲戚。

如果单单是亲戚也罢了，然而对方是一直倾心于藤尾的宗近，是客死国外的人早已认定为女婿的宗近，是到昨天为止仍不知小野和藤尾的关系，一如既往揣着昔日美好期待的宗近，是浑然不知被偷走的金子到底去了哪儿，仍徒然守着空保险柜的宗近。

金链子仿佛一道刺眼的春天的闪电，将秘密之云劈成两半。金链子方才惊醒睡眼，假如此时浅井向对方说出井上孤堂的事，事情可就棘手了。"同情"仅仅是针对对方说的，"于心不安"则用于自己做了亏心事的场合，而当情形更加糟糕、利害得失直接反弹至自己身上时，就要用"棘手"来形容了。小野凝神看着宗近的脸，大感事情棘手。

他欢迎宗近来访的一丝好意之核，无地自容地蜷曲于同情之圆中，同情圆外裹着让人极不舒服的于心不安之圆，最外面则是棘手之圆，犹如黑墨水洇散开来一般，漫无际涯地连接着未来，而宗近就像是司掌未来的主人公。

"昨天真是不好意思！"宗近说。小野涨红了脸垂下头，他惴惴不安地擦了一根火柴点燃香烟，暗忖宗近接下来大概会提金表的事。宗近却似乎毫无此意。

"小野，刚才浅井来过我家，我就是为这事特地来找你的。"宗近开门见山说道。

小野浑身的神经刺痛起来。隔了一会儿，才自鼻孔阴沉地喷出一股烟雾。

"小野，你千万不要认为是仇敌来了。"

"不，我绝没有……"小野嘴上这样说，心里却忍不住吃了一惊。

"我绝不是那种指桑骂槐、揪住别人弱点不放的人。你看，我已经理了这个头，我压根儿就没这种闲工夫，就算有，这样做也有悖我们家的门风……"

小野听明白了宗近的话，但宗近理这个头的缘由还是没弄明白，然而又没勇气反问，于是他只得保持沉默。

"假如你认为我是那种卑鄙的人，那我忙三忙四的还特意跑到你这儿来便毫无意义了。你也是受过教育、明事理的人，假如你把我看成是那种人，那我接下来要说的话对你就毫无效果了。"

小野依旧默不作声。

"我就算是个闲人，也不会闲到就为了让你轻蔑而雇一辆车急急赶来……总之，事实就是浅井说的那样是吧？"

"浅井怎么说的？"

"小野，我可是认认真真在跟你说啊！你听好了，人哪怕一年中就一次，至少有时候必须对人以诚相待，如果只靠一张皮在世上混，没人愿意和他们打交道，就算他们愿意和我们打交道，我们也不屑。我今天来是打算和你打交道来的，怎么样，你听明白我的意思了吗？"

"是，听明白了。"小野老实答道。

"既然你明白，我就把你看作对等的对手和你谈。你好像一直都活在不安中，是吧？看起来一点儿都不泰然。"

"也许……是吧。"小野不得已，只好坦白承认。

"你这样坦率地回答，我反倒很同情你……浅井说的全都是事实吧？"

"是。"

"现代这个轻薄社会里，没人会理会别人是不是坐立不安，或者活得泰然不泰然。不要说别人，很多人明明自己坐立不安但也装出一副得意扬扬的样子。或许我也是其中之一。不，不是或许，我就是其中之一！"

小野此时开始主动抢着搭起话来。

"我很羡慕你。说老实话，我甚至一直希望自己能够成为像你这样的人。你要是这样说的话，那我绝对就是个遭人不屑的人了。"

看来小野不是为了迎合宗近才这样说。伪装的文明开始绽裂，从中溢出真心话来。小野的声音依旧无精打采，然而带着真诚。

"小野，你终于意识到这点了？"宗近的话听上去充满暖意。

"嗯。"小野答，隔了片刻，他又重复应了一声，"是的。"随即垂下头。宗近将脸凑近对方。小野仍垂着头，喃喃着说："我这人性格太懦弱。"

"为什么？"

"这是天生的，没办法。"小野仍旧低垂着头说道。

宗近将脸凑得更近。他弯起一条腿，将手肘搁在膝上，掌心托住腮向前凑出，说道："你学识比我丰富，脑子也比我聪明，我很尊敬你，因为尊敬你所以才来救你的。"

"救我……"小野抬起头，只见宗近的脸近在鼻端。

宗近整张脸仿佛要压过来似的："现在这种紧要关头，如果还不把你那天生的性格彻底矫正一下，你这辈子都会活得坐立不安！哪怕你再怎么用功学习，哪怕你真的成了学者，你也会追悔莫及。是时候了，小野，假如你真的想以诚待人的话。世上有许多人活了一辈子都不懂什么才是真诚，只靠一张皮活在世上，这样的人就跟泥土捏成的人偶没什么两样。如果一个人本来就缺乏真诚，那另当别论，可明明拥有真诚却变成了人偶，岂不太可惜了？用真心去待人家，会感觉心情特别舒畅，你有过这种感受吗？"

小野垂着头不语。

"如果没有，你就感受一下看看，就趁现在！这种事一生只有一次，错过这次机会，就再也没这样的机会了，你将到死都不知道真诚是什么滋味，而且一直到死都会活得像只狮子狗那样，老是坐立不安地转来转去。人只有不断地好好利用真诚待人的机会，才能够成为一个优秀的人，自己都会觉得自己活得很高尚……我可一点儿也没夸张。没有过亲身体验是不会明白的。你看我这副样子，既没有学问又不肯用功读书，考试名落孙山，整天游手好闲无所事事，但是我比你活得泰然。我妹妹他们都认为我感觉迟钝所以才会这样，也许我真的是感觉迟钝……不过，如果我真的那么感觉迟钝，今天就不会雇车急急地赶来你这儿了，你说是不是，小野？"

宗近舒心地笑起来。小野没有笑。

"我能够比你更泰然，不是因为有学识的缘故，也不是因为好读书的缘故，都不是，是因为我有时候真诚待人的缘故——或许应该说我能够尽量去真诚待人。真诚待人最能够让一个人增强自信力，最能够让人沉着不慌，最能够让人意识到自己的精神存在，你只有在真心待人的时候才能感悟到自己真真切切地活在这片天地之间。所谓真诚待人，小野，就是认认真真去做的意思，真正去做的意思，就是说你必须切切实实地去做，你得全身心地投入。嘴上花言巧语、手底下却玩小动作的人，不管他们怎么做都称不上是真诚的人。只有将头脑中的所有东西不留一点儿遗憾统统亮给这个世界，你才能体会自己是个真诚的人，才能活得心安理得。老实跟你讲吧，我妹妹昨天就向我袒露了真诚，甲野昨天也向我袒露了真诚，而我不管昨天还是今天，我都是真诚的，你也趁这个机会真诚一次吧！世界上多一个人变真诚了，不光是他本人得到拯救，整个世界也得到了拯救……怎么样？小野，你还没明白我讲的话吗？"

"不，我明白。"

"我是认真在问你啊。"

"我也是在认真回答，真的明白了。"

"那就好。"

"谢谢你。"

"好了，我们回到正题……那个叫浅井的家伙，简直不能把他当人看待，如果把他说的话全部当真，会搞得事情一团糟……其实本来应该让浅井过来，让他在你面前把对我讲过的话一句句重复一遍，然后把他说的跟你说的逐条对照，再来判断事实究竟如何，或许这样才是理所应当的做法，我脑子再笨这点道理还是明白的。但是这些并不重要，能不能真诚待人，这才是最主要的问题。他说什么有契约啦，什么娶了媳妇就不能当博士啦，不能当博士就会名声败坏啦，简直小儿科似的这个那个说了一大堆，所有这些都不是问题吧？你说是不是？"

"是，不是问题。"

"归根到底来讲，真诚的处理方式就是把这件事怎么收拾好，这就是你眼下要做的事情。假如你不介意，我可以和你一块儿商量，替你跑个腿什么的也没问题。"

垂头丧气的小野此时猛然坐直身子。他抬起头，直直盯着宗近，眼眸中射出异乎寻常的坚定。

"真诚的处理方式就是尽快和小夜子结婚！如果抛弃小夜子，我就对不起她，也对不起孤堂先生。我错了，想出退亲这样的主意，都是我的错……我还对不起你。"

"对不起我？哦，这事不说了，以后总会明白的嘛。"

"实在对不起……我真不该退亲，要是不退亲……浅井已经去说过了吗？"

"他照你的意思去说了，但是听说井上先生要求你亲自去说。"

"那我得去一趟，我这就去向先生赔罪！"

"先别急，我已经托我父亲去井上先生那儿了。"

"你父亲？"

"嗯。听浅井说，井上先生非常生气，先生家小姐也哭得很厉害，我怕我来你这儿商量的当口儿，那边万一发生点什么事情可不得了，所以让我父亲赶过去支应一下，顺带安慰安慰他们。"

"谢谢你这么热心，还想得这么周到！"小野的头几乎贴到榻榻米。

"不用客气。反正老人家闲着没事，只要能帮上点忙他什么事都乐意做……我跟我父亲说好了——如果这边谈得顺利，我会雇辆车去井上先生家，请小姐过来一趟。——小姐来了后，你要在我面前亲口对小姐说，她是你未来的媳妇。"

"我会的……我过去也可以。"

"不用了。请小姐过来是因为还有其他事情要办：这边结束后，我们三人一块儿去趟甲野家，到了那里，你必须当着藤尾小姐的面明明白白地再说一遍。"

小野似乎微露怯意。

宗近不容他踌躇立即接着说道："怎么？或者我来向藤尾小姐介绍你媳妇也可以。"

"必须要这么做吗？"

"你不是决定要真诚待人吗……那就最好在我面前干净利落地斩断和藤尾小姐的关系！带小夜子小姐过去就是要让她做个见证。"

"带她去也可以，但这样做会叫人很下不来台……能不能尽量缓和点……"

"我也不想叫人下不来台，但为了帮藤尾小姐，这样做也是迫不得已，就她那种性格，用寻常的做法根本无法改变。"

"可是……"

"你是不是想说这样做会有损你的名誉？事情已经到了这种窘境，你还在磨磨蹭蹭地顾忌名誉啦面子啦什么的，说明你还是只想做表面功夫。你不是刚才还说要真诚待人吗？什么是真诚待人？要我说，真诚待人归根结底就是要拿出实际行动。光是嘴上说真诚待人却不行动的话，那就只有嘴上变真诚了，实际整个人并没有变真诚。如果你想告诉别人说你这个人已经变真诚了，你不拿出实实在在的证据给别人看，再怎么说也不顶用……"

"那我就拿证据给别人看！当着大庭广众的面也无所谓，我照你说的做！"

"太好了。"

"对了，我全都如实告诉你……其实今天我们约好了去大森……"

"去大森？跟谁？"

"呃……跟刚才提到的那个人。"

"藤尾小姐？约的是几点？"

"约好三点钟在火车站碰头。"

"三点……现在几点了？"

"咔嗒"，宗近的背心口袋内恰好响起一声。

"已经两点了……反正你不会去的吧？"

"我不去。"

"藤尾小姐独自一个人去大森不大可能吧，你就待着不要去赴约，超过三点钟她应该会自己回来的。"

"哪怕晚一分钟，她也不会继续等的，肯定会马上返回的。"

"这样正好……哟，外面下雨了。你们约好下雨也去吗？"

"是的。"

"这雨……看来一时半会儿不会停……不管怎么样，先写封信把小夜子小姐请过来。我父亲肯定已经等急了，放心不下哩。"

豪雨斜斜地猛下，一点儿也不像春天的雨。天空之穴深不可测，从那深邃的穴中无休无止地射出不计其数的雨丝倾注到地面，天气霎时间冷到令人恨不能抱只火盆。

信在"噼里啪啦"的雨声中写就。当车篷摇来晃去地载着送信人一溜烟消失在雨中时，小说不得不移笔另叙。先前从宗近家大门奔出的第二辆人力车此刻早已抵达孤堂老人租住的屋子，正在努力完成其使命。

孤堂老人发着烧躺在被窝里。他背对珍藏的义董画轴躺着，小夜子在一旁替父亲额头敷上冰袋，好让他退烧。小夜子蹲在枕边，哭得红肿的双眼盯着冰袋，似乎在细数扎口处的褶皱。她垂着头不肯抬起。宗近父亲在距离铁线花纹被褥二尺远的地方四平八稳坐着，粗大的膝头越出坐垫，轻轻抵在榻榻米上。与面黄肌瘦的孤堂老人比起来，他的脸庞显得威风凛凛。

宗近老人嗓门依旧响亮。孤堂老人的声音也比平常高。两人正在说着话。

"……其实是因为这个，我才突然登门拜访，您身体欠佳我还来叨扰您真是不好意思，不过实在因为事情紧迫，请您千万不要怪罪。"

"不不，您看我这副很失礼的样子，我才过意不去哩！照理应该起来跟您打招呼……"

"哪里哪里，您就这样躺着，我们说起话来反倒更轻松，这样正合我意。啊哈哈哈！"

"您真是太亲切了，还特地来跑一趟，实在不好意思啊！"

"哎——您用不着客气。这要是放在往昔，就像那句话说的，'武士帮武士'嘛，啊哈哈哈！说不定哪天就轮到我受您照顾了。不过，您时隔这么久又搬回东京来，想必有诸多的不便，让您犯难了吧？"

"离开整整二十年了。"

"二十年？哎呀呀，那真是太长了！您在东京有没有亲戚？"

"跟没有差不多，相互间好久没联系了。"

"是这样啊？那么说，你们能仰赖的只有小野先生一个人了？

这真是，太不像话了。"

"是我们自己犯傻。"

"不过，还可以想想办法补救，您不用太担心。"

"我没啥好担心的，是我们自己做了傻事嘛，刚才我也对我女儿说了，这一切都是报应。"

"可是，难为了您这么多年来一片苦心，现在却要狠心放弃，未免可惜，您看是不是就交给我们来处理？我儿子也说过他一定会竭尽全力来处理好这件事的。"

"你们的好意实在是不胜感激。不过，既然对方不愿意娶，我女儿大概也不想嫁，就算她想，我也不会答应……"

小夜子轻轻拿起冰袋，用手巾仔细擦拭父亲额头上的水渍。

"先停一停不要敷了……小夜子，你不嫁给他也行吧？"

小夜子将冰袋放回盆子。她两手撑着榻榻米垂下头，整个脸庞几乎将盆子遮住，眼泪扑簌簌滴落在冰袋上。孤堂老人一面说着"不嫁给他也行吧？"一面将贴在枕上的花白脑袋朝后半转过来，恰好看到眼泪滴落在冰袋。

"您说的有道理，有道理……"宗近老人赶忙连声应和着。

孤堂老人将脸转回，他闪着湿润的眼睛盯住宗近老人，隔了小半晌才说："只是，如果因为这样致使小野和那个叫藤尾的女孩结婚，您儿子就太可怜啦。"

"不……那个……您完全不必担心，我儿子已经决定不娶她了……应该不会……不，肯定不会娶的！就算他想娶，我也不答应，我绝不会容许我儿子娶一个讨厌我儿子的女孩！"

"小夜子，宗近先生的父亲也这样说——跟我说的是一个道理吧?"

"我……不嫁给他……也可以。"小夜子躲在枕头后面断断续续地说道。"噼里啪啦"的雨声中,勉强才听得见小夜子的声音。

"不,这可不行!如果这样做那我特地赶来这儿就毫无意义了。小野先生那边可能也有种种苦衷,暂且先等我儿子捎信过来吧。无论如何,就像我刚才说的,但愿他的劝说小野先生能听得进……夸自己的儿子这样那样的可能有点滑稽,不过这小子确实是个明白事理的人,他一定会把事情干净利落地处理好,如果他觉得这门亲事退掉确实对你们有益,那他自然会往这个方向劝的……虽然我和你们初次见面,但是请你们务必相信我……这个时候应该有信儿来了,可是这场不凑巧的雨……"

一辆人力车顶着大雨"咿咿呀呀"在小格子门前停住。"哗啦"门一拉开,屋内顿时明亮起来,一双被雨水浸透了的草鞋踏上脱鞋处。——至此,小说的叙述必须转向第三辆人力车了。

第三辆人力车载着糸子,一路"丁零丁零"丢下脆响疾奔至甲野家门前。甲野正在书房着手收拾东西,他把书桌抽屉一格格抽出,将不知不觉中积存了一大摞的信件统统撕碎、丢掉,膝旁地板上堆了老高撕碎的残片。甲野踏着凌乱的碎纸片站起身,接下来从抽屉取出一页页写着纤细文字的备忘录,其中也有五六页合订在一起的,大多是洋纸,写的也都是英文,甲野只粗略扫一眼便将其搁在书桌上,有的甚至读不到半行便撇下。不一会儿,书桌上已堆至近一尺高。抽屉基本清空。甲野双手上下夹着废纸走到暖炉旁,随后无声地将它们抛进暖炉,堆叠的废纸一离开主人的手,立刻散乱一地。

书房中央木桌上有只青铜铸的葡萄叶状烟灰缸，烟灰缸上搁着火柴。甲野伸手拿起火柴，随手摇了摇，发出"哗啦哗啦"的声响，大概盒里只剩下五六根火柴。接着他折回书桌前，拿起搁在莱奥帕尔迪诗集旁的黄封面日记本，再走到暖炉前，用大拇指抵着日记本的切口不停地划过，黑墨水和深灰色铅笔的字迹快速掠过眼前，一直翻到黄色封底，他根本不知道到底记了些什么，只有最后一页上的最后一句话他还记得很清楚，那是昨晚临睡前写下的一联对子：

入道无言客
出家有发僧

甲野狠狠心，将日记本扔到散乱一堆的废纸上，弯腰蹲在炉前。"嗤!"一声响，散乱的纸片先是安静地无精打采伸着懒腰，随即自下往上被烘热，带着焦煳味的淡烟从纸堆缝隙间腾扬起，纸堆底层开始躁动起来。

——噢，还有东西要记。

甲野直起膝盖，同时飞快地从烟中抢出日记本，纸张已变成了焦褐色。随着"呼!"的一声，炉膛内登时蹿起老高的火焰。

"哎呀! 怎么了?!"

母亲站在门口，惊疑地向暖炉颐眺。甲野听到声音半侧过身，与母亲正面相对，半身映着火光。

"我觉得冷，所以生火想暖暖屋子。"甲野说罢，又转过身，低头俯视炉膛。燃灼的火焰呈半透明暗黄色，时不时还冒出几缕蓝色和紫色的火焰，交织着袅袅腾起，然后钻入烟道。

"哦，那你就取取暖吧！"

此时恰好有四五串雨丝随风袭来，撞上玻璃碎成雨滴。

"下雨了。"

母亲没应声，往前走了约三步距离来到屋子中央。她看着钦吾，装腔作势道："你要是觉得冷，要不要往暖炉里加点煤烧？"

熊熊火焰腾起一股紫色火舌，摇摇曳曳，很快又熄灭了。炉膛里一片黑乎乎。

"不用了，火已经熄了。"

钦吾说罢，转过身背对暖炉，刚好看到挂在壁上的亡父眼眸射下两道有力的闪光。屋外的雨哗哗作响。

"哎呀呀，信件丢得到处都是……都不要了？"

钦吾望着地面。撕碎的信件散乱一地，碎纸片上有的只有两三行字，有的只有五六行字，更有甚者撕得只剩下半行字。

"都不要了。"

"那我帮你打扫一下。废纸篓在哪儿？"

钦吾不答。母亲俯身朝书桌下张看，一只西式藤编废纸篓从踏板后面露出少许。母亲弯腰伸手，窗外渗入的亮光照在她的蓝缎腰带上。

钦吾伸直手向右边，握住罩着防晒套子的椅子靠背，消瘦的肩膀斜拧着，将椅子一点点拖着挪到书桌旁。

母亲从书桌下拽出废纸篓。她将地板上的信件碎片一片片拾起丢进废纸篓，遇揉搓成团的便仔细展平摊开来看。"他日拜望之时……"丢进废纸篓；"……唯谅察是盼。然若情况允许……"丢进废纸篓；"……委实难以忍受……"翻过来细看起来。

钦吾用眼角盯视着母亲。他用力握住拖到书桌边的椅背，两只蓝布袜敏捷地站到了白色椅套上，很快两只蓝布袜又跃上书桌。

"哎，你做什么？"母亲手上捏着信件碎片，从下面仰头望着钦吾，眉眼之间明显露出恐惧的神色。

"我要取下画像。"钦吾立在书桌上平静地回答。

"取下画像？"恐惧转成了惊愕。

钦吾的右手已经搭住烫金画框。

"等一下！"

"什么事？"钦吾右手仍搭在画框上。

"你取下画像做什么？"

"我要带走。"

"带去哪里？"

"我要离开这个家，所以只带上这幅画像离开。"

"离开？这……就算你要离开，也不用急着取下画像啊。"

"不行吗？"

"不是不行，你想带走的话可以带走。只是，你也用不着那么着急吧？"

"现在不取下就没时间了。"

母亲表情古怪地呆然而立。钦吾双手抓住画框。

"你说要离开，你是真的打算离开这个家？"

"真的离开。"钦吾背对着母亲答。

"什么时候？"

"马上就走。"

钦吾双手轻轻晃动几下然后向上托起，脱开钩头钉，画像垂了下来，只剩一根细线将其与墙壁连在一起，如果不小心手一松，细线似乎就要断掉，画像也会坠落在地。钦吾恭敬地双手捧住画像。

母亲在下面说："外面正下这么大的雨……"

"下雨也没关系。"

"可你至少应该过去跟藤尾道别一声吧？"

"藤尾不是不在家吗？"

"所以让你等一下不要着急啊。你这样没头没脑地说走就走，不是叫我为难吗？"

"我没想要为难您。"

"就算你没想要为难我，可还有世人的眼睛在看着呢。你想离开的话，也得像像样样地离开呀，要不然不是让我这个做母亲的被人笑话吗？"

"世人的眼睛……"说着，钦吾手捧画像将头扭向身后，柳条细眼盯着母亲看去，随后将视线从母亲身上移开，当转至门口时，突然停住不动了——母亲也害怕地回头看去。

"啊？"

仿佛自天而降似的，糸子正安静地站在门口，见二人注意到她便轻轻地躬身行了个礼。当飘起的檐状刘海回复原样时，糸子已经移步来到书桌旁，两只白布袜立定之后，糸子抬起头仰脸笔直望着钦吾说道：

"我来接您！"

"把剪子拿给我。"钦吾站在书桌上朝糸子吩咐道。他向前努着下颔，示意剪子在莱奥帕尔迪诗集旁。随着"噗"的一声，画框离开了墙壁。剪子"啪嚓"落地。钦吾双手捧着画像在书桌上转过身，脸朝向正面。

"我哥哥让我来接钦吾先生，所以我来了。"

钦吾将捧在手里的画像从稍低于眉眼的地方轻手轻脚往下放。

"帮我接一把。"

纟子稳稳接在手里。钦吾从书桌上跳下。

"我们走吧……你雇车来的？"

"是的。"

"这画像放得进吗？"

"放得进。"

"那好。"钦吾将画像接过去，便径直往门口走去，纟子跟在他身后。母亲叫住两人：

"等一等！……纟子小姐也稍等一下……我不知道你到底有什么不顺心的非要离开这个家，可你要是完全不考虑我的心情一意孤行的话，叫我怎么还有脸去见世人啊？"

"世人怎么看都无所谓。"

"你怎么能说这种毫不通情达理的话，简直像个不懂事的小孩！"

"小孩就小孩——假如真能变成小孩倒好了。"

"你又来了……难道不是千辛万苦才把你从小孩培养成一个大人吗？这么些年我们付出的辛苦不是三言两语能够形容的，你自己好好想想吧！"

"正是想过了我才打算离开。"

"你怎么这么犟呢？……好吧，反正这一切都是因为我没尽到责任才引起的，事到如今我伤心哭泣也好，苦口婆心劝说也好都没用……只是我……我怎么对你死去的父亲……"

"父亲那边您不必介意，他不会怪罪的。"

"不会怪罪？你可不可以不要这么固执、这么折磨我行不行?!"

甲野抱着画像，再也不愿搭理母亲了。糸子安静地站在甲野身旁。外面大雨朝屋子砸来，远处风声也裹挟而至，"哗——！哗——！"，声音既响亮又恢宏。甲野默默地伫立在风雨声中。糸子也默默伫立着。

"你是不是想通点儿了？"

甲野没回答。

"我都说到这个份上了，你还不明白吗？"

甲野依然不应声。

"糸子小姐，你看他就这副德行，请你回去后把你看到的如实告诉你父亲和你哥哥……说真的，让你看到这种实在难以说出口的场面，我的脸都丢精光了！"

"伯母，钦吾先生想离开这个家，您不如干脆就让他走吧。依我看，您这样强留他也无济于事啊！"

"连你也这样想，我真是没话可说……恕我不客气地说一句，你还年轻，才会有这种肤浅的想法……他就算想离开这个家，可我们不是远离人烟独自生活在深山老林里呀！像这样想走就走的话，走的人虽然无所谓，可就是苦了留下的人呀！"

"为什么？"

“为什么？人言可畏不是吗？”

“不管人家说什么……钦吾先生这么做有什么可以被人说道的呢？”

“要想在这个社会生存，难道不得人和人相互考虑对方、彼此尊重吗？世间的情分可比个人的事情更要紧啊！”

“可是，钦吾先生这么想离开这个家，你不觉得他很可怜？”

“那才要考虑情分呢。”

“那样做就叫情分？真是愚昧。”

“一点儿都不愚昧。”

“那钦吾先生怎么样都无所谓是不是……”

“我可没有说无所谓，我这样做就是为他考虑呀。”

“与其说为钦吾先生考虑，不如说是为伯母您自己考虑对吧？”

“我也是为了对世人有所交代。”

“我真是没法理解……他想离开，不管世人说什么他最终还是要离开的，这件事根本不会给伯母带来困扰。”

“可是，下这么大雨……”

“即使下雨，也不会淋到伯母您身上，有什么问题吗？”

远在火车尚未出现的时代曾有过这样的事情：居住山里的人和居住海边的人争辩，山里人说鱼是咸的，海边人说鱼怎么会有咸味，这场争辩始终停息不下来。除非开通人们称之为“教育”的火车，架设起理性的阶梯供双方自由上下，否则山里人和海边人就永远不可能理解彼此的思想。有时候，如果你不彻底变身为市侩社会的一团糟粕，变得光外表就让人看得眼花缭乱，你就得不到市侩们的认可，哪怕你指出那是谎言是虚伪，对方也绝不会承认，只会始终坚持其市侩主张。——谜女和糸子你来我往的交锋就如两条平行线，始终找不到一个交集点，就犹如山里人和海边人对鱼的基本认识迥然不同，谜女和糸子对于人的看法从一开始即大相径庭。

理解山也洞悉海的甲野默默地俯视着二人。糸子说的道理直白得令人无法争辩，母亲的主张则愚俗得令人厌恶。看着眼前这二人一问一答，甲野只是抱着父亲的画像立定不动，并无一点儿不耐烦之色，也没有丝毫焦虑的神情，更没有不知所措的样子。假如二人的对话一直持续到天黑，他大概也会抱着画像以同样姿势一直站立到天黑。

这时候，雨中传来招呼声。一辆人力车在玄关前停下来。随着脚步声从玄关那边移近，宗近第一个出现在门口。

"哟，你们还没走？"宗近问甲野。

"嗯。"甲野只回答了一个字。

"伯母也在这儿啊，太好了！"宗近说着一屁股坐下来。随后小野闪了进来，小夜子寸步不离紧跟在小野身后。

"伯母，这真是下雨天满客天呢……小夜子小姐，这是我妹妹。"

快活宝一句话既是寒暄又兼介绍。这边宗近忙着支应，那边甲野仍旧抱着画像站立不动。小野敛手敛脚，坐也不敢坐。小夜子与糸子两人则只顾着相互俯首鞠躬，一时还来不及亲切地交谈。

"下着雨，你们都……"母亲强堆出一脸笑容说道。

宗近旋即接口："雨下得真大啊。"

"小野先生……"

母亲刚开了个头，又被宗近打断：

"听说小野和藤尾小姐约好今天去大森的，不过他去不成了……"

"是吗？……可是，藤尾刚才已经出发去了啊。"

"她还没回来吗？"宗近满不在乎地问。母亲脸上略显不快。

"无论如何，现在可不是大森不大森的时候。"宗近像是在自言自语，随后又回头招呼其他人，"大家都坐吧！站着会很累的哦。藤尾小姐也差不多快回来了。"

"是啊，都请坐吧。"母亲附和着。

"小野，你坐下。小夜子小姐你也坐吧……甲野，那是什么？"

"那个呀，他把他父亲的画像取下来了，说是要带走……"

"甲野，你稍等一会儿，藤尾小姐就该回来了。"

甲野没答话。

"我替你拿一会儿吧……"糸子低声说。

"没事……"甲野将手上的画像搁到地板上，斜靠着墙壁。小夜子悄悄低下头望着画像。

"你们找藤尾是有什么事吗？"

母亲在问。

"是，有事。"

宗近在答。

接下来的时间里，雨仍不停地下，谁都不说话。而与此同时，一辆人力车正载着愤怒的克利奥帕特拉，犹如韦驮天[1]一般从新

---

1 韦驮天（Skanda）：印度古代神话中的佛教守护神，四天王之一南方增长天王的部将，以善跑闻名，被俗界奉为健走之神，常用来比喻飞毛腿。

桥飞奔而来。

宗近的西服背心里发出"咔嗒"一声响。

"三点二十分。"

无人回应。

人力车的黑色车篷弹开千条雨丝，一溜烟似的向前飞奔。克利奥帕特拉的愤怒在坐垫上上下跳踉。

"伯母，我跟您说点京都的故事吧?"

人力车一路飞奔，愤怒一路鞭挞在车夫背脊，恨不能抢在雨脚落地之前追超过它。人力车将横袭而来的风雨迎面斩断，车辙一个一百八十度转身，甲野家大门至玄关前铺排的碎石子路上留下两道被车轮碾轧的痕迹。

克利奥帕特拉将愤怒全都攒集在深紫色蝴蝶结上，蝴蝶结在钻出车篷时颤动了一记。克利奥帕特拉猛地冲进玄关。

"二十五分……"

宗近话音未落，愤怒的化身便犹如受辱女王似的，直直地伫立在书房中央。六双眼睛一齐盯住了那只紫色的蝴蝶结。

"噢，你回来了!"宗近叼起一根香烟说道。藤尾不屑答腔跟宗近说一个字。她挺起高挑的背脊，冷峻地扫视着屋内，双眸最后停留在小野身上，两道寒光狠狠地朝他刺去。小夜子躲在架着西服的肩膀后。宗近起身，将刚吸上一口的香烟丢进葡萄叶烟灰缸。

"藤尾小姐，小野先生没去新桥。"

"没你的事! ……小野先生，你为什么没去?"

"我要是去了，会愧对自己的良心，一辈子都活不安宁。"

小野一反常态出词吐气非常地爽快利落。两道雷电自克利奥帕特拉眼眸中飞进，直击小野的额头，仿佛在怒叱小野——别想跟我要什么滑头！

"你没有遵守约定，你必须给出个理由。"

"假如他遵守约定的话，事情就会变得不可收拾，所以小野先生才打消了主意。"宗近解释道。

"你闭嘴！小野先生……你为什么不去？"

宗近向前跨出两三步，"我来介绍，"他一把将小野推到旁边，紧随其后的小夜子现出身影，"藤尾小姐，这位是小野先生的夫人。"

藤尾脸上一下子布满了憎恶的表情，憎恶渐渐变为嫉妒，当嫉妒一丝丝渗入身体最深处时，整个人变成了一尊化石。

"眼下还不算正式夫人，不过她早晚将成为正式夫人，听说五年前就定了亲。"

小夜子垂着哭肿的眼睛，折下纤颈表示致意。藤尾攥紧白皙的拳头，身子一动也不动。

"胡说！胡说！"藤尾连吼两声，"小野先生是我的丈夫，是我未来的丈夫！你在胡说什么？太无礼了！"

"我是出于好意才告诉你事实，顺便想向你介绍小夜子小姐。"

"你敢侮辱我?!"

化石表情下的血管骤然绽裂，紫色血流将所有愤怒注满了藤尾的整张脸庞。

"我是好意，真的是好意，请你千万不要误会。"宗近的反应非常冷静。

小野终于开口了——

"宗近先生说的全都是事实，她确实是我未来的媳妇⋯⋯藤尾小姐，以前的我是个轻薄之徒，我对不起你，对不起小夜子，也对不起宗近先生，但从今往后我一定洗心革面，做个诚实的人，希望你能谅解。假如我去新桥赴约，对你对我都没有任何益处，所以我没去，请原谅!"

藤尾的表情第三次遽变，血管爆裂，洇散开来的血色被苍白的脸庞吸尽，只剩下满脸的鄙屑。突然间，脸上的面具崩催毁顿。

"呵呵呵呵!"

几声歇斯底里的尖厉笑声从面具下迸出，直击窗外的骤雨。与此同时，藤尾攥紧的拳头探入厚绢腰带，霎时扯出一条溜滑的长链子，链子的深红尾部闪烁出怪异的光亮，左右晃动着。

"这么说，这个对你来说没用了？好啊⋯⋯宗近先生，我送给你吧，拿着!"

藤尾伸长手，露出白皙的手臂，怀表稳稳地落在宗近黝黑的掌中。宗近跨前一大步冲到暖炉旁边，"嘿!"，他大喝一声，黝黑的手掌握成拳舞向半空，怀表砸在大理石角上，登时琼乱玉碎。

"藤尾小姐，我不是因为想得到这只表才想出这种招数来跟你捣乱;小野先生，我也不是为了得到别人意中的姑娘而故意玩这种恶作剧——现在我把这只表砸了，你们应该明白我的用心了吧？这样做也可以算是一种第一义的行为吧，对不对，甲野?"

"没错。"

愕然站在原地的藤尾，脸上的筋肉戛然停止了抽搐，双手僵硬，双腿也僵硬，随后，仿佛失去重心的石像一般，踢倒椅子，昏厥在地上。

十九

穿过凝滞的云团在上空斜斜飘洒了差不多一天的雨，直到渗浸大地髓骨方才歇止。春天已经走到尽头。梅花、樱花、桃花、李花片片缕缕翩翩坠落，其他群芳也犹如梦破一般凋散馨尽。春天不可一世之物全都落得个殂落的下场。盛气女吞饮下虚荣的毒药自毙而亡。风失去了花这个虐戏对象，只能徒然在逝者房内暗吐幽香。

藤尾头朝着北面横枕而卧。身上盖一床薄薄的友禅染的丝绸被，被面染着一点儿也不入时的片轮车图案[1]，上半部爬满浅色的地锦，图案很凄艳，全无灵动之气。身子下似乎铺垫着两层郡内织[2]厚褥子。褥子上是一尘不染的光滑床单，床单下露出一黄一棕两个粗格子图案。

丝毫不见变化的是黑发。紫色蝴蝶结被取下，柔长的黑发尽情散落在枕上，大概是母亲回想起女儿之前的浮生，连梳理的兴致也没了。蓬乱长发披散在雪白床单，一直散到天鹅绒的被桁头。中间是仰面朝上的面庞，脸的筋肉轮廓仍和昨日一样，只是色泽不同。双眉依旧浓黛。两眼母亲刚刚才为她阖上，母亲一直

---

1 片轮车图案：一种日本传统装饰纹样，表现牛车一只车轮浸没于河水中，据说寓意防止干燥。
2 郡内织：一种产自日本山梨县郡内地区的丝绸。

在小心仔细地轻抚她的双眼，直到她阖上眼睛。除了面庞，身体其他地方看不到。

怀表搁在床单上。精巧雕着绵密鱼子般凸纹的表盖已破损得不成样子，只有链子毫发无损。链子盘绕着裹住怀表，每隔半寸折射出金光，金光的正中便是那颗石榴石，仿佛眼眸一般镶在砸扁了的表盖上。

一扇银箔贴面的两折屏风天地倒立着。六尺长的屏风铺满朗澈月色，上面毫无章法地用靡丽的铜绿色杂乱描画出数枝纤弱的花茎，锯齿状叶片不规则地犬牙交错着堆叠在一起，铜绿色花茎顶端绘着手掌大的薄花瓣，花瓣着笔很轻，看似只要轻弹花茎，花瓣便会纷纷摇落。花及瓣及茎宛似吉野纸[1]揉捏折出数重襞褶后才绘就的。花色有红，有紫，自银色中萌生，在银色中盛开，即使凋落大概也仍然凋落在一片银色之中。——花是虞美人草。落款是抱一[2]。

屏风后搁着藤尾平常使用的拼花小木桌。高冈涂[3]泥金砚盒同书籍一起被移至多宝槅式的橱架上。桌上供着一只素陶罐子，罐里盛着油，大白天仍燃着一根灯芯。灯芯看似新的，长出罐沿三寸许，细长的线绳尽头白生生的，甚至没有浸到灯油。

此外还有一座白瓷香炉。红色线香袋泛着惨白搁在书桌一角。插在香炉灰中的五六根线香，由香头的一点儿红火渐渐化作烟岚终至消失。香气一似佛家法事所用之香，烟色是蓝色，游衍

1　吉野纸：日本和纸的一种，以葡蟠为原料，纸质密薄，因产于日本京都吉野地方而得名。
2　酒井抱一（1761—1828）：日本江户时代末期的著名画家。
3　高冈涂：日本富山县高冈市出产的一种漆器。

的流烟向上升腾途中左右摇曳，渐摇渐宽，渐宽渐淡，渐渐变淡的烟岚之中缓缓悠漾着一道颜色稍浓的缥烟，最后宽宽的烟岚和缥烟皆不知所踪。与此同时，燃尽的灰柱"啪嗒"一声直直地仆倒。

橱架上的高冈涂砚盒是暗红色，盒盖上绘有高耸的绿色古木树干，再以精致的仿螺钿镶嵌几朵寒梅，盒盖内侧黑底上绘着一只飞翔的莺。并排置于旁边的芦雁图泥金文卷匣，在昨天之前，密密麻麻雕琢有鱼子般凸纹的金怀表便一直珍藏于匣内，链上的石榴宝石从黑暗中闪烁出深邃的幽光。文卷匣上放着一本书，四角烫金，镀金切口看上去显得非常精致。书页间的紫色书签垂着长长的饰穗，插着书签的页面从上往下第七行恰是那句"这才是埃及之王的荣光谢幕"，句子下用彩色铅笔画着细线。

一切都很美。横卧在美丽仪饰中的人的脸庞也很美，骄矜的眼睛永远阖上了。阖上骄矜双眼长眠的藤尾，蛾眉，素额，黑发，宛似天仙般曼妙。

"线香会不会烧完了？"母亲在隔壁房间欠起身子说道。

"我刚刚上了香。"钦吾抱着胳膊，双膝并拢跪坐着接口道。

"一先生也去上柱香吧。"

"我也刚刚上过。"

线香的香气时断时续从藤尾房间飘过来。燃尽的灰柱"啪嗒啪嗒"整截掉落在香炉中。银屏风不知什么时候已被熏得灰兮兮的。

"小野先生还没来吗？"母亲问。

"应该就快到了，我已叫人去请他了。"钦吾答。

房间是特意隔出来的，与隔壁只有一扇用来隔断的隔扇敞开着，从这里能看到染着片轮车图案的友禅绸被子一角，其他的则被芭蕉布贴面的隔扇挡住了。隔开幽冥世界的隔扇边框是黑色的，一寸宽的边框从门楣一直连通门槛。母亲坐在隔扇这侧，时不时侧过脸仰起身子后仰，似乎想窥知某个她看不见的地方的究竟，较之冰凉的双脚，她似乎更在意那张冰凉的脸庞。每次窥察，黑色门框总是斜着将友禅绸被裁成一块方方正正的图案，假如摹画下来，天然便是一帧装饰图。

"伯母，我知道您非常悲痛，不过事情已经无可挽回了，还望您节哀顺变。"

"谁想到会这样……"

"事情既然已经这样，再哭也无济于事呀。这就是因果报应。"

"我真懊悔啊！"母亲擦拭着泪眼道。

"您光是这么哭反而无助于为死者祈冥福，眼下要紧的是想清楚今后该怎么办。现在既然这样了，就只有让甲野继续留在这个家里，如果您不打算这样做的话，只怕您将来还有的要懊悔呢……"

母亲"哇——！"地哭出声来。伤悼过去的眼泪容易止住，但当人卒然悟解自己的未来命运时，泪水便会下意识地夺眶而出。

"我该怎么办……想到这个……一先生……"

断断续续的话语从眼泪和鼻涕之间流出。

"伯母，请恕我失礼，您平素的想法确实有点问题。"

"都是因为我的错，藤尾才落得这样的结果，还要被钦吾抛弃……"

"所以说嘛，光哭是没有用的……"

"……我实在是没脸见人啦。"

"所以呀，您以后要改一改想法。是不是，甲野？那样的话就没问题了吧？"

"这一切都是我的错……"母亲此时终于朝着钦吾认错。

抱着胳膊的人总算开口道："您只要不分亲生孩子或非亲生孩子就行了，只要普普通通平平常常地待我就行了，只要不对我客气生分就行了，只要别把简单的事情往复杂里胡思乱想就行了。"

甲野停顿一下。母亲俯着脸没有应声，或许她还不能理解。甲野继续说道：

"您是打算让藤尾继承房子和家产对吧？所以我说愿意将房子和家产全都让给藤尾，可您又总是东猜西疑的不相信我，这就是您的不是；我留在这个家让您感觉不称心对吧？所以我说要离开这个家，您却认为我是出于让您难堪才这样说，您不该这样把我往坏处想；您打算认小野为养子招他入赘对吧？您以为我会不赞成，所以故意叫我去京都玩，趁我不在时让小野和藤尾日渐加深感情对吧……您不该耍这种策略；您对我和别人都说过是为了让我病情有所好转才叫我去京都的对吧？您不应该这样撒谎……只要您能改掉这种做法，您没必要离开这个家，我愿意一直照顾您。"

说到这里甲野停住了。母亲垂着头沉思了一会儿，然后低声答："听你这样一说，确实全是我不对……我会接受你们的意见，想方设法改掉我的坏毛病，所以……"

"这样就好！是不是，甲野？毕竟她也是你的母亲，让她留在这个家里你来照顾她，这样才对嘛……糸子那边我也会跟她好好解释的。"

"嗯。"甲野简短地应了一声。

隔壁房间的线香即将燃尽时，小野用手按住苍白的额头赶来了。蓝色的烟岚再度掠过银屏风向上升腾。

葬礼于两天后结束。葬礼结束的当晚，甲野在日记中写下这样一段话——

悲剧终于来临。我早就料知悲剧必会来临。料知悲剧会来临却任其发展不愿伸出只手去阻止，是因为我深知对于罪业深重的人之所为，凭我的只手根本就是无能为力，因为我深知悲剧之伟大，故想让她们也体会到悲剧的伟大力量，并由此从尘根[1]开始彻底涤除穿彻三世[2]的罪业，绝不是因为冷酷无情的缘故。假如我举起只手，便会失我只手，假如我投以一眼，便会眇我只眼，而即使我失去只手和只眼，她们的罪业依然不会改变，非但不变，相反时时刻刻在加深加重。我袖手和闭目不是因为恐惧，只因窃以为伟大自然的制裁较之人的手和眼会来得更加凯到，能够让人在石火电光的一瞬间直面自己的本来面目。

悲剧比喜剧更伟大。有人以死亡能终结万难来说明悲剧之伟大。如果说因为它能陷人于无可挽回的命运深

---
1 尘根：佛教以色、声、香、味、触、法为六尘，眼、耳、鼻、舌、身、意为六根，尘根相接产生六识，为种种烦恼和邪秽之念的根源。
2 三世：佛教语，即前世、现世和来世的统称。

渊无法脱逃所以才伟大，则如同说流水因为一逝不复所以才伟大没什么两样。假如命运只能向人宣告其终期，就称不上伟大。命运能够在一瞬间将生变为死，所以伟大；命运能够在人毫无防备时天惊石破般直陈被遗忘的死亡，所以伟大；命运能够令容止伧俗之人顷刻变得肃肃穆穆，所以伟大；命运能够让人变得勤勉庄敬并痛悔道义废弛，所以伟大；命运能够让人在头脑中确立道义乃人生第一义的信念，所以伟大；命运能够让人在践行道义时先经历悲剧的洗礼然后畅行无阻，所以伟大。人人都切望别人践行道义，于自己却是最难做到的，而悲剧能敦促每个人都自觉地践行道义，所以悲剧才伟大。践行道义对别人最有益，却对自我最不利，而悲剧能敦促人人致力于道义的践行，从而创造出普遍幸福，引导社会走向真正的文明，所以悲剧才伟大。

人生面临诸多问题。吃大米或小米，这是喜剧；务工或从商，也是喜剧；选择这个女人或那个女人，亦是喜剧；织锦或素花缎，是喜剧；英语或德语，也是喜剧……所有的都是喜剧。唯最后一个问题——生或死？这是悲剧。

十年有三千六百日。一般人从早到晚殚神劳形的所有问题都是喜剧，三千六百日天天演绎喜剧的人最终会将悲剧遗忘，整日为如何证悟生的问题而忧烦，"死"字早已抛诸脑后，忙于在此样生计和别样生计之间取舍，因而忽视了生与死这个最大的问题。

忘却死亡的人会变得奢逸。一浮在生中，一沉也在生中，一举手一投足莫不在生之中，由此他们认为不管怎样蹦跃，怎样疯狂，怎样嬉戏都无所谓，不必担心会从生之中被甩脱出去。奢逸太甚人就会变得无所顾忌，无所顾忌则会践踏道义，随心所欲地跋扈跳梁。

万众无一例外都须以生死为出发点。为解决这个大问题人们便决定摈弃死，选择生，为此万众都向着生迈进。在弃死择生这一点上，万众一心，于是乎人们结成默契，彼此遵守着道义这一弃死择生的必要条件。然而，由于万众日复一日向着生迈进，日甚一日远离死亡，更由于万众坚信即使随心所欲地跋扈跳梁也毫无从生之中被甩脱之虞，道义终于成为多余的赘物。

不再将道义视为人生要义的万众，不惜牺牲道义而得意扬扬地演绎着各种喜剧，他们因此而嬉戏，喧闹，欺骗，嘲弄，侮慢，践踏，倾轧——凡此种种都是万众从喜剧中享受到的快乐。由于万众向着生迈进时这种快乐会分化发展，还因为只有牺牲道义人们才能享受这种快乐，所以喜剧的演进永无止境，而道义观念则一天天地颓堕。

当道义观念颓堕至极点，难以充分维系求生之欲强烈的万众社会时，悲剧就会突如其来。待到此时，所有人的眼睛才会重新投向各自的出发点，才会明白死与生原来比邻而栖；才会明白当人随心所欲疯狂蹦跃时，也会失足踏出生之境而掉入死之域；才会明白同为自他最避忌的死，竟是始终不应忘却的永劫陷阱；才会明白人不能随意闯过围在陷阱四周业已朽腐的道义绳索；才会明白必须重新张设起道义的绳索；才会明白第二义以下的行为全无意义；于是，所有人这才彻悟悲剧的伟大……

两个月后，甲野抄录了上面这段文字寄给身在伦敦的宗近。宗近回信中如此写道——

"此地只流行喜剧。"